OETINGER TASCHENBUCH

Susann Opel-Götz, 1963 in Bayreuth geboren, studierte Kunsterziehung, Germanistik und Buchillustration. Sie hat bereits einige herausragende Bilderbücher veröffentlicht und wurde dafür u. a. mit dem Eulenspiegelpreis ausgezeichnet. »Prinzessin Anna oder Wie man einen Helden findet« wurde sogar als Kinderoper für die Bühne inszeniert. 2012 erschien ihr erstes Kinderbuch »Außerirdisch ist woanders«. Die bildhaft erzählte und mehrfach ausgezeichnete Geschichte über Freundschaft und soziale Unterschiede wurde für die Empfehlungsliste des Evangelischen Buchpreises ausgewählt.

Susann Opel-Götz

Außerirdisch ist woanders

Oetinger Taschenbuch

FSC
www.fsc.org
MIX
Papier aus verantwortungsvollen Quellen
FSC® C014496

2. Auflage 2017
Oetinger Taschenbuch in der Verlag Friedrich Oetinger GmbH,
Poppenbütteler Chaussee 53, 22397 Hamburg
Februar 2016

Titelbild und Illustrationen: Susann Opel-Götz
Druck: GGP Media GmbH,
Karl-Marx-Straße 24, 07381 Pößneck, Deutschland
ISBN 978-3-8415-0405-0

www.oetinger-taschenbuch.de

Der ERDLING

Ein Forschungsbericht
von
Jona Klinger

Einleitung:
Die Begegnung

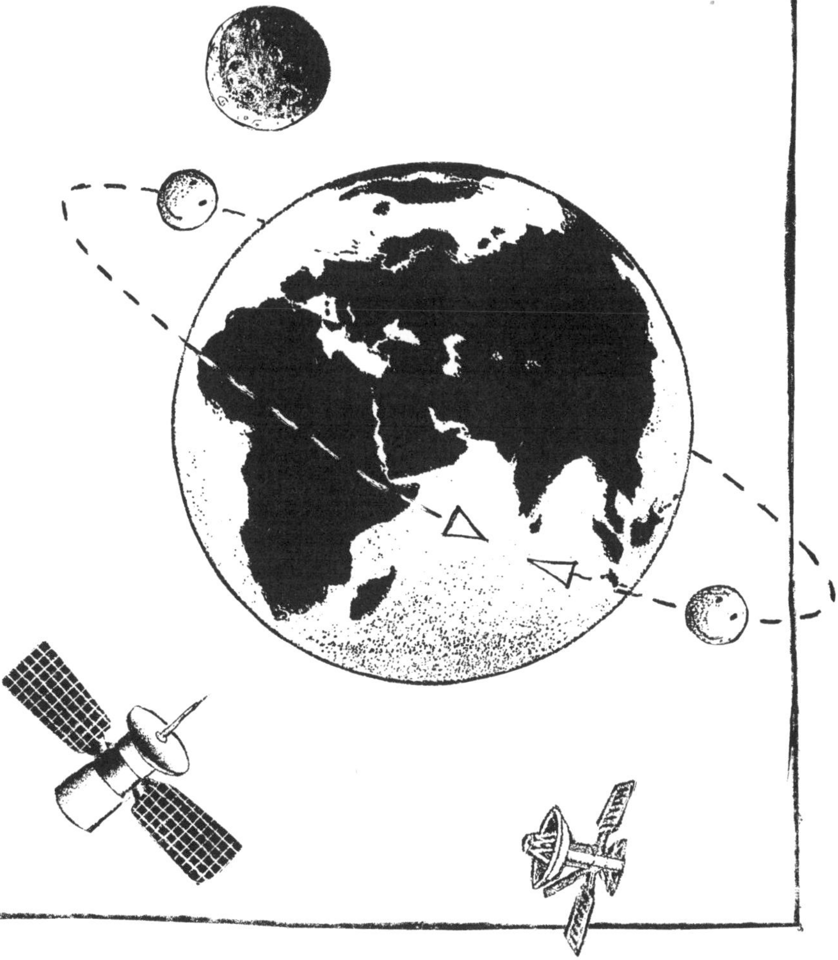

Aller guten Dinge sind drei

Eigentlich heiße ich Jonathan, aber das tut hier nichts zur Sache, weil mich die wichtigen Leute sowieso nur Jona nennen. Und dann möchte ich noch klarstellen, dass bei mir alles in Ordnung ist unterm Scheitel, falls das irgendwer bezweifeln sollte. Nur weil sich einer mit Außerirdischenforschung beschäftigt, muss er noch lange keinen Knall haben.

Seit ich lesen kann, habe ich tonnenweise Bücher verschlungen, in denen Leute von ihren Begegnungen mit Außerirdischen erzählen. Und ich habe nie daran gezweifelt, dass auch ich eines Tages einen treffen würde, weil

das einfach klar war wie Kloßbrühe. Also hab ich gewartet: Tage, Wochen, Monate, Jahre.
Hätte mich jemand aus meiner Familie gefragt: »Jona, sag mal, glaubst du, dass dir im Leben mal was absolut Cooles passiert?«, dann hätte ich keine Millionstelsekunde überlegen müssen.
»Ich *glaube* es nicht, ich *weiß* es«, hätte ich geantwortet. »Ich werde einen Außerirdischen treffen. Todsicher! Vielleicht schon morgen!«
Und dann hätte ich auch erklären können, warum ich das glaubte.
Aber mich hat keiner gefragt. Meine Eltern nicht, Wolle nicht und Lollo schon dreimal nicht.
Wolle ist mein kleiner Bruder. Er ist viereinhalb. Meine große Schwester Lollo ist fünfzehneinhalb. Eigentlich heißt sie Charlotte, aber Lollo klingt sexyer, findet sie. Wolle heißt in Wirklichkeit auch anders, aber davon erzähle ich später.
Lollos fünfzehneinhalb plus Wolles viereinhalb Jahre machen zusammen zwanzig. Die Mitte von zwanzig liegt punktgenau bei zehn, genauso alt werde ich nächste Woche. Keine Ahnung, wie meine Eltern das hingekriegt haben, und ganz im Ernst: Ich will es auch gar nicht wissen.

»Na, Jonathan?«, hat die Messerle zu mir gesagt, als Wolle gerade auf die Welt gekommen war. »Jetzt bist du ein kleiner und ein großer Bruder. Ist das nicht schön?«

Die Messerle ist unsere Nachbarin drei Häuser weiter und eine Tageszeitung auf zwei Beinen, wie Papa immer sagt. Er meint damit, dass sie eine alte Tratschtüte ist.
Kaum war Mama aus dem Krankenhaus zurück, kam die Messerle angedackelt, um das Baby zu begutachten. Sie hat ihr riesiges Griesbreigesicht über die Wiege gewuchtet, und Wolle hat geschrien wie am Spieß, weil er einen Neugeborenen-Schock bekommen hat, wegen der Hängebacken von der Messerle.
»Ganz der Papa, Frau Klinger. Ganz der Papa!«
Ich hab mich umgedreht, um zu schauen, wo Frau Klinger ist, aber dann fiel mir ein, dass meine Mama ja so heißt. Sie hat die Messerle angelächelt, und ich dachte mir, dass sie vielleicht auch einen Schock hat, einen Geburtsschock oder so etwas, weil sie sich eine solche Frechheit gefallen lässt. Ich meine, mein Papa ist ein großer Mann mit Zähnen, Haaren und einer anständigen Nase! Er sieht dem Baby-Ork, der da in der Wiege lag, überhaupt nicht ähnlich, nicht die kleinste Spur!
Mit ihrem kaulquappigen Grinsen hat die Messerle zu mir rübergeschaut, und dann hat sie Mama zugeflüstert: »Mittelkinder sind Sandwich-Kinder. Die haben es nicht leicht im Leben.«
Das Wort *Sandwich-Kind* hab ich sofort in meinem Kopf abgespeichert. Ich war damals erst fünfeinhalb, aber was ein Sandwich ist, wusste ich schon: ein belegtes Brot nämlich, mit Wurst und Salat.

»Bist jetzt ganz stolz, dass du einen so wonnigen Babybruder hast, was?«, hat die Messerle noch zu mir gesagt.

Ich zuckte mit den Schultern, lief raus in den Garten und setzte mich auf die Schaukel. Meine Gedanken kreisten um das Wort *Sandwich* wie Haie um einen Hering mit Nasenbluten. Ich starrte auf den abgewetzten Rasen vor meinen Füßen, auf dem die warme Nachmittagssonne meinen Schatten ausgerollt hatte. Kein großer, cooler Schatten war das. Es war auch kein winziger, niedlicher mit Stupsnase, bei dem die Leute »Oh, wie wonnig!« sagen würden. Was da vor mir auf dem Boden lag, war ein Sandwich-Schatten. Ein blöder Schlappschatten.
Um ihn nicht mehr sehen zu müssen, kniff ich ganz fest die Augen zu, und natürlich schaltete sich sofort mein inneres Geheim-Kino ein. Ich habe nämlich ein Kino in meinem Kopf, das sich immer ein- und wieder ausschaltet. Manchmal ist das ganz nützlich, manchmal weniger.
Ob alle Leute so ein inneres Kino haben? Meines liegt, glaube ich, genau zwischen meinen beiden Augen im Kopf innen drin. Über die Leinwand ist eine wasserdichte Schutzfolie gespannt, denn dort ist es logischerweise feucht. Deshalb sind die Bilder auch immer leicht verschwommen, aber der Ton ist besser als der vom neuen Cinema-Palace am Bahnhof.
Mein Geheim-Kino kann die tollsten Filme abspielen, und der Hauptdarsteller bin meistens ich. Dann hab ich

Muskeln wie Ulf Bländer, der Besitzer vom Fitnessclub neben der Autowaschanlage im Industriegebiet, und keiner kann mir was anhaben. KEINER!
Ich habe ziemlich viele Actionfilme auf Lager, ein bisschen Horror ist auch dabei und natürlich Fantasy und Science-Fiction vom Feinsten.
Manchmal spielt mein Kino auch traurige Filme. Als vor drei Jahren Oma gestorben ist, hab ich sie auf meiner Leinwand gesehen. Sie saß ganz alleine dort oben im Himmel auf einer Wolke und weinte, weil Opa unten auf der Erde geblieben war und ich auch.
Aber seit zwei Jahren sitzt Opa neben ihr, sie schauen *Wer wird Millionär*, dudeln ein Gläschen Prosecco und sind überhaupt nicht traurig. So was nennt man Happy End, falls das jemanden interessiert.

Damals auf der Schaukel spielte mein Kino keine Ende-gut-alles-gut-Geschichte. Es spulte eine grausige Küchenszene ab:
Mama und Papa stehen vor der Anrichte und schauen mich an, als sähen sie mich zum ersten Mal. Jeder hält eine riesige Brotscheibe in den Händen. »Jona ist jetzt ein Sandwich-Kind«, sagt Papa, und Mama klatscht mir die erste Scheibe hintendrauf. Vom Hinterkopf bis zu den Füßen reicht mir das Brot. Die Butter klebt mir am Hosenboden, und ich versuche sie – KLATSCH!, da hat Papa mir schon die zweite Scheibe Brot samt Grünzeug draufgebuttert. Die Gurkenstücke fliegen mir

um die Ohren, dass es nur so zischt. Ich muss mich auf die Zehenspitzen stellen, um über das gigantische Salatblatt gucken zu können, aber ich kann nichts erkennen, weil mir Mayonnaise über die Augen läuft.

Mein inneres Kino übertreibt manchmal ein bisschen, da lässt sich nichts machen.

Ich riss meine Augen auf, weil es immer noch besser war, meinen Schatten zu sehen, als diesen Brotschocker, sprang von der Schaukel und rannte rüber zum Bullerdieck. Der Bullerdieck wohnt in unserer Straße, direkt neben der Messerle, und hatte letztes Jahr einen runden Geburtstag. Fünfundfünfzig Jahre alt ist er geworden, das ist verdammt alt.

An der Haustür vom Bullerdieck hab ich Sturm geläutet.

»Wo brennt's denn?«, hat er gefragt und den Kopf aus der Tür gestreckt wie eine alte Schildkröte.

Ich zischte an ihm vorbei und kletterte auf den abgewetzten braunen Sessel in seiner Küche. Der Sessel in der Küche vom Bullerdieck ist für mich das, was für andere Leute ein Atombunker ist. Da kann außen rum die Welt explodieren, hier ist man sicher und beschützt. Die Luft schmeckt nach Knoblauch, Wagners Katzenfutter und frisch gewaschener Wäsche, die an einem Ständer neben der Heizung zum Trocknen hängt.

Wagner ist Bullerdiecks Kater, und deshalb müsste ich

eigentlich sagen, dass die Luft nach *Kater*-Futter schmeckt, aber so genau muss man es nun auch wieder nicht nehmen. Manchmal redet der Bullerdieck mit seinem Kater, das weiß ich ganz genau, auch wenn er es abstreitet. Einmal hab ich ihn dabei erwischt, wie er mit ihm auf der Gartenbank saß und von einem berühmten neuen Buch erzählt hat. »Ein dicker Packen gedruckter Blödsinn«, hat der Bullerdieck zu Wagner gesagt, aber er hat natürlich keine Antwort gekriegt, die beiden sind ja nicht Pettersson und Findus.

Die Messerle hat mal gefragt, ob der Bullerdieck seinen Kater nach Richard Wagner benannt hat, dem berühmten Komponisten. Der Bullerdieck hat schlitzige Augen gemacht, und dann hat er ihr erklärt, dass er den Wagner nach seinem alten Schulfreund Ludwig Wagner benannt hat: »Der Ludwig hatte die Haare immer voller Läuse, man konnte die über seinen Scheitel drüber Salto hüpfen sehen! Alle zwei Minuten hat er sich am Kopf gekratzt, genau wie der Kater.«

Die Messerle hat die Nase gerümpft und ist davongerauscht, und ich glaube, das war dem Bullerdieck sehr recht.

An der Wand in Bullerdiecks Küche hängen ein paar alte Kinoplakate und immer der gleiche Kalender. Für jeden Tag des Jahres gibt es einen kurzen Spruch zu lesen. An meinem Geburtstag zum Beispiel, also am 8. Februar, steht dort: *Aller guten Dinge sind drei.* Ich finde auch, dass eine Drei gut ist, vor allem in Mathe, aber meine Eltern denken da anders drüber.

Wo war ich gerade? Ach, genau. Ich rannte also in die Küche vom Bullerdieck und kletterte auf den braunen Sessel. Dort fing ich an zu heulen und zu jammern: dass ich jetzt ein Belegtes-Brot-Kind bin und es im Leben schwer haben werde, und das alles nur, weil Mama diesen zerknautschten Ork gekriegt hat, den sie doch gar nicht braucht, weil sie doch schon einen richtigen Sohn hat, nämlich mich.
»Ich wünsch mir doch auch kein zweites Fahrrad!«, hab ich gesagt und mir den Rotz vom Gesicht gewischt.
Der Bullerdieck ist schweigend zur Anrichte rübergegangen, hat mit einem großen Messer zwei Scheiben Brot abgeschnitten und eine dicke Schicht Salami dazwischengeklemmt.
»Beiß rein«, hat er gesagt und mir das Brot vor die Nase gehalten.
Ich hab erst ihn und dann das Brot angestarrt. Obwohl meine Nase von der Heulerei komplett zugerotzt war, ist mir der Salamiduft bis ins Gehirn hochgekrochen und hat mich daran erinnert, dass auch Mittelkinder einen Mordshunger haben können. Vor allem auf Salami, die es bei uns zu Hause selten gibt.
Ich hab zugebissen wie Lollos Zwerghase Madonna, wenn man den Finger durch das Käfiggitter steckt. Meine

ganze Mittelkinderwut hab ich in das Brot hineingebissen. Ich hab gekaut und geschluckt und gebissen und gekaut und geheult und geschluckt und nicht aufgehört, bis das ganze Brot und die Salami und die Tränen und der Rotz in meinem Magen verschwunden waren. Es ist wirklich ein Glück, dass Rotz salzig schmeckt, sonst hätte das alles überhaupt nicht zusammengepasst.
»Und?«, hat der Bullerdieck gefragt. »Was ist das Beste an einem Salamibrot?«
»Die Salami!«, hab ich gesagt und mir mit dem Ärmel über den fettigen Mund gewischt.
Der Bullerdieck hat gegrinst und genickt.
»Und die Salami ist in der Mitte vom Sandwich, Jona – genau wie du!«
Und da musste ich mitgrinsen, weil er nämlich verdammt recht hatte.
Wenn mich eines meiner Geschwister nervt, dann denke ich immer an die gute Salami vom Bullerdieck und sage: »Du bist so blöd wie eine Scheibe Brot.« Diesen Spruch hat todsicher ein Sandwich-Kind erfunden.

Wie kam ich jetzt eigentlich auf Wolles Geburt? Ach ja! Ich wollte über die Alien-Sache reden und darüber, dass mich keiner danach gefragt hat. Als Kindergartenknirps hab ich diesen ganzen Quatsch mit den grünen Männchen in ihren Untertassen geglaubt. Später dachte ich, dass eines Tages einer dieser blassen Typen mit riesigen

Augen und weißem Ballonkopf mit seinem Raumschiff in unserem Garten landen würde. Monatelang lagen mein Fotoapparat und Papas altes Diktiergerät neben meinem Bett.
»Woher er wohl dieses seltsame Interesse für Aliens hat?«, hab ich Mama mal fragen hören, und Papa hat geantwortet, das sei bestimmt nur eine Phase und die werde schon wieder vergehen. Die Phase ist aber geblieben, und mit der Zeit bin ich Experte auf diesem Gebiet geworden.
Meine Eltern haben sich irgendwann geweigert, mir Bücher mit dem Titel *Botschaften aus fernen Galaxien* oder *Die Aliens kommen* vorzulesen. Ich glaube, die beiden hatten echt Sorge, ich könnte einen an der Kirsche haben. Also hab ich Lollo mein ganzes Weihnachtsgeld von Oma und Opa geopfert, damit *sie* diesen Job übernahm. So lange, bis ich selber lesen konnte. In der Stadtbücherei gibt es kaum ein Buch zu diesem Thema, das ich nicht kenne.

In einem dieser Bücher hat ein Wissenschaftler geschrieben, dass die Außerirdischenforschung noch in den Kinderschuhen steckt.
Was für ein guter Satz, hab ich gedacht. Kinder sind bestimmt die Einzigen, die dem Thema wirklich auf die Spur kommen können. Die Erwachsenen sind viel zu sehr mit ihrer eigenen Umlaufbahn beschäftigt, und die meisten von ihnen glauben sowieso nicht an Außerirdische. Mama und Papa zum Beispiel. Die glauben nicht, dass

es Leben außerhalb der Erde gibt. »Quatsch mit Soße«, sagen sie. »Reine Erfindung.« Aber dass es Gott gibt, steht für sie bombenfest. Dabei lebt Gott doch im All, oder? »All-Mächtiger!«, ruft die Messerle immer. Und keiner hat ihn bis jetzt gesehen, höchstens gestorbene Leute wie Oma und Opa. »Ist Gott ein Außerirdischer?« wäre ein tolles Aufsatzthema, aber für die meisten Erwachsenen ist diese Frage bestimmt TABU.

Keine Ahnung, woher das Wort *TABU* kommt. Vielleicht hat es ein tätowierter Matrose vor fünfhundert Jahren von einer geheimnisvollen Insel mitgenommen und in unser Land geschmuggelt, was ich persönlich für sehr wahrscheinlich halte. Die Leute am Hamburger Hafen haben misstrauisch um das unbekannte Wort herumgelauscht. Einer sagte, TABU wäre vielleicht eine schlimme Krankheit, ein anderer meinte, es könnte der Name einer bösen Hexe sein. Ein Dritter schwor, er hätte dieses Wort einst aus dem Munde eines spitzzahnigen Totengräbers gehört, und kurz darauf seien dreizehn blutleere Leichen auf einem Segelschiff gefunden worden. Die Leute bekamen es mit der Angst zu tun und beschlossen, nie wieder über das TABU zu sprechen. So ist es bis heute geblieben.

Immer wenn Mama und Papa Angst vor interessanten Geschichten haben, sagen sie: »Dieses Thema ist TABU!«, und fragen stattdessen, warum schon wieder eingetrocknete Zahnpastaspucke im Waschbecken klebt. Mit *solchen* Themen haben sich meine Eltern nämlich *ständig* beschäftigt. Dabei wussten sie nicht einmal hundertprozentig, ob es wirklich *meine* Spucke war. Genauso gut hätte es nämlich die von Lollo oder Wolle sein können. Man hätte eine DNA-Analyse machen lassen müssen, um ganz sicherzugehen.

DNA ist hundertpro die Abkürzung von einem komplizierten, kilometerlangen Wort, das ein Wissenschaftler erfunden hat. Jeder Mensch hat haufenweise DNA im Körper, in den Haaren und in seiner Spucke drin, und zwar überall dieselbe. Das weiß ich von Mama, und die lügt nicht. Auf der DNA sind ganz persönliche Sachen gespeichert, wie auf einer Computerfestplatte. Zum Beispiel, welche Schuhgröße man hat und mit wem man verwandt ist, wie schnell man Mathe checkt und ob man gerne sein Zimmer aufräumt oder lieber im Chaos versinkt.

Lauter ziemlich privates Zeug. Zum Glück ist DNA unsichtbar, weil das echt niemanden etwas angeht. Aber im Labor können sie die DNA unterm Mikroskop ganz genau anschauen, und ich möchte nicht wissen, was die bei mir alles finden würden.

Manchmal ist eine DNA-Analyse absolut notwendig, zum Beispiel bei der Verbrecherbekämpfung. Wenn ein Mord-Kommissar am Hals einer blonden Leiche ein braunes Haar entdeckt, schickt er es ins Labor, weil es ziemlich sicher vom Mörder stammt. Dann braucht er nur noch Spucke- oder Haarproben von allen Verdächtigen zu besorgen, was ziemlich ekelhaft ist, weil sich Verdächtige garantiert nicht anständig die Haare waschen und die Zähne putzen. Passt die DNA-Probe bei einem der Verdächtigen punktgenau zu der in dem Haar vom Tatort, ist der Mörder entlarvt und wird eingebuchtet bis zum Sankt-Nimmerleins-Tag.

Wegen der Waschbecken-Sache wäre ich bereit gewesen, eine Haarprobe zur Verfügung zu stellen, weil ich womöglich ständig unschuldig verdächtigt wurde.

Papa hat sich aber geweigert, eine Spuckeprobe aus unserem Waschbecken und Haare von seinen Kindern ins Forschungslabor zu schicken.

»So was macht man nur bei Mord und Totschlag, aber nicht bei Pillepalle!«, hat er gesagt.

Da fragt man sich doch, warum er sich dann jeden Morgen wegen ein bisschen Pillepalle dermaßen aufregt.

Eltern sollten sich schon sehr genau überlegen, welche Fragen sie ihren Kindern stellen, wenn sie nicht völlig schimmerlos durchs Leben gehen wollen. Meine haben gleich zweimal nichts gewusst:

Erstens nicht, wer für die Ferkelei im Bad verantwortlich war (*obwohl* sie *ständig* danach gefragt haben).

Und zweitens nicht, dass ihr Sohn stündlich damit rechnete, einem Alien zu begegnen (*weil* sie *nicht* danach gefragt haben).

Von all den Büchern über Außerirdische hat mir eines ganz besonders gut gefallen. Es hat den Titel *Willi und ich*, und der Autor heißt Erich Hämiken.
Willi heißt eigentlich Wilhardt. Er hatte sich als Zeitungsverkäufer getarnt und an Herrn Hämikens Haustür geläutet, aber der hat Willis wahre Herkunft sofort erkannt.
Herr Hämiken ist sich nämlich ganz sicher, dass Außerirdische mitten unter uns leben. Sie haben vor langer Zeit gelernt, die Gestalt der Menschen anzunehmen, und kommen ab und zu auf die Erde, um zu sehen, wie das Leben hier so läuft. Damit sie nicht auffallen, verhalten sie sich genauso wie wir Erdlinge, schreibt Herr Hämiken. Sie geben sich menschliche Namen, essen, schlafen, arbeiten, gehen zur Schule und so weiter. Nur ganz wenigen Menschen ist es bis jetzt gelungen, einen von ihnen zu entlarven. Und dass sie besondere Fähigkeiten haben, bleibt den meisten Leuten völlig verborgen. Willi, zum Beispiel, konnte eine Eisenstange verbiegen, als wäre sie eine gekochte Spaghetti. Er wurde Erich Hämikens bester Freund und zog bei ihm ein.
Seit ich dieses Buch gelesen hatte, suchte ich meinen Außerirdischen irgendwo zwischen ganz normalen Menschen. Im Supermarkt oder beim Zahnarzt oder an der Losbude vom Frühlingsfest. Und ich habe nicht eine Sekunde daran gezweifelt, dass ich ihn finden würde, weil das einfach klar war wie Kloßbrühe. Aber das sagte ich ja schon.

Lieber den Spatz in der Hand als die Taube auf dem Dach

Herr Hämiken schreibt: *Außerirdische trifft man meistens an Tagen mit besonderem Datum.* Was ein besonderes Datum ist, war logisch: der erste Tag der Sommerferien zum Beispiel oder mein Geburtstag oder der dritte Freitag nach Halloween.

An solchen Tagen starrte ich die Leute auf der Straße an, als hätte ich zu lange in der Sonne gelegen.

Der wahre Kenner spürt, wenn es so weit ist, steht im letzten Kapitel von *Willi und ich* geschrieben. *Er erkennt sein außerirdisches Gegenüber an kleinen Hinweisen, die unsere galaktischen Freunde aussenden. Denn im Grunde ihres au-*

ßerplanetarischen Herzens wünschen sie sich, erkannt und verstanden zu werden. Dann ist eine wirkliche Freundschaft zwischen einem Erdling und einem Außerirdischen möglich.

Aha.

Alles klar.

Das leuchtete mir ein.

Es passierte an einem dieser grauen, nebelfeuchten Herbsttage, an denen man förmlich riechen kann, dass der Sommer fault. Mein Schulweg verlor sich schon nach wenigen Metern in trübem Dunst.

Ich sog den Geruch der modernden Blätter ein, kickte ein paar Kastanienschalen vom Gehweg und sammelte eine Handvoll Eicheln auf, die wir für den Kunstunterricht mitbringen sollten. Der Herbst kann froh sein, dass er kein Kind ist, dachte ich. Überall lässt er seine Sachen herumliegen, und niemand regt sich darüber auf.

Ab und zu pladderte ein schwerer Tautropfen von den Bäumen auf mein Gesicht, und mein inneres Kino zeigte mir klar und deutlich, dass am Ende der Straße nicht das vertraute Schulgebäude auf mich wartete.

Ich gehe auf ein düsteres, uraltes Gemäuer zu. Aus den schwarzen, scheibenlosen Fensterhöhlen hallen die Klagen längst verstorbener Lehrer, und ab acht Uhr muss ich für den Rest meines Lebens die Worte »Fasse dich kürzer!« in die schimmeligen Wände der unterirdischen Kerker ritzen. Mit einem

Knochensplitter aus dem Grab von Papas altem Chemielehrer.

»Fasse dich kürzer« schreibt nämlich meine Lehrerin, Frau Mäusler, immer unter meine Deutschaufsätze. Es gibt Kinder, die haben eine Leseschwäche oder eine Rechenschwäche. Ich habe eine Kurzfass-Schwäche.
Wenn man an einer Kurzfass-Schwäche leidet, dann labert man zu viel. Deshalb sind meine Noten im Bericht und in der Vorgangsbeschreibung eher an der Schmerzgrenze. Nur bei zwei Sachen kann ich in Deutsch richtig punkten: bei der Erlebniserzählung und beim Lesen. Ich könnte jetzt sagen, dass ich im Lesen Klassenbester bin, aber das würde angeberisch klingen, und deshalb lasse ich es lieber.
Auf meinem Schulweg gab es jeden Tag neuen Lesestoff, denn im Zeitungsständer vor dem Lotto-Toto-Laden steckten am Morgen immer die frisch gedruckten Tagesblätter. Mein Blick fiel auf drei besonders fette Schlagzeilen:
BLACKOUT! *Chaos in den USA*
DIE DUNKLE SEITE DER MACHT! *Watt macht der Mensch, wenn ihm kein Licht aufgeht?*
SCHWARZER TOD IM NETZ! *Sind wir die Nächsten?*
Mama hatte uns heute Morgen am Frühstückstisch die neuesten Nachrichten erzählt: In einer riesengroßen Stadt in Amerika war in der letzten Nacht der Strom ausgefallen. Der ganze Verkehr war lahmgelegt gewesen, die Te-

lefonleitungen tot, kein Radio, kein Fernseher hatte mehr funktioniert. Die Krankenhäuser hatten mit Notstrom arbeiten müssen.

Not-Strom? Wahrscheinlich hatten sich die Ärzte beim Operieren Taschenlampen an die Stirn gebunden, wie Wolle, wenn er im Keller Bergwerk spielte!

»Die Experten rätseln noch immer, wie es dazu kommen konnte«, hatte Mama gesagt, und Lollo hat »Scheiße!« gerufen und ist nach oben ins Bad gestürzt, um zu schauen, ob der Föhn funktionierte. Eher fror die Hölle zu, als dass meine Schwester ungeföhnt zur Schule ging. Wegen dem *Scheiße* durfte Lollo am Abend nicht fernsehen. Es gibt nämlich nicht nur TABU-Themen bei uns, sondern auch TABU-Wörter.

Nachdenklich hob ich ein Ahornblatt auf, das hellgelb aus dem Dunkel eines zusammengekehrten Laubhaufens leuchtete. Einige grüne Punkte waren noch zu erkennen, als hätte der sterbende Sommer wenigstens ein paar Fingerabdrücke hinterlassen wollen.

Ich dachte an die stromlose Stadt in Amerika, und mein inneres Kino sah sie vor sich:

Stockdunkel, totenstill und unheimlich. Nur ein paar fahl beleuchtete Chirurgenköpfe irrlichtern durch die Operationssäle. Die Lichtkegel der Stirnlampen huschen über grüne Tücher, unter denen die Frischoperierten ihren Narkoserausch ausschlafen.

Die Ampeln an den riesigen Kreuzungen sind ausgefallen, und die wenigen Leute, die um diese Zeit noch mit dem Auto unterwegs sind, wissen nicht mehr, ob sie weiterfahren dürfen oder für den Rest ihres Lebens an einer Kreuzung stehen bleiben müssen.

Was hatte einen so gigantischen Stromausfall auf der Erde ausgelöst? Oder wer?
Ich schlängelte mich durch das müde Menschenknäuel, das auf dem Bahnhofsvorplatz dem Acht-Uhr-Bus entgegengähnte. Meine Gedanken tasteten sich immer noch durch die dunklen Straßenschluchten der amerikanischen Stadt, als sich mein Blick plötzlich in den buschigen Augenbrauen eines Mannes verhedderte. Er stand etwas abseits, neben dem Wartehäuschen. Ich hatte ihn noch nie zuvor gesehen. Seine kurze Jacke, die hohen Stiefel und die eng anliegende Hose waren aus mattem schwarzem Leder, und vor ihm stand ein großer grellgrüner Koffer. Seine dunklen Haare waren glatt nach hinten gekämmt und glänzten wie nasses Seehundfell.
Der Mann sah genau in meine Richtung, und Millionen stromlose Glühbirnen leuchteten aus seinen schwarzen Augen. Ich blieb stehen und hielt den Atem an. Welches Datum hatten wir heute? Den ersten Oktober.
Erster Zehnter. Eins eins null.
DER POLIZEINOTRUF!
Dazu ein Stromausfall auf unserem Planeten, den sich

niemand erklären konnte. Und ein lederner Fremder mit grünem Koffer in einer Kleinstadt. Das alles war ein Hinweis, so klar und deutlich, als hätte ihn Erich Hämiken persönlich in seinem Buch beschrieben.

Außerirdische sind in der Nacht auf unserem Planeten gelandet!, dachte ich und hielt den Atem an. Sie haben sich über die Kontinente verteilt – und einer von ihnen steht punktgenau vor mir!

Ich bekam derartiges Herzwummern, dass die Eicheln in meiner Jackentasche klackerten. Gib mir ein Erkennungszeichen!, bat ich mit meiner inneren Geheim-Stimme und wandte den Blick nicht von den schwarzen Augen ab.

Der Fremde starrte zurück und hob langsam die linke Hand. Er spreizte den Daumen ab, drückte seinen linken Nasenflügel zu und schnäuzte sich blitzschnell den Rotz aus dem rechten Nasenloch.

Alles klar.

Ein verschlüsseltes Begrüßungsritual für Eingeweihte.

WAHNSINN!

Der Bullerdieck kann das mit dem Rotzschießen übrigens auch, aber bei ihm ist es kein Geheimcode.

»Das ist mein Beitrag zum Umweltschutz«, sagt er immer. »Weil die Herstellung von Papiertaschentüchern so viel Energie verputzt.«

Mama sagt, für sie ist es eine Sauerei, und wenn sie mich noch ein einziges Mal dabei erwischt, kann ich was erleben.

Ich warf einen kurzen Blick auf den Boden. Eine zerfledderte Abendzeitung lag im Bordstein, und punktgenau auf dem großen A glänzte jetzt ein feuchter, schleimiger Rotzquabbel. A wie Außerirdischer, A wie Alien.
Jetzt gab es keinen Zweifel mehr. Wie in Zeitlupe ging ich auf den Fremden zu und hielt dabei ständig Blickkontakt. Seine Augen verengten sich zu schwarzen Schlitzen.
Ja, mein Freund! Du hast dich dem Richtigen offenbart.
Einen halben Meter vor ihm blieb ich stehen und verzog den Mund zu einem verschwörerischen Lächeln. Langsam hob ich den rechten Daumen und drückte ihn auf meinen rechten Nasenflügel. Ich zischte, so fest ich konnte, die Luft aus meinem linken Nasenloch, schließlich wollte ich nicht gleich bei der Begrüßungszeremonie einen Patzer machen.
Der Popel landete exakt auf dem grellgrünen Koffergriff.
»Willkommen, galaktischer Freund«, flüsterte ich feierlich.
»Verpiss dich, du Rotzferkel, oder ich beiß dir die Nase ab!«, schrie der Lederne, zerrte ein Papiertaschentuch aus der Hosentasche und rubbelte auf seinem Koffer herum wie ein Irrer.
Wie blöd kann man eigentlich sein?
Zum Glück hielt in diesem Moment der Bus neben mir. Ich hechtete durch die geöffnete Tür hinein, zischte am verdutzten Fahrer vorbei, schoss durch den schmalen

Gang, drückte den Knopf neben der Hintertür und sprang raus. Ich wusste nicht, wovor ich schneller davonrannte: vor der Rache des Ledernen oder vor meiner eigenen Blamage.
Sollte ich irgendwann diesem Herrn Hämiken begegnen, werde ich ihm sagen, er hätte sich bei der Sache mit den Hinweisen ein bisschen klarer ausdrücken sollen, verdammt!

Meine nächsten Versuche brachten mich auch keinen Schritt weiter. Die Dürre mit dem Nasenring, die mir nach sieben stürmischen Mondnächten im Siebenundsiebziger-Bus gegenübersaß, sagte mir ziemlich deutlich, dass ein Junge in meinem Alter gefälligst nicht derart aufdringlich fremden Frauen zublinzeln sollte. Und als ich mich am dritten Freitag nach Halloween mit einem großen A aus Pappe ins Einkaufszentrum stellte, warf mir ein Mann 50 Cent vor die Füße, weil er dachte, ich würde für die armen Kinder in Afrika sammeln.

»Die besten Sachen passieren meistens dann, wenn du überhaupt nicht damit rechnest«, hat der Bullerdieck mal gesagt, und genau so war es dann auch.
An einem ganz und gar gewöhnlichen Montag, sechs Tage nach meinem Geburtstag, bin ich meinem außerirdischen Freund zum ersten Mal begegnet.
Das ist jetzt ungefähr ein Jahr her, und ich ging in die

dritte Klasse der Mathilde-von-Söderhausen-Grundschule. Warum man unsere Schule nach dieser Mathilde benannt hat, weiß kein Mensch. Vielleicht, weil in Mathilde das Wort Mathe steckt, die Leute kommen ja auf die blödesten Ideen.
Ich setzte mich an meinen Platz am Fenster in der zweiten Reihe von hinten und packte meine Hefte und Bücher aus. Auf der Rückseite von meinem Deutschbuch klebte ein Kaugummi. Nach dem fortgeschrittenen Stadium der Leichenstarre zu urteilen, war er bereits Anfang des Schuljahres verstorben. Ich diskutierte gerade mit meinem Hintermann, ob man den Kadaver mit einem Lineal abschaben oder lieber mit Salpetersäure beträufeln sollte, falls man welche parat hatte, als Frau Mäusler zusammen mit einem fremden Jungen ins Klassenzimmer kam. Schlagartig verstummten fünfundzwanzig Münder, und fünfzig neugierige Pupillen zoomten in Richtung Tafel.
Der Junge hatte den Blick nach unten gerichtet und betrachtete seine Schuhspitzen.
Frau Mäusler legte leicht die Hand auf seine linke Schulter und sagte:
»Ich möchte euch euren neuen Mitschüler vorstellen. Er heißt Henri, und wir wollen alle dazu beitragen, dass er sich bei uns wohlfühlt.«
Was jetzt kommen würde, war klar wie Salpetersäure. Es gab nur einen freien Platz im Klassenzimmer, und zwar punktgenau rechts neben mir.

Es war nicht so, dass mich keiner leiden konnte, aber wir hatten sechzehn Mädchen in der Klasse, und die haben gleich am ersten Schultag verkündet, dass sie lieber platzen würden, als sich neben einen Jungen zu setzen. Blieben also neun Jungs, die an Zweiertische verteilt werden mussten, das heißt neun geteilt durch zwei. Macht viereinhalb. Die einen vier waren im gleichen Fußballverein wie die anderen vier. Klar, dass die nebeneinandersitzen mussten, von wegen Teamgeist und so. Blieb also zweimal ein halber übrig, der nicht Fußball spielte.
Das war ich.
»Sieh mal, Henri, dort neben Jonathan ist noch ein Platz frei«, sagte Frau Mäusler und deutete auf mich. »Ihr werdet euch sicher gut vertragen.«
Abwarten, dachte ich und scannte den Neuen kurz durch.
Hellblonde Haare, ein verwaschenes T-Shirt, Jeans, ein blasses, weiches Gesicht. Absolut unauffällig. Er setzte sich, ohne mich anzusehen, packte seine Schulsachen aus und stapelte sie vor sich auf.
Seine Bücher waren neu eingebunden, und jedes Heft hatte einen sorgfältig beschrifteten Aufkleber.
Wie die Marmeladengläser von der Messerle, dachte ich.
Sein Federmäppchen war mit Planeten bedruckt, die von roten Raketen umkreist wurden. Es war abgeschrammt und sah ein bisschen kindisch aus. Wahrscheinlich hatte er es schon seit der ersten Klasse. Als er es aufklappte, sah

ich, dass er seine Bleistifte nach Größen geordnet hatte. Sie waren spitz wie Rattenzähne. Wollte er damit den ausgestopften Hecht im Glasschrank harpunieren, oder was? Na toll! Ein Ordnungsfanatiker.

Dieser Typ hatte eine völlig andere DNA als ich. Sobald der kleine Saubermann mitkriegen würde, dass meine Schulsachen aussahen wie ein beschrifteter Komposthaufen, würde aus der netten Banknachbarschaft wohl nichts werden.

Mein Blick wanderte zu Henris Heften zurück. Die Schrift auf den Aufklebern war sehr klein und sehr eckig.

Mathematik Klasse 3b, entzifferte ich, und darunter stand: *Henri Wilhard*.

Aha. Wilhard hieß der Neue also mit Nachnamen. Das Wort blieb in meinem Hirn hängen wie eine Obstfliege auf einem von Lollos frisch lackierten Zehennägeln.

Wilhard.

WILHARD?!!

Plötzlich wusste ich, warum mir dieser Name so bekannt vorkam. *Willi und ich*! Das Buch der Bücher! Wilhardt, der Alien, der sich mit einem Erdling angefreundet hat!

Mein Blick raste über Henris Schulsachen. Auf dem Lineal klebte ein STAR-WARS-Sticker, und die Raketen auf dem Federmäppchen flackerten leuchtend rot vor dem blauen Hintergrund. Für den flüchtigen Betrachter sah das alles nach unauffälligem Jungskram aus. Für den Spezialisten war es mehr. Viel mehr!

Der wahre Kenner spürt, wenn es so weit ist, flüsterte Erich Hämiken in mein inneres Geheim-Ohr.
Meine Hände zitterten wie die vom Bullerdieck, wenn er zu viel Kaffee getrunken hat. Ich warf einen Blick nach vorne zu Frau Mäusler. Sie schrieb das heutige Aufsatzthema an die Tafel: *Ein Ausflug in die Stadtbücherei.*
Ich dachte an den Moment, als ich zum ersten Mal das Buch *Willi und ich* aus dem Regal in der Bücherei gezogen hatte. Auf dem Einband war ein Foto abgebildet: Herr Hämiken und Willi Arm in Arm vor einem endlos weiten Sternenhimmel. Unter dem Titel stand in kleinerer Schrift: *Spannung und Abenteuer an der Seite meines außerirdischen Freundes.*

Hastig zog ich ein verknülltes Blockblatt aus meiner Schultasche und schrieb drei Wörter darauf:
Hallo, Henri. Willkommen!
Und dann fügte ich noch eine Frage hinzu, um ganz sicherzugehen. Noch einen Reinfall konnte ich mir echt nicht mehr leisten.
Bist du A.L.F.?
Diese Abkürzung stand für *Außerirdische Lebensform,* das wusste ich aus meinen Büchern. Und Henri würde es auch wissen, wenn er das war, wofür ich ihn hielt.
Langsam schob ich den Zettel zu Henri hinüber. Er nahm ihn in die Hand und starrte darauf. Eine Ewigkeit schaute er auf die Wörter.

Langsam machte mich das Ganze nervös. Hatte ich vielleicht etwas falsch gemacht? Gab es ein überirdisches Gesetz, nach dem man niemals einen Willkommensgruß auf kariertes Papier schreiben darf, weil das eine Kriegserklärung ist? Was wusste ich schon über die Sitten und Gebräuche von Aliens? Und was passierte mit Leuten, die solche Gesetze brachen?

Der Bullerdieck hatte mir mal erzählt, dass jedes Land seine eigenen Benimmregeln hat. Was an einem Ort in der Welt als höflich gilt, ist ein paar Hundert Kilometer weiter eine verdammte Unverschämtheit.
Zum Beispiel gehört es sich in manchen Ländern ganz und gar nicht, sich in der Öffentlichkeit zu schnäuzen! Ich meine jetzt nicht die Rotzschießerei, sondern die ganz anständige Taschentuchgeschichte, die mir Mama eingebläut hat! Da ist man bei einem Japaner plötzlich unten durch, weil man ganz brav in sein Tempo gerotzt hat! Ich hab den Bullerdieck gleich gefragt, was man denn dann in Japan machen soll, wenn einem mitten auf der Straße was aus der Nase läuft. Der Bullerdieck hat gesagt, dass man in Japan zum Schnäuzen aufs Klo geht.
»Und wenn weit und breit keines ist?«, hab ich gefragt.
»Dann zieht man so lange hoch, bis man eins gefunden hat.«
Wenn Mama das hört, bringen die keine zehn Pferde nach Japan, dadrauf wett ich!

Wenn es schon auf der Erde verschiedene Spielregeln gab, woher sollte ich dann wissen, wie ich mich bei galaktischen Fremden zu benehmen hatte? Und wer hatte mir eigentlich in die Hand versprochen, dass alle Außerirdischen so friedlich reagierten wie Willi, wenn man sie enttarnte?

In diesem Moment zog Henri einen seiner gespitzten Bleistifte aus dem Raketenmäppchen.
Mein Herz schlug so wild, dass ich dachte, es würde mir zum Hals raushüpfen. Ich schloss die Augen und versuchte, klar zu denken.
Pfeilgift! Man kann Pfeilgift auch auf Bleistifte schmieren. Ganz klar. Und keiner würde jemals davon erfahren.
Mein Geheim-Kino zeigte mir meine eigene Beerdigung:
Die Leute haben die Einstichstelle an meiner rechten Hüfte übersehen und glauben, mich hätte mitten in der Deutschstunde der Schlag getroffen. So wie Opa damals beim Gartenzaunstreichen. »Der arme Jonathan!«, jammert die Messerle. »Er ist an gebrochenem Herzen gestorben. Hat nie verwunden, dass er ein Sandwich-Kind war. Konnte nicht länger ertragen, wie sein wonniger kleiner Bruder gehätschelt und verwöhnt wurde. Und seine große Schwester durfte alles, und Jonathan durfte gar nichts!«
Und Frau Mäusler seufzt: »Ich habe ihm eine Vier im Bericht gegeben. Dabei konnte er doch gar nichts dafür, dass seine

Phantasie immer mit ihm durchging!« Mein Kamera-Auge holt Mama zum letzten Mal vor die Linse. Weinend verteilt sie Sandwiches an die Trauergemeinde, mit Salami, Salat und Mayonnaise.

Vor mir raschelte etwas. Vorsichtig öffnete ich mein rechtes Auge und schielte auf das Stück Papier, das auf meinem Aufsatzheft lag. Es war mein Zettel.
Unter meinen Worten stand klein und eckig etwas mit Bleistift geschrieben:
Halo Jonatan wie getz?
Ja. Ich bin A.L.F.
Dein Henri
Jetzt war ich derjenige, der minutenlang auf den Zettel starrte.
Ich bin A.L.F.
Seit Jahren hatte ich auf diesen Satz gewartet. Und da stand er nun, klein und eckig und ein bisschen schief.
Jona, sagte meine innere Geheim-Stimme leise. *Da sitzt ein leibhaftiger Außerirdischer neben dir, der wissen will, wie es dir geht. Du solltest jetzt innen drin so hell strahlen wie ein Ufo-Scheinwerfer. Du müsstest dich gar nicht mehr einkriegen vor lauter Erfüllungsglück! Jona? Jonathan?!*
Vielleicht hatte ich mich zu lange vorgefreut. Vielleicht gab es für jeden Wunsch eine Art Glücksgefühl-Konto? Freut man sich vorher schon zu sehr und zu oft, dann ist das Konto leer, wenn sich der Wunsch erfüllt.

Ich drehte ganz leicht den Kopf und musterte meinen Banknachbarn.
Er war völlig vertieft, oder tat er nur so? Den Aufsatz musste er nicht mitschreiben, weil er beim Büchereiausflug noch nicht dabei gewesen war, aber Frau Mäusler hatte ihm eine Grammatikübung gegeben.
Henri war mittelgroß, wie ich. Seine Haare hatten sich offensichtlich noch nicht vollständig an die Schwerkraft auf der Erde gewöhnt. Einige Strähnen am Hinterkopf und über der Stirn wuchsen himmelwärts. Seine Fingernägel waren abgekaut bis auf die Haut. Beim Schreiben beugte er den Kopf so weit nach vorne, dass seine Nase beinahe das Heft berührte.

In dem Moment wusste ich, warum ich innen drin nicht leuchtete.
Mein Geheim-Kino hatte mir unzählige Male Begegnungen mit Außerirdischen gezeigt. Meine galaktischen Besucher hinter der Schutzfolie hatten zwar menschliche Gestalt gehabt, aber sie waren trotzdem außergewöhnlich gewesen. Geheimnisvoll und interessant, vielleicht sogar ein bisschen zum Fürchten. Ein Freund, mit dem man auf der Zuschauertribüne vom Fußballclub so richtig angeben konnte.
Herrn Hämikens Wilhardt hatte ein Drachen-Tattoo auf der rechten Backe gehabt und war fast zwei Meter groß gewesen.

Mit Henri konnte man kein bisschen angeben. Henri sah aus wie tausend andere Jungs auch.

Ein Außerirdischer, der Fingernägel kaute und seine Schulsachen in Ordnung hielt, war nicht gerade der Gipfel meiner Träume gewesen, um mal ganz ehrlich zu sein.

Lieber den Spatz in der Hand als die Taube auf dem Dach, steht im Kalender vom Bullerdieck am 7. Januar. Ich weiß das, weil an diesem Tag mein Papa Geburtstag hat.

Was der Spruch bedeutet, kann man leicht an einem Beispiel erklären:

Wenn Mama und ich vor der Eisdiele im Einkaufszentrum stehen, und Mama fragt: »Jona, willst du lieber jetzt eine Kugel Amarena-Kirsch *oder* am Samstag einen *Vulcano*-Becher im Zoorestaurant?«, dann ist die Antwort so klar wie Japaner-Rotz.

Die Kugel Amarena-Kirsch! Weil ich die todsicher kriege. Dann hab ich sozusagen den Eis-Spatz fest in der Hand. Natürlich ist ein *Vulcano* um Längen besser, weil da *zwei* Kugeln Amarena-Kirsch drin sind und eine Kugel Stracciatella und obendrauf noch Sahne und Krokantstreusel und Schokosoße. Aber man weiß doch, wie das läuft: Am Wochenende kriegt Wolle Windpocken, oder es schüttet wie aus Kübeln, und aus dem Zoobesuch wird mal wieder nichts. Dann ist die *Vulcano*-Taube ganz weit oben auf dem Dach, und ich hab überhaupt kein Eis gekriegt, kapiert?

Neben mir wurde gerade sorgfältig ein Bleistift gespitzt.
Ich seufzte.
Der Neue neben mir ist eindeutig kein *Vulcano,* dachte ich. Er ist ein zerzauster außerirdischer Spatz. Aber er ist besser als gar kein Alien.
Ich nahm den Zettel und schrieb:
Danke, mir geht es gut.
Du kannst Jona zu mir sagen,
und schob ihn rüber auf Henris Platz.
Er las die Wörter, drehte langsam sein Gesicht zu mir und schaute mich an. Seine Augen waren sehr hell. Hellgrau mit ein bisschen Grün. Sie strahlten mich an, als hätte er zwanzig Ufo-Scheinwerfer innen drin.
Von den acht Fußballern hatte mich noch keiner so angestrahlt und von den Mädchen sowieso keine, die würden sich eher eine mumifizierte Kaugummileiche zwischen die Zähne schieben, bevor die einen Jungen anstrahlen. In dem Moment merkte ich, dass mein Glücksgefühl-Konto doch noch Guthaben drauf hatte, und ich grinste zurück.

An diesem Morgen konnte ich mich nur schlecht auf meinen Aufsatz konzentrieren. Meine Gedanken wanderten immer wieder zu Henri rüber. Immerhin schaffte ich es noch, aufzuzählen, dass es in der Stadtbücherei verschiedene Bereiche zum Thema Außerirdische gibt: die Bilderbücher mit dem Marsmännchenzeugs, die esoterische Ecke mit Titeln wie *Kontaktaufnahme mit meinem über-*

irdischen Ich, die Science-Fiction-Bücher in der Romanecke, die Wissenschaftsreihe *Intelligenz im All* bei den Sachbüchern und – *DINGDONG,* da gongte es zur ersten Pause.

Henri und ich gingen schweigsam nebeneinanderher zu den Kleiderhaken, zogen unsere Anoraks an und ließen uns vom Strom der anderen Schüler in den Pausenhof spülen. Eigentlich hatte ich gehofft, mich ganz alleine mit Henri unterhalten zu können. Die Fragen brannten nur so in meinem Gehirn. Von welchem Planeten er kam, wollte ich wissen, und welche Mission er hier auf der Erde erfüllen sollte.

Sonst rannten die acht Fußballer immer sofort zum Sportplatz, aber heute umringten sie Henri wie Indianer einen blauen Büffel. Sogar ein paar Mädchen kamen dazu, um den Neuen zu begutachten.

»Bist wohl neu zugezogen?«, fragte der lange Niklas, unser Klassensprecher, in freundlichem Ton und warf dabei den Fußball von einer Hand in die andere.

Henri nickte. Er fixierte schon wieder seine Schuhspitzen, als säßen dort fünf Maikäfer beim Pokern.

»Wo hast du denn vorher gewohnt?«

»Köln«, sagte Henri leise.

»Und warum seid ihr da weg?«, wollte Felix, der Torwart, wissen. »Hat es euch nicht gefallen?«

»Doch ... schon«, murmelte Henri und drückte mit der Schuhsohle ein paar Schneeklumpen platt.

»In welche Straße seid ihr denn gezogen?«, fragte Hanna. Henri antwortete nicht.
»Hat dein Vater hier einen neuen Job?«
Henri schüttelte den Kopf.
»Deine Mutter?«
Henri nickte.
»Hast du noch Geschwister?«
»Nein.«
Die anderen schwiegen und sahen sich achselzuckend an. Sara verdrehte die Augen und tippte sich an die Stirn. Man konnte die Gedanken meiner Mitschüler förmlich in den Schnee tropfen sehen. Dort gefroren sie zu einem harten Wortklumpen: UNCOOL.
»Spielst du Fußball?«, fragte Niklas und ließ den Ball ungeduldig auf dem Treppenabsatz springen. Das Wort *wenigstens* sprach er nicht aus, aber es hockte auf seiner Zunge.
Henri schüttelte den Kopf.
»Na dann«, sagte Niklas und nickte den anderen zu.
Der Kreis löste sich auf, die Jungs verschwanden in Richtung Fußballplatz, und die Mädchen gingen rüber zu Frau Mäusler, die mit der Arbeitsgemeinschaft *Winterspaß* seit Tagen an einem Iglu baute.
Henri plättete immer noch kleine Schneehäufchen, und ich beschloss, die Sache jetzt mal auf den Punkt zu bringen.
»Die haben echt nichts geschnallt«, sagte ich und nahm

eine Handvoll Schnee vom Mülleimerdeckel. »Aus Köln!«
Ich kicherte. »Das haben die dir voll abgekauft. Na ja, woher sollen sie auch wissen, was Sache ist.«

Henri sah mich fragend an.

»Was … Sache ist?«

»Hör mal, Henri«, sagte ich und formte eine perfekte kleine Kugel aus Schnee. »Ich beschäftige mich seit Jahren mit euch. Ich habe alles über euch gelesen, und mir ist natürlich klar, warum du den anderen erzählst, dass du aus Köln kommst, und warum du nicht verraten willst, in welcher Straße du wohnst. Ich nehme an, dass niemand erfahren soll, wo ihr die Basisstadion *Erde* aufgeschlagen habt? Aber vor mir brauchst du keine Geheimnisse zu haben. Ich werde niemandem ein Sterbenswörtchen verraten, höchstens dem Bullerdieck, aber der hält dicht wie ein Gurkenglas, darauf kannst du dich verlassen. Der wird sich freuen, einen wie dich kennenzulernen. Dem können wir ruhig sagen, was du bist.«

Ich kniff ein Auge zusammen und zielte.

»Was … bin ich denn?«, fragte Henri. Er blinzelte angestrengt gegen die Sonne, um den Flug meines Schneeballs zu verfolgen.

»Ein Außerirdischer!«

Das Wort zerplatzte in der kalten Luft wie mein Schneeball am Stamm der alten Eiche. Henri schaute mich erschrocken an. Seine Scheinwerferaugen sahen ganz groß aus, und ich überlegte, ob ich mich vielleicht doch etwas

vorsichtiger an das Thema hätte heranpirschen sollen. Aber der Bullerdieck sagt immer, Leute, die um den heißen Brei herumreden, brauchen sich nicht zu wundern, wenn sie zum Schluss nur kalte Pampe im Teller haben.
»Nur damit das klar ist«, schob ich rasch nach. »Ich finde es absolut cool, dass du ein Außerirdischer bist. Ich habe mir immer einen Freund wie dich gewünscht! Meinst du, ich hätte dir sonst den Zettel geschrieben? STAR-WARS-Sticker als Erkennungszeichen! Da muss man erst mal drauf kommen, Mann! Und dann dachte ich doch echt, du gehst gleich mit dem Bleistift auf mich los. Aber als du dann geschrieben hast, dass du A.L.F. bist, war die Sache sonnensystemklar. Kennst du diesen Willi eigentlich persönlich? Die Sache mit der Eisenstange ist doch der Hammer, oder? Kannst du so was auch? Du hast doch sicher eine Mission zu erfüllen? Ich könnte dir dabei helfen, soll ich? Mann, es ist schon ein Riesending, dass ich dich erkannt habe!«
Henri starrte mich immer noch an.
Klar, dass einem die Spucke wegblieb, wenn man plötzlich enttarnt wurde.
Leuchtete mir völlig ein. Außerdem sagt Mama, dass ich manchmal so viel und so schnell rede, dass man wahnsinnig werden könnte. Das hat wahrscheinlich mit meiner Kurzfass-Schwäche zu tun. Vielleicht kamen Außerirdische da einfach nicht mehr mit.
DINGDONG!, die Pause war um, und Henri stand immer

noch da, als wäre er genauso festgefroren wie der Mülleimerdeckel.

»Wir müssen«, sagte ich und deutete mit dem Kopf Richtung Schulhaus.

Langsam löste sich Henri aus seiner Starre und sah mich an.

»Willst du echt mein Freund sein?«, fragte er.

»Na klar, Mann!«

»Und du erzählst niemandem von dieser … Geheimsache, nur dem Bummerdick?«

»Bullerdieck«, sagte ich und schob ihn zur Eingangstür, wo die letzten Schüler gerade verschwanden. »Und wenn ich dir sage, dass ich ab jetzt dein Freund bin, dann ist das bombenfest sicher, okay, Mann?«

Henri blieb stehen und sah mir in die Augen. Dann nahm er langsam meine ausgestreckte Hand und drückte sie leicht.

»Okay«, sagte er leise.

Geteiltes Leid ist halbes Leid

Von diesem Tag an waren Henri und ich unzertrennlich. Wir standen in der Pause am Fußballfeld und feuerten Niklas und die anderen an, oder ich stand mit ihm unter der alten Eiche und erzählte ihm von den Leuten in unserer Stadt: vom alten Kiesewitz, der vor sieben Jahren im Lotto gewonnen und sich davon ein rotes Doppeldecker-Flugzeug gekauft hat. Jeden Samstag fährt er zum Flugplatz und steigt in seinen Flieger. Er sitzt im Cockpit und trinkt dort Tee aus einer zerbeulten Thermoskanne, aber er würde nie im Leben den Erdboden verlassen. »Ich bin doch keine Amsel«, sagt er immer und tippt sich an den Kopf.

Vom Bademeister Bromfeld erzählte ich Henri auch, weil der einen Kopfsprung vom Zehnmeterbrett hinlegt wie ein Profi. Und von der Messerle, die jede Woche auf der Partnersuche-Seite der Abendzeitung inseriert, weil sie einen vermögenden Witwer, Mitte sechzig, kinderlos und NR sucht, zwecks gemeinsamer Lebensabendgestaltung. Lebensabend bedeutet, dass man schon ziemlich alt ist, und wenn der Zeiger auf der Lebensuhr auf Mitternacht klackt, dann macht man seinen letzten Schnaufer. Wenn es danach geht, wäre bei mir gerade früher Morgen, beim Bullerdieck Nachmittag, und die Messerle wäre schon über die Tagesschau drüber. Bis jetzt hat sich noch kein Witwer bei der Messerle gemeldet, wahrscheinlich weil die nicht wissen, was NR bedeutet. Ich glaube, es heißt Nass-Rasierer, weil ich einmal gehört hab, wie die Messerle gesagt hat, dass der Bullerdieck mit seinen Bartstoppeln aussieht wie ein verwahrloster Igel und dass sie ihn nicht einmal mit Gartenhandschuhen anfassen würde. NR könnte natürlich auch Nicht-Redner heißen, weil die Messerle noch mehr labert als ich und nicht möchte, dass ihr jemand das Wort abschneidet oder ihr mitten in den Satz fällt. Beides ist sehr unangenehm, vor allem am Lebensabend, wenn die Zeit knapp wird.

Henri hörte sich meine Geschichten an und aß seinen Pausenapfel dazu. Ich hab ihn gefragt, warum er jeden Tag einen Apfel dabeihat.

Henri hat noch gekaut, aber mir fiel die Antwort von selber ein, ehe er schlucken und sprechen konnte.
»Enthalten Äpfel eine spezielle Substanz, die du brauchst, um in der Erdatmosphäre existieren zu können?«
Henri nickte.
Na bitte, dachte ich.
Die acht Jungs konnten überhaupt nicht verstehen, warum ich so viel Zeit mit Henri verbrachte. Was ich denn an dieser maulfaulen Spaßbremse so toll fände, fragten sie mich.
»Wartet's nur ab«, sagte ich und grinste vielsagend. »Vielleicht ist Henri noch für eine Überraschung gut!«
Ich hatte ja keine Ahnung, wie recht ich damit hatte.

Dass Henri nicht viel redete, machte mir im Grunde nichts aus. Ich quatschte eben für zwei, und Henri gab kurz seinen Kommentar dazu ab, das war schon in Ordnung. Was mich aber wirklich nervte, war, dass er erst richtig wortkarg wurde, wenn ich ihn über »die Sache« ausfragte. Ich platzte fast vor Neugier. Über die Jahre hatten sich Tausende von Fragen in mir angesammelt, die auf eine Antwort warteten, aber immer wenn ich das Thema anschnitt, ging ich leer aus.
»Wie heißt denn dein Heimatplanet?«, wollte ich zum Beispiel gleich am ersten Tag nach der Pause wissen.
Henri fing an, in seiner Schultasche zu wühlen.
»Wir wohnen mal hier und mal da.«

Aha.
Alles klar.
»Dann seid ihr also so was Ähnliches wie intergalaktische Nomaden?«
»So ungefähr.«
Auch auf die Frage nach seinem Vater bekam ich nur wenig Auskunft.
»Hält er sich auch auf der Erde auf?«
Henri zuckte mit den Schultern. »Sein Aufenthaltsort ist geheim«, sagte er. »Nicht einmal Mama und ich wissen, wo er ist. Wir haben seit Jahren nichts mehr von ihm gehört.«
Das war ja wohl der Hammer! Es musste schrecklich sein, nicht zu wissen, wo der eigene Vater ist.
»Mein Papa ist auch manchmal weg, Henri«, versuchte ich ihn zu trösten. »Er geht ein paarmal im Jahr zur Fortbildung.«
»Was ist Fortbildung?«
»So nennt man das, wenn einer was Neues über seinen Beruf lernt. Danach ist er gebildeter als vorher. Dazu muss er allerdings fort, deshalb heißt es Fortbildung.«
»Und wie lange ist dein Papa fort, wenn er sich bildet?«
»Ungefähr drei Tage, manchmal auch eine Woche.«
Henri seufzte. »Dann glaube ich nicht, dass mein Vater auf Fortbildung ist. Das müsste dann schon eine Sehr-weit-Fortbildung sein.«
»Wahrscheinlich arbeitet dein Vater für den galaktischen

Geheimdienst«, überlegte ich. »Er teilt euch seinen Aufenthaltsort nicht mit, um euch zu schützen. Man könnte euch sonst entführen und foltern, um herauszufinden, wo er ist.«

Mein inneres Kino zeigte die Vorschau eines vielversprechenden Science-Fiction-Thrillers.

Wenn man mit Henri nicht angeben konnte, dann vielleicht mit seinem Vater! Eines Tages würde er bestimmt auftauchen und den besten Freund seines Sohnes kennenlernen wollen …

»Muss toll sein, so einen Vater zu haben«, sagte ich.

Ein kleines Lächeln huschte über Henris blasses Gesicht.

»Was macht denn *dein* Vater?«, fragte er.

»Mein Papa ist Steuerberater, genau wie Mama.«

Als ich klein war, hab ich einen Steuerberater für so etwas Ähnliches wie einen Fahrlehrer gehalten: Er berät die Leute, ob es klüger ist, geradeaus zu steuern, oder ob sie besser nach links abbiegen. Mama hat mal versucht, mir zu erklären, was ein Steuerberater wirklich macht, aber ich hab es wieder vergessen, weil es echt zu kompliziert ist. Irgendwie helfen die den Leuten, alles in Ordnung zu halten bei den Finanzen. Finanzen sind so was Ähnliches wie Geld, und mein Taschengeld ist selten in Ordnung, weil es hinten und vorne nicht reicht und jeder Monat im Finanzchaos endet. Es ist also verständlich, dass der Mensch einen Steuerberater braucht.

»Was macht ein Steuerberater?«, wollte Henri wissen.
Einen kurzen Moment lang dachte ich, dass es schon cooler klingen würde, wenn ich jetzt sagen könnte, dass meine Eltern den ganzen Tag in einem schicken Fahrschul-Auto in der Gegend rumflitzen und den Leuten sagen, wo's langgeht. Aber Lügen kann auf Dauer ziemlich nervenaufreibend sein, das wusste ich aus Erfahrung.
»Ein Steuerberater bringt Ordnung in das Finanzchaos anderer Leute«, erklärte ich knapp.
Henri dachte kurz nach. »Meine Mama bringt auch Ordnung in das Chaos von anderen Leuten. ›Zeige mir deinen Müll, und ich sage dir, wer du bist‹, sagt sie immer.«
»Ist sicher Teil ihres Beobachtungsauftrags über die Erdlinge«, sagte ich. »Und eine coole Tarnung.«
Henri nickte. »Was ist Finanz?«, fragte er.
»Geld.«
Henri schaute mich erstaunt an. »Gibt es Leute, die so viel Geld haben, dass sie dafür einen Aufräumer brauchen?«
Ich nickte.
»Hammer«, sagte Henri.

Am Ende der Woche saß ich wie jeden Freitagmorgen auf der Bank in der Sporthalle und sah den anderen beim Abschussball zu.
Abschussball ist ein fieses Spiel, das sich unser Sportlehrer, Herr Brönitz, ausgedacht hat, und ich hab die Regeln bis heute nicht kapiert, was eigentlich egal ist, weil ich

sowieso nach zwei Minuten abgeworfen werde und am Rand sitzen muss.

Wir Jungs aus der 3b, mit Henri waren wir jetzt zehn, hatten Sport zusammen mit den elf Jungs der 3a, was eine schreiende Ungerechtigkeit ist.

»Nicht mal über unsere toten Leichen!«, haben die A-ler gleich in der ersten Klasse klargestellt, als der Brönitz vorgeschlagen hat, ein A-ler könne doch zu den B-lern in die Mannschaft wechseln, um die Spielerzahl auszugleichen. Was schon mal beweist, wie strunzbescheuert die A-ler sind, weil Leichen nämlich von Natur aus tot sind.

Dem Brönitz war seine Ruhe wichtiger als Gerechtigkeit, deshalb hat er sich erst gar nicht mit den A-lern angelegt, und sie blieben in der Überzahl.

Während sich die B-ler also damit abmühten, möglichst lange auf dem Spielfeld auszuhalten, humpelte Henri zu mir rüber und setzte sich neben mich.

»Bist du auch schon abgeworfen worden?«, fragte ich und sah ihn erstaunt an.

Henri schüttelte den Kopf. »Ich kann solche Spiele nicht leiden.« Er grinste mich an. »Hab dem Brönitz gesagt, ich hätte was am Bein.«

Missmutig betrachteten wir unseren Sportlehrer.

»Der sollte mal auf eine Fortbildung gehen und etwas Neues über seinen Beruf lernen, damit wir nicht so blöde Spiele machen müssen«, schimpfte er.

»Aber bitte auf eine Für-immer-Fortbildung«, sagte ich, und wir lachten so laut, dass der Brönitz uns einen bitterbösen Abschussblick zuwarf.

Ich war es echt leid gewesen, immer als Erster auf dieser Bank sitzen zu müssen, aber jetzt saß Henri neben mir, mein hinkender Freund.

Geteiltes Leid ist halbes Leid, steht im Kalender vom Bullerdieck, und genau so fühlte sich das an. Schweigend schauten wir den anderen zu. Es ist mir ein Rätsel, wie es manche Leute schaffen, so schnell zu rennen und gleichzeitig einen Ball zu fangen. Ich kann *entweder* das eine *oder* das andere. Wenn mein Gehirn damit beschäftigt ist, meinen Füßen das Kommando *Rennen!* zu geben, dann kann es nicht auch noch meine Hände anfeuern, dass sie einen Ball fangen sollen.

Meine Eltern sind allerdings der Meinung, ein Junge in meinem Alter sollte Sport treiben, und deshalb muss ich zweimal die Woche im Tennisclub mit einem Trainer üben. Ich bin mir ziemlich sicher, dass der schon in der ersten Stunde kapiert hat, was auf meiner DNA in Sachen Sportlichkeit eingraviert ist, aber meine Eltern zahlen ihm jeden Monat eine schöne Stange Schweigegeld.

»Du, Henri«, sagte ich leise. »Was ist denn eigentlich *dein* Auftrag hier auf der Erde?«

Henri beugte sich nach vorn und begann, umständlich seinen linken Turnschuh neu zu binden.

»Was glaubst du denn?«, fragte er zurück und pfriemelte an seinen Schnürsenkeln herum.

Ich blätterte in Gedanken durch meine Bücher und versuchte, mich zu erinnern.
Erste Möglichkeit: Spionage. Wollten die Außerirdischen wissen, wie viel die Geheimdienste der Erdlinge über galaktisches Leben wussten? Unwahrscheinlich, dass sie für solche Zwecke einen ihrer Jungs in eine Erdlings-Grundschule geschickt hatten.
Zweite Möglichkeit: Diebstahl von geistigem Eigentum. Darüber hatte ich in der Reihe *Intelligenz im All* gelesen: *Es gibt außerirdische Gedankenleser, die sich darauf spezialisiert haben, in Labors und Forschungszentren der Erdlinge einzudringen, um dort geistiges Eigentum zu stehlen, das sie im All für ihre eigenen wissenschaftlichen Zwecke verwenden.*
Wie, bitte schön, klaut man geistiges Eigentum?, hatte ich mich damals gefragt.
Mein innerer Kameramann hatte auf einen Wissenschaftler gezoomt, der bewegungslos auf einem Operationstisch lag:
Die Außerirdischen haben ihn mit einem Betäubungslaser ruhiggestellt. Mit einem winzigen Staubsauger, dessen Rohr sie in sein Ohr einführen, saugen sie das gesamte geistige Eigentum aus seinem Kopf heraus. Alle Gedanken werden an Ort und Stelle durchleuchtet, sortiert und in schmale, gläserne

Röhrchen gefüllt. In die Röhrchen mit roter Aufschrift kommen alle Gedanken zum Thema Raumfahrt, medizinischer Fortschritt, Besiedelung fremder Planeten und so weiter. Auf dieses geistige Eigentum haben es die Außerirdischen abgesehen. Alle anderen Gedanken, zum Beispiel diejenigen über das Chaos in den Finanzen oder den neuen Rasenmäher, kommen in die Röhrchen mit der blauen Aufschrift und werden vorsichtig wieder in den Kopf des Wissenschaftlers zurückgepustet. Ganz besonders private Gedanken, zum Beispiel solche über den schönen Hintern der Forschungsassistentin, werden gar nicht erst abgefüllt, sondern wandern sofort wieder zurück ins Forscherhirn, weil das echt niemanden etwas angeht.
Die Außerirdischen beamen sich zurück ins All mit einem grellgrünen Koffer voller Röhrchen, und der Wissenschaftler wacht auf und hat keinen blassen Schimmer, was mit ihm passiert ist. Er merkt nur, dass sich sein Gehirn so komisch leicht anfühlt. Gott sei Dank hat er seine Forschungsergebnisse immer in dicke Bücher geschrieben, die zu Hause in seinem Wohnzimmerregal stehen. So kann er alle seine schlauen Gedanken mitsamt den Abkürzungen für die komplizierten, kilometerlangen Wörter in seinen Schädel zurücklesen.

Um was ging es noch mal? Ach ja. Um Henris Erdenmission.
Das mit dem geistigen Diebstahl ist unwahrscheinlich, dachte ich. Nichts gegen die Mathilde-von-Söderhausen-Grundschule, aber ich glaube, der Aufwand mit dem

Ministaubsauger und den Röhrchen würde sich bei uns nicht lohnen, nicht einmal bei Frau Mäusler, und beim Brönitz schon überhaupt nicht.

Aber da fiel mir noch eine dritte Möglichkeit ein. Der Autor von *Willi und ich* hatte geschrieben, dass es auch im Weltraum Schulen gibt.

Wo sonst sollten junge Aliens lernen, wie man mit dem Laserschwert umgeht, Eisenstangen verbiegt, Gegenstände durch Gedankenkraft bewegt, sich auf der Erde unauffällig benimmt und all das. Natürlich sind die Schulen im All nicht mit unseren zu vergleichen, schrieb Herr Hämiken. Es gibt dort keine Schulklassen, sondern jeder Schüler hat seinen eigenen Meister, der ihn ausbildet. Und die Meister geben Hausaufgaben auf, ist ja logisch.

Ich wandte mich wieder Henri zu, der immer noch an seinen Turnschuhen rummachte und schon krebsrot im Gesicht war vor lauter Nach-unten-Schauen.

»Ich glaube, ich weiß es«, flüsterte ich, denn mittlerweile saßen auch Jan-Philipp und Fabian neben uns auf der Bank. »Du musst eine Hausaufgabe für deinen Meister erledigen, stimmt's? Einen Forschungsbericht über uns Erdlinge? Dein Meister will wissen, ob eine Freundschaft zwischen uns und euch Außerirdischen wirklich möglich ist oder ob unsere Lebensformen zu verschieden sind, hab ich recht?«

Die Alienforscherzellen in meinem Gehirn fingen an zu

zucken. Womöglich hing unglaublich viel von Henris Hausaufgabe ab. Wer weiß, wie die Sache mit Wilhardt und Herrn Hämiken ausgegangen ist? Das Buch hat ein offenes Ende, und der Leser erfährt nie, wie diese Freundschaft endet. Vielleicht entschied Henris Forschungsbericht über Krieg und Frieden zwischen Erdenbewohnern und Aliens, und ich war daran beteiligt! Ich konnte nur hoffen, dass Kurzfass-Schwäche bei galaktischen Meistern als Pluspunkt galt!

Dein Forschungsbericht ist absolute Spitze, Henri, weil du dich nicht ein einziges Mal kurz gefasst hast. Die Unendlichkeit des Weltraumes spiegelt sich in deinem genialen Schreibstil wider! Wir wissen sehr wohl, wer dir beim Schreiben freundschaftlich zur Seite stand und dich durch den komplizierten Kosmos des Erdlings geleitet hat. Die Freundschaft zwischen uns und den Erdlingen ist gesichert. Die Zukunft der Menschheit ist gerettet.

Ungefähr diese Worte würde der Meister unter unseren Bericht schreiben, dachte ich. Was für eine R-I-E-S-E-N-S-A-C-H-E!

»Darf ich dir bei deinem Forschungsbericht helfen?«, fragte ich atemlos. »Wir könnten uns immer bei mir zu Hause treffen und alle wichtigen Kapitel besprechen. Ich schreibe für dich alles über das Leben des Erdlings auf, und du beschreibst, was bei euch im All so läuft. Euren *All-Tag* sozusagen. Am Ende ver-

gleichen wir dann die Einträge und basteln daraus die Hausaufgabe für deinen Meister. Wie findest du das?«
Ich hoffte sehr, dass Henri einverstanden war. Auf diese Weise würde ich nämlich ganz nebenbei auch all die Dinge erfahren, die mich so brennend interessierten! Ich hatte einen ganz heißen Kopf vor lauter Aufregung, und mein Magen fühlte sich an, als wäre der Ball vorhin gegen meinen Bauch und nicht gegen meinen Hintern gedonnert.
»Bei dir zu Hause?« Henri richtete sich auf. Seine Augen leuchteten in dem dunkelroten Gesicht noch heller als sonst. »Okay«, sagte er.

Wenn die Schule aus war, ging Henri nach Hause zu seiner Mama, und ich ging nach Hause zu Carla.
Carla ist eine Studentin, die von meinen Eltern dafür bezahlt wird, dass sie Wolle mittags vom Kindergarten abholt, uns was zu essen kocht und Wolle dann wieder zurück in seine Nachmittagsgruppe bringt. Unseren Eltern ist es nämlich sehr wichtig, dass wir etwas *Anständiges* zu Mittag essen, und ich frage mich wirklich, ob es Leute gibt, die unanständige Dinge kochen, aber das ist garantiert wieder ein TABU-Thema.
Seit Wolle im Kindergarten ist, kümmert sich Mama wieder mehr um den Finanzmüll anderer Leute. Bis fünf arbeitet sie im Büro, dann holt sie Wolle vom Kindergarten

ab und isst mit uns Kindern Abendbrot. Meistens liege ich schon im Bett, wenn Papa nach Hause kommt, aber manchmal hab ich Glück, und es ist noch Zeit für eine kurze Runde Scrabble.

Wenn Carla nicht in die Uni muss, bleibt sie auch nachmittags noch zwei Stunden bei uns. Am Anfang dachte ich, Uni ist die Abkürzung von Universum, und wollte Carla gleich einem Alien-Test unterziehen. Aber Mama hat gesagt, dass Uni die Abkürzung von Universität sei, und das bedeutet Hochschule. Mir ist die Grundschule manchmal schon zu hoch, und ich glaube deshalb nicht, dass ich mal an die Uni gehe.

Carla gibt mir nach dem Mittagessen Mathe-Nachhilfe, fragt Lollo Latein-Vokabeln ab oder liest Wolle aus *Bob der Baumeister* vor, bevor sie ihn wieder in den Kindergarten bringt.

Damit hier keine Missverständnisse entstehen: Ich bekomme nicht deshalb Mathe-Nachhilfe, weil ich ein Brett vorm Kopf hab oder so. Bevor Carla zu uns kam, waren meine Mathenoten ein bisschen schlechter als mittel, also unteres Sandwich-Level, was meiner Meinung nach völlig okay ist. Aber Mama und Papa haben gesagt, dass man mit solchen Noten nicht aufs Gymnasium kommt und dass man aus meinem Kopf noch viel mehr herausholen könne.

Ich musste an den Halloweenkürbis denken, den Mama mit Wolle und mir ausgeschabt hatte, damit wir ein Teelicht in seinen Schädel stellen konnten. Das fiese Grinsen konnte man bis ans Ende der Straße sehen. In meinem Kopf sollte auch ein Licht aufgehen, und deshalb haben sie Carla auf mich angesetzt wie ein Trüffelschwein. Trüffelschweine wühlen im Waldboden nach wertvollen Wurzelknollen, die man in teuren Restaurants essen kann, und Carla wühlt in meinem Oberstübchen nach wertvollen Kapier-Knollen. Carla sieht eigentlich ganz okay aus, aber ein bisschen sehr zerwühlt in den Haaren, und ich hab mich am Anfang gefragt, ob sie eine von Mamas Finanzchaotinnen ist.

»Jona, das ist Carla«, hatte Mama eines Tages gesagt. Ich war damals in der zweiten Klasse und kam gerade von der Klavierstunde nach Hause. »Carla wird für euch kochen. Immer montags, mittwochs und donnerstags.«

»Und wer kocht am Dienstag und am Freitag? Der Bullerdieck?«, hab ich voller Hoffnung gefragt.

»Gott bewahre!« Mama hat Carla angeschaut und gelacht. »Herr Bullerdieck ist ein sehr netter, kluger Nachbar. Aber von Kalorien und Kohlehydraten versteht er sicher nicht viel.«

Sie wandte sich wieder zu mir: »Für diese beiden Tage kocht Carla vor und friert das Essen ein. Lollo und du müsst den Topf nur noch in die Mikrowelle stellen und warm machen. Wolle wird dann im Kindergarten essen.« Mama hat mich angeschaut und gestrahlt wie eine Tüte Weihnachtsbaumbeleuchtung.

»Morgen kocht Carla Pastinaken, und dazu gibt es Kuskus! Carla studiert nämlich Ökotrophologie.«
»Aha. Alles klar«, hab ich gesagt und mich langsam Richtung Tür geschoben. Ich musste mich mit jemandem aussprechen, und zwar sofort. Meine Mutter hatte vor, ihre Kinder einer zerzausten Ökofroditin zu überlassen, die Sachen kochte, die nach Kakerlaken und Knutscherei klangen! Während Mama die Küchenschränke öffnete, um Carla zu zeigen, wo die Töpfe stehen, drehte ich mich blitzschnell um und witschte rüber zum Bullerdieck.

Er saß mit einem Stapel Bücher in seinem Garten und schenkte mir zur Begrüßung eine Handvoll reifer Himbeeren.
»Damit du mal weißt, was eine echte Himbeere zu bieten hat. Das Zeug aus dem Supermarkt schmeckt doch wie eingeschlafene Füße.«
Ich setzte mich zu ihm auf die wackelige Bank vorm Gartenhaus und warf mir eine Beere in den Mund. Der Geschmack der reifen Frucht vermischte sich mit dem warmen Holzgeruch des Gartenhauses, und ich vergaß für einen kurzen, wohligen Moment, dass ich mich auf der Flucht befand.
Der Bullerdieck zupfte ein Blatt vom Apfelbaum und betrachtete es nachdenklich. Das Blatt war an den Rändern eingerollt und hatte überall dunkelbraune Flecken.

»Das sind Lebensabend-Sommersprossen«, sagte ich und deutete auf das Blatt. »Man kann auch Altersflecken dazu sagen, aber das klingt uncharmant, hat Oma mal gesagt. Die Hände von der Messerle sind ganz voll davon. Deshalb schmiert sie Zeugs aus der Apotheke drauf, zum Bleichen. Sie sagt, seitdem schauen ihre Hände um zehn Jahre jünger aus.«
Der Bullerdieck strich vorsichtig mit dem Daumen über das Blatt.
»Die Messerle kann sich von oben bis unten mit Zeugs aus der Apotheke vollschmieren«, knurrte er. »Sie ist trotzdem eine alte Schachtel.«

Der Bullerdieck ist auf seine Nachbarin nicht gut zu sprechen, weil sie sich mal lauthals bei ihm beschwert hat, dass sein Haus und sein Garten »ihr Schönheitsempfinden beleidigen«.
Der Bullerdieck ist ein friedlicher Mann, aber eine solche Frechheit konnte er nicht auf sich sitzen lassen. Er hat über den Zaun gerufen, dass schließlich er es sei, der jeden Morgen aus dem Küchenfenster mit ansehen müsse, wie sie in ihrem lila geblümten Morgenmantel zum Briefkasten watschele wie eine Mastgans in Geschenkpapier, und dass sein Schönheitsempfinden dadurch so gut wie abgestorben sei.
Seither reden die zwei kein Wort mehr miteinander, und die Messerle muss jetzt die Himbeeren für ihre Marme-

lade im Supermarkt kaufen, weil er »im Traum nicht daran denkt, seine mühsam hochgepäppelten Früchte noch länger an sie zu verschenken«. Das wäre, wie Perlen vor die Säue zu schmeißen, hat er gesagt.

Die Messerle hat Mama mal erzählt, dass der Garten vom Bullerdieck früher sehr schön und gepflegt ausgesehen hat. Da war er noch nicht der Garten vom Bullerdieck, sondern der Garten von Bullerdiecks Mama.
»Die Beete waren ohne ein Stängelchen Unkraut, und der Rasen war tipptopp gepflegt. Wenn die arme Frau, Gott hab sie selig, sehen könnte, wie ihr feiner Sohn das Schmuckstück verwahrlosen lässt, dann würde sie sich im Grabe umdrehen!«, hat die Messerle gesagt.
Ich hab alles mitgekriegt, weil das Fenster vom Gästeklo gekippt war und die beiden direkt neben der Haustür standen. Ich hab schnell die Hose hochgezogen, bin zur Haustür rausgerannt und hab zu ihr gesagt, dass Frau Bullerdieck sich nicht mehr umdrehen *kann*, weil sie nur noch ein Skelett mit ein bisschen gammeliger Haut dran ist, und dass der Garten sehr schön ausschaut, auch *mit* dem ganzen Unkraut!
Die Messerle hat nach Luft geschnappt wie ein Karpfen im Kino, und Mama hat gesagt, ich soll nicht so frech sein. Aber ich hab gemerkt, dass sie sich das Grinsen verkneifen musste, und nachher hat sie zu mir gesagt, dass ich vollkommen recht gehabt hätte.

»Warum hast du das nicht vor der Messerle gesagt?«, hab ich sie gefragt.
Mama ist ein bisschen rot geworden und hat lange überlegt.
»Hat es was mit TABU zu tun?«, hab ich gefragt, und da hat sie genickt und geseufzt, und ich hab gedacht, dass Erwachsensein auch kein Kinderspiel ist.

Die letzte Himbeere war in meinem Bauch verschwunden, da fiel mir die Sache mit der Küchen-Carla wieder ein und dass Mama Bullerdiecks Kochkünste angezweifelt hatte.
»Wissen Sie, was eine Kohlarie ist? Muss was mit Essen zu tun haben.«
»Das ist garantiert wieder so eine neumodische Gemüsesorte«, sagte der Bullerdieck und spuckte einen Kirschkern ins Gras. »Warum, glaubst du, sind diese armen Gurken-Schweine im Supermarkt in Plastikfolie eingeschweißt? Damit man ihr Gejammere nicht hört! Wer ist schon gerne geschmacklos?«
»Und was ist ein Kohlen-Hydrant?«
»Ein Hydrant versorgt die Leute mit Wasser, zum Beispiel die Feuerwehr. Mit Kohle hat der gar nichts zu tun.«
Na bitte. Ich hatte doch gewusst, dass der Bullerdieck mehr Ahnung hatte als diese Carla, und nicht nur vom Kochen. Die brauchte sich erst gar nicht einzubilden, dass wir Löschwasser trinken würden.

»Warum musst du denn diese Wörter kennen?«, hat der Bullerdieck gefragt und mir ein schönes geringeltes Schneckenhaus in die Hand gedrückt.

Ich seufzte.

»Weil ab morgen dreimal in der Woche eine Ökofroditin für uns Kinder kocht.«

»Großer Gott!« Der Bullerdieck warf mir einen mitleidigen Blick zu. »Ihr Kurzen habt's auch nicht leicht.«

Die Ernährung des Erdlings

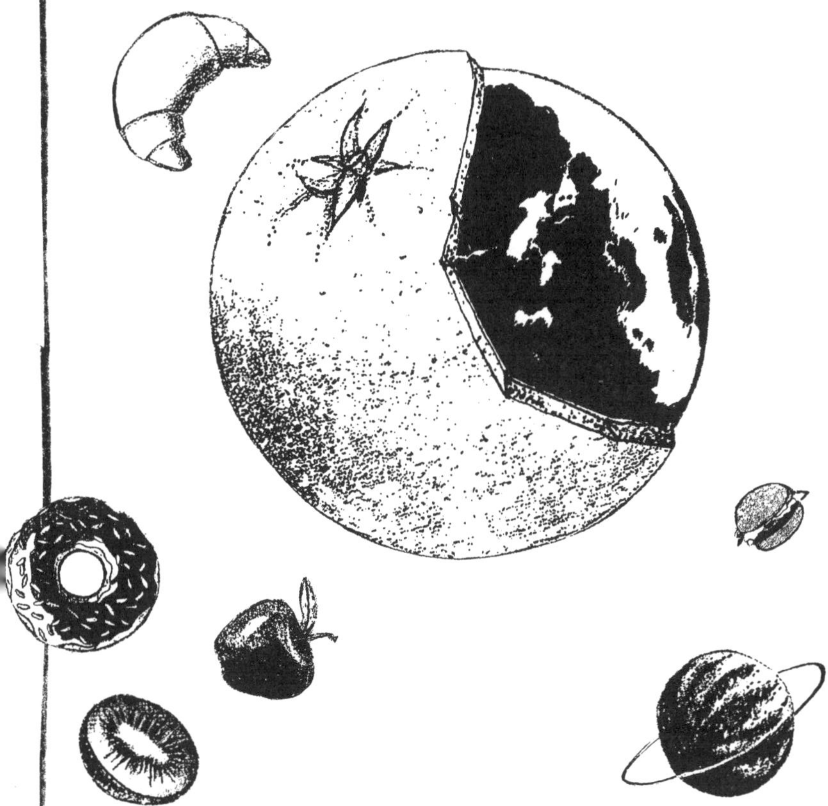

Die Feder ist mächtiger als das Schwert

Henri und ich wollten uns jeden Dienstag und Freitag treffen, weil ich da keine Nachhilfe hatte.
»Dienstag um halb vier, gleich nach der Klavierstunde?«, schlug ich vor.
»Okay«, sagte Henri.
Unser Haus liegt nicht weit von der Schule entfernt, ich konnte ihm den Weg leicht beschreiben.
Als ich am Dienstag um die Ecke bog, stand Henri schon da und wartete. »Sind deine Schwester und dein Bruder nicht zu Hause?«, fragte er enttäuscht, als ich den Schlüssel aus der Tasche zog, um die Haustür aufzuschließen.

»Nö. Dienstags hat Lollo Ballett, und danach geht sie in den Jugendtreff vom Gymnasium. Wolle wird normalerweise von Mama um fünf mit nach Hause gebracht, aber heute kann sie länger arbeiten, weil er mit seiner Kindergartengruppe nach Bayern gefahren ist. Seit Wochen redet er davon, dass er mit dem Zug ins Legoland fährt und mit seinen Kumpels übernachtet.«

»Ins Legoland?«, fragte Henri und sah mich überrascht an.

Manchmal vergaß ich, dass ich es mit einem Außerirdischen zu tun hatte. Bei aller Sorgfalt in der Vorbereitung auf Henris Erdenmission hatte sein Meister ihm sicher nicht alles über uns Menschen erklären können.

»Weißt du«, fing ich an und ging vor Henri die Treppe zu meinem Zimmer hoch, »Lego, das sind kleine Bausteine aus Plastik, mit denen man …«

»Ich weiß, was Lego ist, Mann!«, unterbrach mich Henri. Er sah richtig beleidigt aus.

»Wieso hast du dann so komisch gefragt?«

»Weil der Eintritt ins Legoland ein Vermögen kostet«, sagte Henri.

Ach so.

Alles klar.

Anscheinend glaubte Henri, dass Wolle solche Sachen selbst bezahlte. Vielleicht mussten Kinder im All für Ausflüge ihr Sparschwein schlachten? Ein Besuch der Ausstellung *Primitive Holzlaser des Urzeit-Alien* kostete viel-

leicht satte zwanzig galaktische Dollar – das gesamte Weihnachtsgeld eines außerirdischen Kindergartenkindes!
Ich verkniff mir, Henri danach zu fragen, denn ich hatte mir fest vorgenommen, ihn nicht mehr zu drängen. Irgendwann, da war ich mir todsicher, würde er mir von alleine alles über sein außerirdisches Leben erzählen. Vielleicht wartet er auf ein bestimmtes Datum oder ein besonderes Ereignis, um mich zu sich ins Basislager einzuladen, dachte ich. Dort, zwischen seinen eigenen Sachen, werde ich bestimmt besser verstehen, was es bedeutet, ein Wesen vom anderen Stern zu sein. Und sein Forschungsbericht wird mir sowieso bald alle Fragen beantworten.
»Keine Sorge«, sagte ich zu Henri. »Das Legoland muss Wolle nicht von seinem Geld zahlen. Mama und Papa übernehmen das, und für Eltern ist das überhaupt kein Problem. Wir waren schon mal alle fünf im Legoland. So teuer kann das also gar nicht sein.«
Henri zuckte kurz mit den Schultern und fragte: »Zeigst du mir alle Zimmer in eurem Haus?«

Henri war nicht der erste Freund, der mich zu Hause besuchte. Wenn kein Fußballtraining war, kam Niklas manchmal zum Fernsehen oder Kickerspielen vorbei, oder, um mit mir Fußballsticker zu tauschen.

Auch Larissa besuchte mich ab und zu. Sie war zwei Jahre älter als ich, ging in die fünfte Klasse der Martin-Luther-Realschule und war ein bisschen gewöhnungsbedürftig. Ich glaube, sie hatte überhaupt keine Freunde, zumindest hat sie nie davon erzählt.
»Ihr Problem könnte sein, dass sie die anderen Kinder unterdrückt und immer alles bestimmen will«, hat Mama gesagt.
Wenn es danach ginge, müssten sich Mama und Larissa blendend verstehen, schließlich will Mama auch ständig alles bestimmen, und in Sachen Fernsehen und Computerspielen fühle ich mich echt von ihr unterdrückt.
Larissa wollte jedes Mal, dass ich mit ihr Liebespaar spiele, und sie zog permanent Spucke durch die Lücke zwischen ihren Schneidezähnen. Beides ist ziemlich eklig. Aber Larissa hatte immer einen ganzen Beutel voller Süßigkeiten dabei, und da wird selbst der stärkste Mann schwach. Bei uns gibt's nur ab und zu Süßes, weil Mama findet, dass das ungesund ist und die Zähne kaputt macht. Deshalb leide ich ständig an Unterzuckerung im Hirn, und das kann einen fertigmachen.
Für einen Kuss auf Larissas Backe gab's ein Mini-Snickers, für den Satz *Liebling, du bist sexy* ein halbes Bounty und so weiter. Ein Mon Chéri hab ich nicht gekriegt, das wäre ein Kuss auf den Mund gewesen. Aber darauf hab ich verzichtet, man hat schließlich so was wie Würde.
Mama wusste natürlich nichts von den Liebespaar-Süßig-

keiten. Irgendwie hatte ich das Gefühl, dieses Thema könnte gleich doppelt TABU sein.
Wenn Larissa hübscher gewesen wäre, hätte ich mich vielleicht mit der Sache anfreunden können, aber wenn man die Messerle in eine Zeitmaschine stecken würde, um sie fünfzig Jahre zu verjüngen, sähe sie aus wie Larissa. Und wenn ich Larissa ab heute nie mehr sähe und in fünfzig Jahren auf einem Bahnsteig in Bremerhaven wiederträfe, würde ich garantiert rufen: »Frau Messerle!! Was machen Sie denn hier?«
Und dann würde mir plötzlich in den Kopf schießen, dass die Messerle über hundert sein müsste und dass das Zeugs aus der Apotheke wirklich der Hammer ist.
Aber dann würde die Dame ihre Spucke durch die Zähne ziehen, und ich wüsste, wer da vor mir steht.

Warum hab ich von Larissa erzählt? Ach ja! Weil dieses Mädchen nie scharf darauf gewesen war, unser gesamtes Haus zu besichtigen, und Niklas schon überhaupt nicht.
Aber Henri war es. Logisch, dass ein Erdlingshaus interessantes Neuland für ihn war. Henri wollte jedes Zimmer sehen und schaute sich mit einer Neugierde um, als hätten wir überall ausgestopfte Affen aufgestellt.
Das Bad mit der großen Eckbadewanne interessierte ihn genauso wie Wolles Piratenhochbett und Papas Schallplattensammlung. Im Keller betrachtete er die Schuhre-

gale, die breit genug wären, um alle Bücher zum Thema *Außerirdische* dort einzustellen.
Wenn fremde Leute zu uns kommen, machen meine Eltern auch immer eine Hausführung.
»Und das ist das Bad«, sagt Papa dann, als ob er es mit lauter Idioten zu tun hätte, die eine Badewanne nicht von einem Ehebett unterscheiden können. Es folgen dann laute Entzückensrufe der Leute, wie schön alles ist. Am liebsten würde ich dann sagen: »Das ist auch kein Wunder, weil das Haus jedes Mal, bevor Besuch kommt, von oben bis unten durchgeputzt wird. Wir müssen unsere Zimmer picobello aufräumen, und die fünfunddreißig Paar Schuhe und Jacken aus der Diele schmeißt Papa einfach runter in den Keller. Und drei Blumensträuße kauft Mama sonst nie, schon gar nicht einen fürs Gästeklo.«
Von Henri kamen keine Entzückensschreie. Henri schaute und schwieg.
»Jetzt zeig ich dir noch die Küche, und dann fangen wir mit dem Forschungsbericht an, okay?« Langsam wurde mir stinklangweilig, ich kannte unser Haus ja schon. Und so toll war es nun auch wieder nicht. Wir wohnten schließlich nicht in einem Schloss.
In der Küche herrschte das Chaos, und ich vermute stark, das hatte was mit Lollos DNA zu tun, wir sind schließlich verwandt. Dienstags ist *sie* mit Küche-Aufräumen dran, und freitags *ich*.

Mama hatte ich Henris Besuch vorsichtshalber verschwiegen.
Sie hätte darauf bestanden, dass ich mein Zimmer aufräume, bevor er kommt, und dazu hatte ich im Moment leider überhaupt keine Zeit. Außerdem hätte ich unsere Schneeschaufel gebraucht, um den Boden freizuräumen, und die war seit Tagen verschollen.
Auf dem Küchentisch lagen Lollos Chemiebücher und ein verwestes Pausenbrot, das ich heute Nachmittag aus den Tiefen meiner Schultasche gegraben hatte. Nun wusste ich wenigstens, woher der komische Geruch kam, der seit Tagen aus meinen Heften strömte.
Daneben gammelten noch die Reste der Vollkornpizza vor sich hin, die Lollo und ich uns zu Mittag mikrogewellt hatten. Mit Carlas Kochkünsten hatte ich mich inzwischen angefreundet. Bei Pastinaken und Kuskus verweigerte ich zwar aus Prinzip die Nahrungsaufnahme, aber wenn man ansonsten überhörte, wie die Gerichte hießen, konnte das Ökozeug sogar gut schmecken. Außerdem waren bei Carla die Teller schön voll, im Gegensatz zu denen, die uns Schong Klood in seinem Restaurant hinstellte.

Schong Klood heißt der Mann, zu dem wir jeden Samstagabend essen gehen. Er hat ein kleines französisches Lokal, das *La Petite* heißt. So steht es auf dem Schild über dem Eingang, und das ist Französisch und bedeutet *Appetit*, glaube ich.

Mama behauptet aber, *petit* heißt *klein*, und das könnte mir auch einleuchten, weil man auf keinen Fall großen Hunger haben darf, wenn man zu Schong Klood geht. Es gibt dort nämlich nur winzig kleine Stücke Fleisch oder Fisch, die sich an ein warmes Häufchen Gemüse kuscheln, weil sie sich sonst auf dem großen leeren Teller so verloren vorkommen. Diese Teller sind mit dünnen, verschiedenfarbigen Soßenstreifen bemalt, die man *NICHT* abschlecken darf, sonst kann man was erleben. Vielleicht darf man das ja in Japan? Erst geht man brav aufs Klo zum Schnäuzen, danach wird der Teller abgeschlabbert. Das wäre dann Gerechtigkeit.
Mama und Papa finden, dass Schong Kloods Gerichte aussehen wie Gemälde, und ich frage mich, warum sie dann nicht lieber ins Museum gehen, wenn sie so scharf auf Kunst sind. Das wäre bestimmt viel billiger, und es bliebe noch genug Geld übrig für eine hochanständige Salamipizza.

Wie kam ich jetzt eigentlich auf Schong Klood?
Ach ja, auf unserem Küchentisch lagen noch die Reste von Carlas Bio-Pizza.
Zum Nachtisch hatte sie uns einen kleinen Karottenkuchen gebacken, aber Lollo schmuggelt dienstags und freitags immer eine Literflasche Cola ins Haus, und wir hatten keinen Appetit mehr auf Kuchen gehabt.
Henri guckte auf den Küchentisch und ich auf Henri und

dann auf den Küchentisch und dann wieder auf Henri, aber Henri guckte immer noch auf den Küchentisch.
Ich schnappte das verschimmelte Pausenbrot und warf es in die Mülltonne.
»Lollo hat vergessen aufzuräumen«, sagte ich.
»Null Problem«, sagte Henri.
Fand ich auch. Am Chaos konnte es also nicht liegen, dass Henri den Tisch hypnotisierte.
Ich sah Henri ins Gesicht und folgte wieder seinem Blick. Er starrte die Pizzastücke an, die wir übrig gelassen hatten.
Ach so.
Alles klar.
Er hatte Mitleid mit mir, aber so schlimm war das mit dem Vollkornteig nun auch wieder nicht.
»Sie schmeckt besser, als sie aussieht«, versuchte ich ihn zu beruhigen. »Ich bin zuerst auch erschrocken, aber Carla hat geschworen, dass keine Pastinaken drauf sind. Das grüne Zeug sind Antischocken. Die heißen so, weil man *keinen* Schock davon bekommt. Und die Salami ist fettarm und logischerweise bio, also, biologisch, meine ich …«, ich holte Luft.
»Kann ich probieren?«, fragte Henri schnell.
Ich schaute auf die Pizzareste, die in rasantem Tempo ihrem Lebensabend entgegenschrumpelten. Die Ränder vom Käse waren glasig, und der Schinken hatte dunkle Altersflecken.

»Das schmeckt nicht mehr«, sagte ich. »Das liegt doch noch von heute Mittag da rum. Hast du denn zu Hause nichts gegessen?«
»Kann ich?«, fragte Henri noch einmal.
»Von mir aus.« Ich zuckte mit den Schultern. Wer wusste schon, was die Leute im All für Essgewohnheiten hatten. Vielleicht galt runzlige Antischocke dort oben als Delikatesse?
Henri setzte sich auf einen der Küchenstühle, nahm sich ein Stück Pizza und begann zu essen. Ich warf einen Blick auf die Küchenuhr. Schon vier vorbei, und wir hatten noch kein einziges Wort in den Forschungsbericht geschrieben. Mein neuer Freund aß mit einer Ruhe und Konzentration, als hätte er selten etwas so Gutes zwischen die Zähne gekriegt.
»Ich könnte schon mal alles holen, was wir für deine Hausaufgabe brauchen«, schlug ich vor.
Henri nickte und kaute.
Aus meiner Schreibtischschublade holte ich zwei leere Hefte, Stifte und den Block mit den Notizen, die ich in den letzten Tagen vorbereitet hatte.
Ich setzte mich zu Henri und hielt ihm meine Aufzeichnungen vor die Nase.
»Ich hab wegen der Überschriften in Papas großem Bildband *Säugetiere aus aller Welt* nachgesehen. Der Erdling ist nämlich ein Säugetier. Sind Aliens auch Säugetiere?«
»Mama hat mich mit der Flasche gefüttert«, nuschelte Henri mit vollem Mund.

»Und was war da drin? Eine mir unbekannte kosmische Substanz?«

»Nein, Babymilch.«

Ach so.

Alles klar.

»Dann sind wir, biologisch gesehen, schon mal aus demselben Stall«, sagte ich.

Henri nickte und kaute.

»Wir machen unsere Einteilung einfach genau so wie in dem Säugetierbuch«, sagte ich und deutete auf meine Notizen. »Familie, Lebensraum, Ernährung, Feinde und so weiter. Natürlich sollten wir dazu noch Sachen wie die Sommerferien und Weihnachten berücksichtigen, das ist nun mal ganz besonders wichtig im Leben des Erdlings. Gibt es bei euch auch so was?«

Henri nickte.

Ich reichte ihm sein Heft. Auf den Umschlag hatte ich **Der Außerirdische – Ein Forschungsbericht** *von Henri Wilhard* geschrieben.

»Wir müssen uns beide an die gleiche Gliederung halten. Und in der Einleitung könnten wir über unsere erste Begegnung schreiben, okay?«

»Okay«, sagte Henri und griff nach Lollos Pizzarändern, die sie immer übrig lässt, weil da kein Belag drauf ist. »Und wir fangen mit *Ernährung* an. Kann ich auch etwas von dem Kuchen haben?«

»Glaubst du wirklich, wir sollten *Ernährung* gleich als

Erstes nehmen?«, fragte ich zweifelnd. »In den Büchern fangen die Forscher immer mit anderen Themen an. Zum Beispiel, welchen Lebensraum das Säugetier hat.«

»Wenn das Säugetier hungrig ist, ist es ganz egal, welchen Lebensraum es hat«, antwortete Henri und griff nach einem Stück Karottenkuchen. »Hunger fühlt sich überall gleich schlimm an.«

Das leuchtete mir ein.

Einleitung – Die Begegnung

schrieb ich auf die erste Seite meines Hefts, auf dessen Umschlag **Der Erdling – Ein Forschungsbericht** *von Jona Klinger* stand. Ich ließ ein paar Seiten frei und notierte die Überschrift für unser erstes Thema:

Die Ernährung des Erdlings

Als sich Henri um sechs Uhr verabschiedete, hatte ich bereits die ersten Zeilen in meinen Bericht geschrieben.

Henri nahm es mit der Erforschung der Erdlingsnahrung sehr genau.

Seit er in unserer Küche die Pizzareste vertilgt hatte, nutzte er jede Gelegenheit, mit mir irdisches Essen zu begutachten. Ich hatte kein altes Pausenbrot mehr in meinem Schulrucksack, denn für Henri war auch der letzte Krümel noch testenswert. Er konnte sich allein schon darüber begeistern, wie viele verschiedene Brotsorten es auf der Erde gibt.

Von Carlas Gerichten blieben oft Reste übrig. Die packte

ich dann in Plastikdosen und nahm sie mit zur Schule. Während Henri in der Pause forschte, trug ich in meinem Heft alles Wichtige über das Essen des Erdlings und seinen Geschmack zusammen. Sein Meister sollte einen möglichst anschaulichen Eindruck von der menschlichen Nahrung bekommen.
Noch nie hatte ich jemanden mit so viel Sorgfalt essen sehen wie Henri. Bei mir zu Hause wurde beim Essen über alles Mögliche gesprochen. Mittags beschwerte sich Carla über die komplizierten, kilometerlangen Wörter, die sie im Studium lernen musste, oder sie erzählte Lollo von ihrem neuen Freund. Beim Abendessen wurde über den nächsten Wochenendausflug diskutiert, oder über die Schule oder über den Kindergarten oder über alles Mögliche. Über Essen wurde zu Hause nur in zwei Kategorien geredet: schmeckt oder schmeckt nicht.
Bei Henri war das anders. Wenn Henri aß, dann aß er, und wenn ich ihn dabei anschaute, erinnerte er mich an den Bullerdieck, wenn der in seinen Büchern las.
Während Frau Mäusler neue Aufsatzthemen oder Matheaufgaben an die Tafel schrieb, kritzelte Henri kleine Zettel für Carla.
Libe Carla, schrieb er zum Beispiel, *dein Nudelsalad schmekt ser gut. Es macht auch nichts das die Nudeln braun sind. Braun ist meine Liblingsfarbe. Allerhertzligst Dein Henri*

Es war ungefähr zwei Wochen nach Beginn unserer Forschungsarbeit, als unsere Pausenbeschäftigung zum ersten Mal von anderen Schülern bemerkt wurde. Ich hätte ahnen müssen, dass es auf Dauer ziemlich bescheuert rüberkommt, wenn einer zwanzig Minuten lang pausenlos kaut und der andere wie ein übergeschnappter Reporter danebensteht und mitschreibt. Es wusste ja keiner, welchen Zweck das Ganze hatte.

Gerade als ich Henri die zweite Plastikdose zusteckte, hörte ich eine bekannte Stimme hinter mir.

»Mensch, Klinger, was geht denn hier ab?«

Die Stimme gehörte Victor aus der 3c.

»Spielst du Sankt Martin und teilst dein Brot mit dem Armen? November ist doch schon lange vorbei!«

Victors Kumpels lachten dreckig.

»Beachte ihn einfach nicht, Henri«, flüsterte ich. »Die haben doch keine Ahnung, was Sache ist.«

Ich fasste ihn bei der Schulter und schob ihn Richtung Fußballplatz.

Was ich ihm nicht erzählte, war, dass mir Victor von der ersten Klasse an Angst eingejagt hatte. Victor war kein Schlägertyp, das nicht. Und die meiste Zeit beachteten er und seine Kumpels mich sowieso nicht. Aber Victor konnte mit Wörtern schießen wie ein Scharfschütze. Er benutzte niemals TABU-Wörter, und trotzdem lagen seine Opfer nach wenigen Sätzen am Boden.

Die Feder ist mächtiger als das Schwert, steht im Kalender vom Bullerdieck. Mit Feder ist die Schreibfeder gemeint, und der Spruch bedeutet, dass Wörter einen schwer verletzen können.
Bei Victor passte dieser Spruch wie die Faust aufs Auge. Er benutzte Wörter als Waffen, und die gemeinsten davon blieben für immer in den Köpfen seiner Opfer hängen.
Seine Stimme klang immer ein bisschen rau, als hätte er eine Halsentzündung, und das ist kein Wunder, wenn man permanent scharfschneidige Sätze durch den Rachen zischen lässt.
Victors Lieblingsbeschäftigung war es, bei anderen Schülern Schwächen aufzudecken und sie dafür zu mobben. In Schulen und Kinderbüchern wimmelt es von gemeinen, hinterhältigen Typen wie ihm, und ich fürchte, sie gehören zu einer Gruppe von Säugetieren, die niemals aussterben wird.

Im ersten Schuljahr stürzte er sich auf Äußerlichkeiten, die jedem ins Auge sprangen. Ein dickes Kind oder eines, das abstehende Ohren hatte, war eine lebende Zielscheibe für ihn. Später weitete er sein Kampfgebiet aus, und plötzlich wurden auch solche Kinder schikaniert, die bisher niemandem aufgefallen waren. Johanna aus der 3a zum Beispiel bekam bei Aufregung rote Backen, aber das hinderte sie nicht daran, bei Weihnachts- oder Sommerfestaufführungen mitzumachen, und niemand zog sie deshalb auf.

Ich saß eine Reihe hinter Victor, als bei der letzten Weihnachtsaufführung kurze Theaterstücke und Gedichte in der Aula vorgetragen wurden.

Kurz bevor Johanna aufstand, um auf die Bühne zu gehen, beugte sich Victor zu ihr rüber und fragte sie: »Wie fühlst du dich eigentlich, wenn die Autos anhalten, weil sie dich für eine rote Ampel halten?«

Johanna schlich auf die Bühne und haspelte leise und stockend das Gedicht herunter, das sie bei der Probe laut und fehlerfrei vorgetragen hatte. Sie sah vor sich auf den Boden, und ihr Gesicht glühte wie ein brennender Streichholzkopf. Seither hat sie nie wieder bei einer Schulaufführung mitgemacht, und ich hatte kapiert, dass man keine Schimpfwörter brauchte, um einen Menschen fertigzumachen.

Und ich hatte *auch* kapiert, dass ich auf keinen Fall in die Schusslinie von Victors Mundkanone geraten wollte.

Sobald ich ihn sah, hatte ich das Gefühl zu schrumpfen. Ich wurde kleiner und kleiner, bis ich gezwungen war, zu ihm aufzuschauen, obwohl wir gleich groß waren.

»Dich krieg ich auch noch klein!«, hatte ich Victor einmal zu einem Jungen sagen hören, und ich wusste, dass man das wörtlich nehmen konnte.

Kann es wirklich sein, dass man seine innere Geheim-Größe verändert, je nachdem, wer vor einem steht?

Wieso hatte ich dieses Gefühl nicht bei Niklas, der mich um einen Kopf überragte? Oder beim Bullerdieck, der Millionen Jahre älter war? Und hatte Victor die Fähigkeit, zu spüren, dass einer wie er mit meiner Größe spielen konnte wie mit einem geöffneten Luftballonventil?
Ich duckte mich weg, wenn ich Victor begegnete, und wenn er mir auf der Treppe entgegenkam, war immer ich derjenige, der den Handlauf losließ und ihm Platz machte.
Als er mich im Sommer um zwei Euro anpumpen wollte, hab ich sofort »Na logo!« gesagt. Ich sage sonst nie »Na logo!«, weil das total affig klingt. Wie ein Intelligenz-Quiz für Vorschulkinder. Das Micky-Maus-Heft konnte ich mir für diesen Monat abschminken, weil das Zweieurostück meine letzte Not-Finanz gewesen war. Victor hat mir das Geld nie zurückgegeben, aber ich hätte lieber die Messerle geheiratet, als ihn darauf anzusprechen.

Jetzt schien er also ausgerechnet Henri Wilhard aus der 3b ins Visier genommen zu haben! Und wer war Henri Wilhards einziger Freund, der immer *dicht neben ihm* stand – und somit *dicht neben ihm* auf der Zielscheibe?
Ganz genau.
Victor und seine Assistenten waren uns nicht zum Fußballplatz gefolgt, für heute waren wir noch mal davonge-

kommen. Aber ich hatte das ungute Gefühl, dass meine Deckung eine undichte Stelle bekommen hatte und dass mir das nötige Dichtungsmaterial fehlte, um das Loch wieder zu stopfen.

Ich stellte mir vor, wie es wäre, wenn eines Tages Henris Vater im Schulhof auftauchen würde. Mein Geheim-Kino hatte ihn bereits als Hauptdarsteller im Programm:

Ein galaktischer James Bond vom Allerfeinsten. Mit einem Blick aus seinen eisblauen Augen katapultiert er Victor und seinen Hofstaat auf das Schuldach. Sie flehen und betteln, er möge sie bitte, bitte wieder herunterlassen. Henris Vater schaut mich an und wartet auf ein Zeichen von mir. Nach einer Stunde, vielleicht auch eineinhalb, nicke ich kurz mit dem Kopf und begnadige sie.

»Und jetzt noch die zwei Euro, Sportsfreund!«, sage ich zu Victor.

Ich halte meine Hand unter sein verheultes Gesicht, und er lässt zitternd das Geld hineinfallen.

Na bitte, geht doch!

»Mach dir nichts draus«, sagte ich zu Henri. »Victor und seine Knechte suchen sich immer jemanden, auf dem sie rumhacken können. Weihnachten war es Johanna, weil sie rot wird, und im Jahr davor Leon. Sie haben ihn rangenommen, weil er im Schullandheim vor lauter Heimweh ins Bett gepinkelt hat. Ständig hingen Zettel mit fiesen Anspielungen im Schulklo. Wer sich auf seine Seite stellte, wurde auch fertiggemacht. Sein Vater hat dann einen Job in Hamburg gekriegt, und sie sind weggezogen. Aber bei dir würden sie sich die Zähne ausbeißen. Sie haben ja keine Ahnung, dass du außergewöhnliche Fähigkeiten besitzt. Ich nehme an, du setzt sie nur ein, wenn große Gefahr droht? Ist sicher klüger, sparsam damit umzugehen! Dieser Victor wird sein blaues Wunder erleben!«

Henri warf einen Blick über die Schulter. Victor und seine Meute standen eng zusammen und sahen zu uns herüber. Sie redeten über ihn, das war klar wie Katzenspucke.

»Die werden uns vermöbeln, oder?«, fragte Henri.

»Ich glaube nicht«, sagte ich. »Victor hat noch nie jemanden geschlagen. Der prügelt mit Worten. Er behandelt andere so, als wären sie Putzlappen. Er zieht sie durch den Schmutz und wringt sie so lange aus, bis sie sich klein und schrumpelig vorkommen. Vielleicht kommt daher das Wort *mobben*, weil man sich fühlt wie ein Wischmob.«

Henri nickte und steckte den letzten Rest von Carlas Bärlauchschnitte in den Mund.

»Victor lässt dich schrumpfen. Als wärst du ein Schneemann in der Sauna«, sagte ich leise.

Henri sah mich aufmerksam an. »Woher weißt du das?«

»So was spricht sich rum«, sagte ich. Dann hielt ich ihm schnell eine Tüte mit Carlas selbst gemachten Müsliriegeln unter die Nase. »Noch was Süßes?«

»Okay«, sagte Henri.

Über Geschmack lässt sich streiten

Als mich Henri am Nachmittag besuchte, sprachen wir kein Wort mehr über die Begegnung mit Victor. Henri half mir, das neue Lego-Raumschiff zusammenzubauen, und danach setzten wir uns eine Stunde vor den Fernseher. Eigentlich darf ich nur eine halbe Stunde gucken, wenn ich allein zu Hause bin. Aber ich war ja nicht allein, sondern zu zweit.

»Hast du auch Hunger?«, fragte Henri, als ich den Fernseher ausgeschaltet hatte.

Ich hatte keinen Hunger, weil ich einen halben Liter Cola nach dem Mittagessen runtergekippt hatte, aber Carla hatte uns gestern verschiedene Becher mit selbst gemachten Fruchtjoghurt-Experimenten in den Kühlschrank gestellt, die den galaktischen Meister mit Sicherheit interessieren würden.

Gerade als wir uns an den Küchentisch gesetzt hatten, klingelte es an der Haustür.

»Kommt dein kleiner Bruder schon nach Hause?«, fragte Henri.

»Nein, der ist auf einem Kindergeburtstag und erst um sieben wieder hier«, sagte ich und ging in den Flur, um zu öffnen.

Larissa stand vor mir, in der Hand eine Tüte mit Gummibärchen, Schokoriegeln und anderen köstlichen Zahnschädigern.

»Es passt mir gerade überhaupt nicht«, sagte ich schnell und deutete hinter mich. »Ich habe Besuch.«

Ich wollte mit Henri alleine sein, und außerdem war mir die Vorstellung peinlich, er könnte etwas von der Liebespaar-Spielerei erfahren.

Larissa zog geräuschvoll Spucke durch die Zähne.

»Kenne ich ihn?«, fragte sie.

»Nein, du kennst ihn nicht. Er ist neu zugezogen, und er hasst Liebespaar-Spiele wie die Pest. Außerdem hat er eine Schoko-Allergie.«

Larissa drängte sich einfach an mir vorbei und sah sich neugierig um.

»Wo ist er? In deinem Zimmer?«

»Wenn er Schokolade isst, kann es passieren, dass er blau anläuft und grünen Schaum vorm Mund kriegt, und dann bist du schuld, wenn ich den Notarzt rufen muss, und deine Eltern müssen tausend Euro Schmerzgeld zahlen und …«

»Wer hat Schmerzen?«, fragte Henri. Er war mit einem Joghurtbecher in der Hand in den Flur gekommen und sah Larissa interessiert an.

»Es heißt Schmerz-ens-geld«, sagte Larissa und wandte sich Henri zu. »Und wer bist du?«

»Das ist Henri«, sagte ich. »Henri Wilhard, er …«

»Wilhard?« Erstaunt schaute Larissa in Henris Gesicht. »Bist du mit deiner Mutter ins Wasenfeld gezogen?«

Henri sagte nichts und fing an, mit seinem Löffel im Joghurtbecher herumzuschaben, als würde er nach Gold graben.

Ich schluckte. Ins Wasenfeld? Das war ein verrufenes Wohngebiet am Stadtrand. Ich war noch nie dort gewesen, denn meine Eltern hatten uns von klein auf eingebläut, wir sollten uns dort auf keinen Fall herumtreiben.

»Haben die Leute dort die Pest?«, hab ich damals gefragt. Davon hatte mir nämlich Lollo erzählt, die gerade in die sechste Klasse gekommen war. Erst bekamen die Leute scheußliche schwarze Beulen, und dann starben sie scharenweise, weil die Krankheit schrecklich ansteckend ist, und gestunken haben die Leute, wie die Pest! Solche Gegenden musste man meiden, das leuchtete mir ein.

»Nein, um Himmels willen!«, hat Papa gesagt.
»Gibt es dort Vampire?«
»Jona, es ist einfach keine gute Gegend, also bleib da weg, hörst du?«
»Was ist eine schlechte Gegend?«
»Nicht dass wir Vorurteile gegen die Leute dort hätten«, hat Mama erklärt. »Aber die Wasenfeld-Bewohner sind einfach ganz anders als wir.«
Aha.
Alles klar.
Was, bitte, konnte interessanter sein als das, was ganz anders war als man selbst? Uns kannten wir doch schon! Ich hab sofort beschlossen, mich gleich am nächsten Tag ganz zufällig mit dem Rad dorthin zu verirren. Wenn man keine Vorurteile gegen die Leute haben sollte, dann wollte ich mir eben so schnell wie möglich ein Nachurteil über die Wasenfeldler bilden. Aber ich hatte nicht mit Mamas hellseherischen Fähigkeiten gerechnet. Ihr war das Glitzern in meinen Augen nicht entgangen.
»Jonathan!« Sie hat mich warnend angesehen. »Du wirst *auf keinen Fall* dorthin gehen, hast du mich verstanden? Dort ist öfters die Polizei unterwegs, und wenn sie dich erwischen, bringen sie dich zurück nach Hause, und dann bekommst du von uns den größten Ärger deines Lebens.«
Ich habe geschluckt.
Wenn im Wasenfeld ständig die Polizei unterwegs ist,

dachte ich, dann müssen dort Verbrecher wohnen. Räuber, Entführer und Mörder.
Mein inneres Kino hat mir Bilder gezeigt, die eigentlich erst ab zwölf Jahren freigegeben waren. Ich bin blass um die Nase geworden.
Meine Mutter hat sich zu mir runtergebeugt und gesagt: »Du musst dich nicht fürchten, mein Liebling. Geh einfach nicht dorthin, versprochen? Die Menschen dort sind … wie soll ich sagen … wir leben einfach in zwei verschiedenen Welten.«
Also hab ich einen großen Bogen um das Wasenfeld gemacht.
IN ZWEI VERSCHIEDENEN WELTEN.

Es war Jahre her, dass Mama diesen Satz gesagt hatte, aber ich hatte ihn offensichtlich nicht vergessen. Die Wörter krochen aus der geöffneten Schublade in meinem Kopf-Archiv, während ich von Henri zu Larissa und wieder zurück zu Henri schaute. Die Sache war absolut logisch. Wieso war ich nicht vorher auf diese Idee gekommen!?
Das waren keine Verbrecher, die sich im Wasenfeld niedergelassen hatten. Keine Mörder oder Entführer lebten in dieser Gegend, sondern Außerirdische! Sie hatten sich dort unter die anderen Wasenfeld-Bewohner gemischt, und manche hatten die Spielregeln der Erdlinge nicht ganz auf die Reihe gekriegt. Vielleicht hatte manch einer

nicht genug von seinem galaktischen Meister gelernt? Mit Sicherheit gab es auch im All gute und weniger gute Lehrer. Wahrscheinlich war es reine Glückssache, welche Sorte Meister man erwischte und ob man eine gründliche Vorbereitung für das Leben auf diesem Planeten mitbekam! Wenn der Meister bei seinem Schüler den inneren Kompass nicht richtig ausrichtete, woher sollte der dann wissen, wo's auf der Erde langging? Wenn dann einer von den Außerirdischen sich so richtig danebenbenahm, wurden die Erdlinge natürlich misstrauisch und hielten lieber Abstand!

Ich dachte an all die Leute, die *mir* die Spielregeln beibrachten: Mama und Papa, Oma und Opa, als sie noch lebten, Frau Mäusler und der Bullerdieck zum Beispiel. Hoffentlich hatten die genug Ahnung von dem, was sie taten!

In der zweiten Klasse hatten wir einen Jungen aus dem Wasenfeld in der Klasse. Patrick war zwei Jahre älter als wir und kannte TABU-Wörter, die ich noch nie gehört hatte.

Ich hab ihn genau beobachtet und fragte auch mal vorsichtig nach, was denn sein Vater so macht.

Die Vorstellung, im sicheren Klassenzimmer gemeinsam mit dem Sohn eines Mörders zu sitzen, hatte seinen Reiz. Er hat geantwortet, dass sein Vater Millionär sei und in Amerika Limousinen verkauft, für tausend Euro in der

Stunde. Das hab nicht mal ich geglaubt, weil kein Mensch für Obst so viel Geld hinblättert, und außerdem gibt es in Amerika keine Euros, sondern nur Dollars. Das wusste ich von der Messerle, weil die nämlich eine Schwester in Amerika hat. Die Schwester hat einen amerikanischen Witwer geheiratet, wahrscheinlich NR und sehr vermögend.

Heute weiß ich natürlich, dass Limousinen Autos sind und nicht Obst, aber glauben würde ich die Geschichte trotzdem nicht mehr.

Patrick ist meistens zu spät zum Unterricht gekommen, und manchmal blieb er tagelang unentschuldigt weg. Seine Hausaufgaben hatte er nur selten dabei, und der Lehrerin gab er freche Antworten. Irgendwann ist er dann auf eine andere Schule gekommen, von der er behauptete, dass dort nur Millionärskinder unterrichtet wurden. Als er ging, war die ganze Klasse froh, und das ist eigentlich traurig.

Er ist ein Alien gewesen!, dachte ich jetzt. Ein Außerirdischer, mit dem niemand die Erdlingsregeln geübt hat, und seine Lügengeschichten sind nur der Versuch gewesen, sich zu tarnen!

Ich schickte ihm schnell eine gedachte Entschuldigung hinterher und beschloss, das kleine Notizbuch, in dem ich damals alle seine TABU-Wörter gesammelt hatte, gut aufzuheben.

»Und? Bist du der Neue aus dem Wasenfeld-Viertel?«, fragte Larissa noch einmal.
Henri hatte sich wieder zurück an den Küchentisch gesetzt und stocherte immer noch in Carlas Joghurtmischung herum.
Ich konnte mir denken, warum er nicht antwortete.
In Larissas Vorstellung ist das Viertel mit Sicherheit ein Verbrechernest, dachte ich. Aber die außerirdische Wahrheit kann er diesem Mädchen unmöglich anvertrauen. Vielleicht denkt er auch, es ist mir peinlich, dass ich mit einem Jungen aus dem Wasenfeld-Viertel befreundet bin. Aber ich weiß schließlich, was Sache ist.
»Ja, ist er«, sagte ich und stellte mich neben Henri. »Sonst noch Fragen?«
Henri schaute erstaunt hoch, dann lächelte er mich an.

Zu meiner Überraschung schien das Thema für Larissa damit abgehakt zu sein. Wahrscheinlich hatte sie kein inneres Kino, das ihr die Abgründe vom Wasenfeld gezeigt hatte. Sie schaute neugierig auf den Küchentisch mit den verschiedenen Joghurtsorten und dem aufgeschlagenen Notizheft.
»Und was soll das hier werden? Seid ihr zwei bei *Jugend forscht*, oder was?«
Sie kicherte hysterisch.
Meine Fresse, ist dieses Mädchen blöde, dachte ich.
»So was Ähnliches«, sagte Henri, der mich immer noch

mit einer Mischung aus Erstaunen und Freude betrachtete.

Larissa nahm mein Heft und las laut: »Apfel-Zimt-Vanille-Joghurt. Der Erdling isst es als Nachtisch oder Snack zwischendurch. Der Geschmack ist würzig-fruchtig-süß, die Konnidenz ist cremig. – Es heißt KONSISTENZ, ihr Erbsenköpfe! Und was soll ein Erdling sein?«

»Ein Erdling ist ein Lebewesen irdischer Abkunft, im Gegensatz zu Lebewesen, die im extraterrestrischen Raum leben, du Linsenhirn!« sagte ich und verschränkte die Arme vor der Brust.

»Der Punkt geht an dich«, sagte Larissa und ließ sich auf einen Stuhl fallen. »Man könnte auch *Mensch* sagen, oder? Und wozu dieser Aufwand?« Sie deutete auf die vielen Joghurtbecher.

»Wir müssen ein paar Sachen aufschreiben, die mit der Nahrung des Erdlings zu tun haben. Hausaufgaben, du weißt schon«, brummte ich.

»Bericht oder Erlebniserzählung?«

»Beides. Aber wir schaffen das ganz gut alleine, okay?«

Larissa überhörte meinen letzten Satz, schob sich einen Löffel Joghurt in den Mund und schloss die Augen. Ich starrte sie an, als säße King Kongs Kusine in unserer Küche. Wie wirft man ein derart lästiges Säugetier aus dem Haus, ohne ein einziges TABU-Wort zu benutzen und ohne gegen die wichtigsten Erdlingsregeln zu verstoßen?, dachte ich.

Normalerweise hätte ich keine großen Umstände gemacht. Ein einfaches »Hau ab!« wäre an dieser Stelle eine klare und saubere Ansage gewesen, *so* genau muss man es mit den Erdlingsregeln nun auch wieder nicht nehmen. Aber da war leider noch die Sache mit dem Zuckermangel in meinem Hirn. Die Tür zu Larissas Süßspeisenkammer musste unbedingt offen gehalten werden!
»Das Ganze ist so langweilig wie ein Blockflötenkonzert, Larissa«, sagte ich. »Du kannst gerne nach Hause gehen und fernsehen. Wir verstehen absolut, dass du Wichtigeres zu tun hast, stimmt's, Henri?«
Henri beobachtete aufmerksam den nicht besonders gelungenen Erdling, der ihm gegenübersaß.
Larissa bewegte ihre kräftigen Kiefer nach links und rechts, nach vorne und hinten und sah dabei so dämlich aus wie Papa, wenn er bei Schong Klood Rotwein probiert.
Endlich schluckte sie und murmelte: »Ein Winterabend. Auf dem Tisch duftet eine heiße Milch mit Zimtpuder obendrauf. Das Fenster ist mit Papiersternen und getrockneten Apfelringen geschmückt. Der Erdling sitzt am Tisch und schaut in die Flamme der ersten Adventskerze.«
Ach du heiliger Bimbam! Für dieses sabbelsüße Kitsch-Gelabere hätte man dieses Mädchen auf einen ganzen Sack voll Schmerzensgeld verklagen müssen.
Ich beugte mich nach vorne und tat so, als müsste ich mich übergeben.

»Schreib das bitte rein«, sagte Henri zu mir.
»Was ist los? Worein?« Ich konnte nicht folgen.
»In deinen Erdlingsaufsatz, Erbsenkopf!« Larissa tippte auf mein Notizheft.
»Du machst wohl Witze!« Fassungslos starrte ich meinen Freund an.
»Mir hat das gefallen«, sagte Henri ruhig.
Cool bleiben, dachte ich. Mein Freund kommt von einem anderen Stern, der kann nichts dafür. Und heute Abend kann ich das Ganze in Ruhe wieder wegkillern.
»Wie du meinst«, murrte ich und fing an zu schreiben.
»Jetzt du!«, sagte Larissa und schob Henri einen Löffel voller Joghurt zwischen die Zähne. Er schloss gehorsam die Augen und machte die gleichen blöden Grimassen wie Larissa.
Ich bin im falschen Film! Oder Carla hat Pastinaken in den Joghurt gemischt.
Konnten Pastinaken Hirnschäden auslösen?
Nach einer Ewigkeit schluckte Henri geräuschvoll, dann sagte er leise:
»Frisch gebackener Apfelkuchen. Eine Tischdecke mit aufgestickten Tannenzweigen. So viel Sahne, dass man den Kuchen darunter nicht mehr sieht. Oma mischt die Quartettkarten.«
Er sah uns an und wurde puterrot.
»Du hast eine O-M-A?« Der Satz polterte aus meinem Mund in Henris stille Verlegenheit hinein.

»Was ist denn daran so sensationell?«, fragte Larissa und sah mich an, als wäre ich natürtrüb im Hirn.

Leider hatte Larissa vollkommen recht.

Warum sollte Henri keine Oma haben? Eine Mama hatte er schließlich auch.

Aber wer denkt schon bei dem Wort *Alien* an Kuchen backende Omas? Das war selbst für mein inneres Geheim-Kino eine Herausforderung.

»Ich ... ich dachte, seine Oma wäre tot«, schob ich schnell hinterher.

»Ist sie auch«, sagte Henri.

»Dann wär das ja geklärt«, sagte Larissa und hielt mir einen Löffel Joghurt unter die Nase. »Mund auf!«, kommandierte sie.

Moment mal, Leute!, dachte ich. Irgendwas läuft hier total schief. Ich habe anscheinend kurzfristig die Kontrolle über die Situation verloren. Diese herrschsüchtige Zimtziege versucht, *mir* Befehle zu erteilen! *Mein* Freund, der sonst nie über sich redet, vertraut *ihr* Geheimnisse aus seinem Privatleben an und redet für seine Verhältnisse wie ein Wasserfall. Und *ich* soll dieses blöde Theater auch noch mitspielen? Ohne mich, Freunde!

Ich kniff den Mund zusammen und schüttelte den Kopf wie ein mauliges Kleinkind. Larissa wedelte mit dem Löffel vor meinem Gesicht herum.

Der Geruch von Äpfeln, Milch, Zimt und Vanille krabbelte mir die Nase hoch wie ein lästiges Insekt.

NEIN, drohte ich meinem Kino. JETZT NICHT!
»DOCH!«, sagte mein Kino.
Meuterei in meiner inneren Geheim-Zentrale, auch das noch. Die Bilder spulten sich einfach vor mir ab, Widerstand zwecklos:
Ich sehe mich an Papas Hand laufen. Ich bin noch klein, und er geht sehr langsam, damit ich Schritt halten kann. Um uns herum stehen Holzbuden, die warmes Licht verbreiten. Ein Duftgemisch aus Früchtepunsch und Zimtwaffeln hüllt uns ein. »Das ist ganz allein unser Tag«, sagt Papa und drückt mich an sich. »Ein Vater-Sohn-Tag.« Ich bin glücklich. Ich fühle mich total einzigartig. (Wolle ist noch nicht geboren.)
»Also, was ist jetzt, Jona?«, hörte ich Larissa sagen. »Machst du nun mit oder nicht?«
»Nein«, sagte ich und schob den Löffel weg. Geschmäcker und Gerüche können Erinnerungen und Gefühle wachrufen. Das wusste ich vorher auch schon. Dazu brauchte ich diese neunmalkluge Knutsch-Praline nicht. Außerdem ist Henri *mein* Freund, und es ist *unser* Forschungsbericht und nicht ihrer.
»Ach, komm, sei kein Spielverderber«, bat Larissa, legte den Joghurtlöffel weg, wühlte kurz in ihrem Beutel und drückte mir ein Mon Chéri in die Hand. »Versuch's mal damit.«
Verdattert sah ich sie an. »Und ich muss dich dafür nicht …«
»Gar nichts musst du!«, fiel mir Larissa hastig ins Wort

und warf einen verlegenen Blick zu Henri rüber. Die Frage war mir herausgerutscht, und manchmal ist es ein Segen, wenn einem das Wort abgeschnitten wird.
Ich packte das Mon Chéri aus, steckte es in den Mund und zerknackte die Schokolade mit den Zähnen. Das Ganze war ja sozusagen ohne Risiko. Der Geschmack von Mon Chéri konnte keinerlei Erinnerung in mir wecken, weil ich es noch nie gegessen hatte.
Mein Husten und Röcheln klang wie einer von Wolles Pseudokrupp-Anfällen, und meine Augen füllten sich mit Tränen. Etwas Scharfes brannte in meinem Mund.
»Was hast du denn?«, fragte Henri besorgt.
»Klarer Fall von Schoko-Allergie«, sagte Larissa und klopfte mir fürsorglich den Rücken. »Wahrscheinlich läuft er gleich blau an und kriegt grünen Schaum vorm Mund. Dann müssen wir sofort den Notarzt rufen, und meine Eltern müssen ihm *Schmerzgeld* zahlen.«
»Schmerz-ens-geld«, stöhnte ich und musste gegen meinen Willen grinsen. Dieser Punkt ging an Larissa.

Wir testeten uns durch den gesamten Speisekammer- und Kühlschrankinhalt und quer durch Larissas Beutel. Als wir nichts mehr essen konnten, dehnten wir unser Experiment auf Gerüche aus.
Hätte mir mein inneres Kino jemals gezeigt, dass ich eines Tages mit einem verfressenen Alien aus dem Wasenfeld-Viertel und einem spuckeziehenden Messerle-Zwilling

in unserer Küche sitzen und einen ziemlich guten Nachmittag verbringen würde, ich hätte es hundertpro nicht geglaubt.

Bei Gerüchen ging es uns genauso wie bei Geschmäckern. Ein einziger Duft, drei verschiedene Erinnerungen. Einmal schnuppern am Kamillenteebeutel genügte, um mich drei Jahre zurück in die Kinderstation des Krankenhauses zu katapultieren: Magen-Darm-Grippe. Ich war ausgetrocknet wie die Wüste Gobi, und die Ärzte mussten meinen Tank mit Flüssigkeit aus einem durchsichtigen Schlauch auffüllen. Danach gab's tagelang nur Kamillentee zu trinken, der reinste Horror!

Larissa dagegen erinnerte der Geruch an einen Sommerausflug mit ihrem Vater. Vom Feldrand hatte er eine kleine Blume gepflückt, weiße Blätter, gelber Knopf in der Mitte. Er rieb die Blüte zwischen den Fingern und ließ Larissa daran schnuppern. Für dieses Mädchen duftete das Zeug nach blauem Himmel und Vogelgezwitscher. Nach ihrem ersten Dünnpfiff würde sich das ändern!

In Henris Erinnerung roch der Kamillenteebeutel nach seiner Mutter. Jeden Abend rieb sie sich die Hände mit einer Creme ein. Auf der Tube war eine weiße Blüte mit gelbem Knopf. Ich hatte nicht gewusst, dass man sich Durchfallkräuter auch auf die Haut schmieren kann.

Über Geschmack lässt sich streiten, steht im Kalender vom Bullerdieck, und über Gerüche auch, finde ich. Dass wir ganz verschiedene Erinnerungen hatten, war ja klar, aber manchmal kam es mir echt vor, als würden wir nicht dasselbe schmecken oder riechen. War *mein* Schokoladengeschmack wirklich ganz genau der gleiche wie Larissas? Schmeckte ein Stück Mango in Henris außerirdischem Mund wirklich haargenau so wie in meinem? Wer konnte das so genau wissen?

Wir nahmen Witterung auf wie Lawinenhunde und hielten uns gegenseitig Dinge unter die Nase. Doch jeder folgte seinen eigenen inneren Duftspuren, bis in weit zurückliegende Erinnerungen hinein.

Bis zum Abend hatte sich unser Forschungsgebiet auf das ganze Haus ausgedehnt, und wir waren im Badezimmer gelandet.

Im Regal, neben unseren Zahnputzbechern, stand eine kleine braune Flasche mit rotem Verschluss. Sie enthielt eine durchsichtige Flüssigkeit, die der Hautarzt für Lollo zusammengemischt hatte.

Gegen die Pickel in ihrem Gesicht, die ihr die gesamte Jugend versauen und alle tollen Typen in die Flucht schlagen, sagt Lollo.

Gesichtsalkohol, hatte auf dem handgeschriebenen Etikett gestanden, nun war die Schrift verwischt und unleserlich.

Larissa schraubte die Flasche auf und hielt sie dicht unter ihre Nase.

»Puh!« Mit angewidertem Gesicht wandte sie sich ab und

sagte, ohne die Augen zu schließen und lange nachzudenken: »Masernimpfung. Der Arzt tupft mit weißer Watte auf meinen Arm, bevor er mir die Spritze reinhaut.«
»Augen zu!« Sie hielt das Fläschchen unter Henris Nase. Er schnupperte neugierig, dann zuckte er heftig zurück. Seine Augen waren geöffnet, aber sein Blick war nach innen gekippt.
Hatte er eine schmerzhafte Erfahrung mit einem außerirdischen Arzt hinter sich? Wer wusste denn schon, mit welchen Methoden Kranke im All behandelt werden?
Wieder einmal merkte ich, wie sehr er mich aus seinem Leben ausschloss. Bis jetzt hatte er mir noch keine einzige Seite aus seinem Forschungsbericht gezeigt, nicht einmal die Einleitung durfte ich lesen.
Henris hellgraue Augen, die den ganzen Nachmittag gestrahlt hatten, sahen plötzlich aus, als wären sie aus Glas. Diese Erinnerung musste Kraft kosten, denn sein Gesicht schien vor Anstrengung zu verrutschen.
Ich öffnete den Mund, um ihn zu fragen, was los ist, aber Larissa winkte ab. Mir fiel auf, dass sie seit einer Ewigkeit keine Spucke mehr durch die Zähne gezogen hatte.
Ganz ruhig schraubte sie die kleine braune Flasche zu, stellte sie an ihren Platz zurück und ließ dabei Henri nicht aus den Augen. Dann trat sie vor ihn hin und legte vorsichtig die Arme um ihn.
Die würde doch jetzt nicht mit ihrem Liebespaar-Getue anfangen!

Larissa stand ganz still. Henri lehnte sich mit der Stirn an Larissas Schulter und atmete schwer. Weinte er etwa?
Ich hatte keinen Schimmer, was ich jetzt tun sollte.

Wenn Wolle weinte, dann war das was ganz anderes. Am Abend zuvor war sein Playmobil-Zitteraal durch den Badewannenabfluss geflutscht. Erst ist er ein bisschen im Wasserstrudel um den Abfluss herumgekreiselt, und dann hat er sich plötzlich hochkant gestellt, und *flupp!*, weg war er. Wolle hat geschrien, als wäre Lollos Kaninchen von einer Kanalratte durch den Abfluss gezerrt worden. Wir waren mal mit der Schule in einer Kläranlage gewesen, und ich hab Wolle erzählt, wie interessant es dort aussieht und dass es für seinen Zitteraal nichts Schöneres gibt, als dort mit anderen Zitteraalen im Schlammbecken zu spielen. Wolle hörte sofort auf zu weinen und versenkte gleich noch einen kleinen Brachiosaurus und ein Gorillababy im Abfluss.
Meine Schwester weint auch oft, aber das ist ganz normal, wegen der Pubertät.
Mama und Papa hab ich erst zweimal weinen sehen, nämlich bei Omas und bei Opas Beerdigung, und das fiel nicht weiter auf, weil sowieso alle geweint haben, sogar ich.

Weinte Henri wegen seiner gestorbenen Apfelkuchenoma? Aber die hatte doch nichts mit Lollos Pickelwasser zu tun!

Ich stand da wie ein Fieberthermometer und überlegte ratlos, was man in einem solchen Moment Hilfreiches sagen könnte.
Hastig blätterte ich in Gedanken sämtliche Abreißkalendersprüche durch, an die ich mich erinnern konnte. Der Bullerdieck hat mal gesagt, dass in dem Kalender ziemlich viele Idiotensprüche stehen, zum Beispiel der mit dem Indianer, der keinen Schmerz kennt, und ich wollte auf keinen Fall einen Idiotenspruch zu Henri sagen.

Aber Henri ist ganz ohne Sprichwort aus seiner Erstarrung aufgewacht. Er atmete tief durch, entweder, weil es ihm besser ging, oder, weil Larissa ihren Klammergriff gelockert hatte.
Sein Atem stotterte wie ein kalter Motor.
»Danke«, sagte er leise und sah hoch in Larissas Augen. Er lächelte schief. Dann sah er mich an und berührte kurz meinen Arm. »Dir auch, Jona.«
Ich hatte meine Sprache noch nicht ganz wiedergefunden, die Silben stolperten über meine Zunge.
»A-ber, al-so, ich hab doch nichts … überhaupt nichts gemacht, Henri. Ich hab ja kein einziges Wort – *gesagt*!«
»Eben drum!«, sagte Henri, und nun saß das Lächeln wieder gerade in seinem Gesicht.
Bevor ich noch darüber nachdenken konnte, ob das jetzt eine Beleidigung war oder ein Kompliment, umarmte mich Henri kurz. Wirklich nur kurz, aber sehr fest.

Also, ich persönlich hab's ja nicht so mit der Umarmerei. Mama und Papa schon, die hängen ständig an mir dran, und Wolle schmatzt mich auch manchmal ab, ob ich will oder nicht, aber er ist ja auch fast noch ein Baby. Als Oma noch lebte, hat sie mich regelmäßig zwischen ihre Brüste gequetscht, wo ich jedes Mal akuten Sauerstoffmangel litt und nur knapp an einer Ohnmacht vorbeischrammte.
Einen gleichaltrigen Jungen zu umarmen, finde ich nicht ganz so normal, ehrlich gesagt, aber schlimm ist es nun auch wieder nicht.
Mein Freund ist eben anders als andere, dachte ich. Und vielleicht will er einfach nur mal wissen, wie sich so was anfühlt, weil Umarmungen im All überhaupt nicht üblich sind. Außerdem ist heute sowieso alles außer Kontrolle geraten, und da kommt es darauf auch nicht mehr an.

Wir standen zum Abschied in der offenen Haustür, als Henri sich plötzlich auf die Zehenspitzen stellte und Larissa einen Kuss auf die Backe gab. Larissa kicherte, zog Spucke durch ihre Schneidezähne und zischte davon.
Ich schnappte nach Luft.
»Was war das denn?«, schnaubte ich. »Jetzt hättest du sie doch nicht mehr küssen müssen, Mann! Wir haben doch schon alle Süßigkeiten umsonst gekriegt!«
»Ich habe sie geküsst, weil sie nett ist«, sagte Henri.
Das leuchtete mir nicht besonders ein.

Ich verabschiedete mich von Henri und schloss die Haustür. Dann ging ich nachdenklich nach oben ins Bad.
Lollos Pickelwasser-Flasche stand klein und unscheinbar im Regal, aber ich hatte das Gefühl, ein bösartiger Flaschengeist würde darin lauern. Langsam drehte ich den Verschluss auf und roch vorsichtig an der Öffnung. Ein scharfer Geruch stach mir in die Nase. Larissa hatte recht gehabt, es roch nach Arztpraxis.
Hatte Henri vielleicht wirklich eine schmerzhafte Krankheit hinter sich? Eine, die viel schlimmere Erinnerungen weckte als mein Kamillentee?
Ich roch noch ein zweites Mal und musste plötzlich an das Mon Chéri denken.
Wenn mich meine Nase nicht komplett anlügt, muss in Schnapspralinen fast das Gleiche drin sein wie in Lollos Pickelwasser, dachte ich. Pfui Teufel! Wenn dieses Zeug die Pubertätspocken wegätzen soll, wieso füllt man es dann in Schokolade? Kein Wunder, dass ich beinahe daran erstickt bin. Aber was hat das mit Henri zu tun?
Außer der Oma-Sache hatte ich heute ein paar Neuigkeiten über ihn erfahren, die mich nicht besonders erstaunten: Dass ihn der Geruch meiner Muschelsammlung nicht ans Meer erinnerte wie Larissa und mich, weil er noch nie am Meer gewesen war. Dass er nicht gewusst hatte, wie eine Mango schmeckt, weil er noch nie eine gegessen hatte. Oder dass er beim Kauen von Papas Lieblingsziegenkäse ratlos guckte.

Larissa erinnerte dieser Geschmack an den Zirkus, mich an den Streichelzoo im Tierpark. Henri war noch nie in einem Zirkus gewesen und in einem Zoo auch nicht, das hatte er uns heute erzählt. Und nur Larissa war verwundert darüber gewesen.
»Du warst noch nie im Zirkus?«, hatte sie ungläubig gefragt.
Henri hatte den Kopf geschüttelt.
»Was soll ein Alien im Zirkus?«, hätte ich gerne gesagt, aber stattdessen hatte ich ihr ihren eigenen Satz unter die Nase gehalten: »Was ist denn daran so sensationell?«
Dann hatte ich schnell ein Streichholz angezündet, weil ich genau wusste, dass der Geruch sie vom Zirkus weglocken würde. Und tief hinein in ihre Erinnerung an den Brand in der Lüneburger Heide, der letztes Jahr den Bauernhof ihrer Tante in Schutt und Asche gelegt hatte.

Noch einmal schnupperte ich an dem braunen Fläschchen. Henri hatte über diese eine Erinnerung kein Wort *verloren*, wie man so sagt. Hatte Henri Angst gehabt, das verlorene Wort könnte von anderen Leuten gefunden und eingesteckt werden? Und was könnten die Leute mit Henris Erinnerung Schlimmes anrichten?
Gab es außer TABU-Themen und TABU-Wörtern vielleicht auch TABU-Erinnerungen? Oder TABU-Gefühle, über die man am besten mit niemandem sprach?
Ich musste an Victor denken. Keiner wusste, dass ich mich

vor ihm fürchtete. Mit Mama und Papa konnte ich auf keinen Fall darüber sprechen. Die hätten mich gezwungen, von ihm die zwei Euro zurückzuverlangen.

»Du musst dich wehren, Jona!«, hätten sie gesagt, und sie hätten nicht darüber nachgedacht, dass *wehren* mit *weh* anfängt und dass *ich* derjenige wäre, der die Wortprügel einstecken müsste, und nicht sie.

So viel Aufwand wegen zwei Euro wäre echt übertrieben, deshalb behielt ich die Sache lieber für mich. Henri hatte ich auch nichts davon erzählen wollen. Das wäre mir peinlich gewesen, ich gebe es zu. Sein galaktischer Meister musste ja nicht alles über den Erdling Jona Klinger erfahren.

War es Henri auch peinlich gewesen, über seine Erinnerung zu reden?

Mein Hirn gluckerte wie ein leerer Magen, weil es keine Antworten auf all diese Fragen bekam. Sorgfältig schraubte ich den Deckel wieder auf das Fläschchen und stellte es ins Regal zurück. Konnte man einen bösen Geist, wenn er einmal losgelassen worden war, wieder in seine Flasche zurückstopfen?

Ich seufzte. Mit einem Flaschengeist hätte man vielleicht verhandeln können, mit schlimmen Erinnerungen nicht. Das war so klar wie Pickelwasser.

Lebensraum und Familie des Erdlings

Hunde, die bellen, beißen nicht

An diesem Abend sah Mama irgendwie beunruhigt aus, als sie von der Arbeit nach Hause kam. Beim Essen schaute sie mich immer wieder nachdenklich an. Dass sich Lollo künstliche Fingernägel aufgeklebt hatte, die so lang waren wie die Nudeln auf ihrem Teller, erwähnte sie mit keinem einzigen Wort, obwohl sie findet, dass künstliche Fingernägel der Gipfel der Geschmacklosigkeit sind. Wolle erzählte vom Kindergeburtstag und verwendete dabei ein absolutes TABU-Wort. Nachdem keine Reaktion von Mama kam, folgte noch ein zweites und ein drittes und dann, ziemlich laut, ein ganzer TABU-Satz.

Mein kleiner Bruder war komplett irritiert. Offensichtlich war Mamas Kontrollsystem defekt.

Ich überlegte, ob sie vielleicht etwas von dem Geschmacks- und Geruchsexperiment bemerkt hatte. Wir hatten doch alles wieder ordentlich aufgeräumt, und von Papas Ziegenkäse fehlte nur ein winziges Stück. Machte sie sich wieder Sorgen, ich könnte nicht alle Lichter am Baum haben? Aber ich hatte doch schon lange keine Bemerkungen mehr über Außerirdische gemacht.

Als wir den Tisch abräumten, fragte sie ganz nebenbei: »Der neue Freund, von dem du uns erzählt hast, Jona ... Henri heißt er, nicht? War er schon mal hier zu Besuch?«

Aha.

Alles klar.

Wahrscheinlich hatte die Messerle uns gesehen und Mama Henris Besuche gepetzt. Ich hatte bis jetzt dafür gesorgt, dass sich Mama und Henri nicht begegneten, und das lag nicht nur an der Besuchsaufräumerei.

Mama hatte einen untrüglichen Instinkt für Heimlichkeiten, vor allem für meine. Henri wäre von ihrem Röntgenblick durchleuchtet worden wie ein Schienbeinbruch, und wer weiß, was sie dabei entdeckt hätte. Mit Sicherheit nicht die Wahrheit, aber dass Henri irgendwie anders war, wäre ihr hundertpro nicht entgangen. Das wiederum hätte eine ganze Reihe von Fragen nach sich gezogen, auf die ich keine Antworten geben wollte oder konnte. Ich persönlich bin der Meinung, dass man so komplizierte

Situationen im Leben möglichst lange hinausschieben sollte.
Aber jetzt war die Galgenfrist vorbei – das Verhör hatte begonnen.
»Jona, ich habe gefragt, ob Henri hier war.«
»Ja, kurz. Warum?«
»War er schon öfter hier?«
»Oft nicht. Nur ein paarmal.«
»Wieso hast du uns nichts davon erzählt?«
»Hätte ich ja heute Abend. Und Henri ist es egal, ob aufgeräumt ist oder nicht.«
»Wie genau heißt Henri eigentlich mit Nachnamen, und in welcher Straße wohnt er?«
Volltrefferfrage!
Ich nahm die Schüssel mit dem geriebenen Parmesankäse vom Tisch und stellte sie in den Kühlschrank.
Von Anfang an hatte ich Mama und Papa von Henri erzählt: dass er neu zugezogen ist, dass er keine Geschwister hat, dass sein Vater einen sehr wichtigen Job hat, dass seine Mama etwas Ähnliches macht wie ein Steuerberater, dass Henri unglaublich ordentlich und ein Feinschmecker ist.
Ich weiß immer ziemlich genau, welche Informationen ich meinen Eltern weitergeben kann und welche ich besser für mich behalte, das erspart Stress auf beiden Seiten.
Nach Henris Straße hatte bis jetzt niemand gefragt, und

bis zu diesem Nachmittag hatte ich ja selber nicht gewusst, dass er ein Wasenfeld-Bewohner war.
Mama und Papa hatten sich gefreut, dass ich in der Schule nicht mehr alleine sitzen musste, und als ich erzählt hatte, dass Henri gut in Mathe sei, und zwar ganz ohne Nachhilfe, waren sie sichtlich beeindruckt gewesen.
»Wir werden ihn ja hoffentlich bald kennenlernen«, hatten sie gesagt, und in dem Moment war ich froh gewesen, dass Henri kein Drachen-Tattoo im Gesicht hatte, sondern harmlos und irdisch aussah.

»Jona? Hörst du mir zu?« Mamas Blick tackerte mich mit dem Rücken an die Kühlschranktür.
Ich musste an den Apfel-Zimt-Joghurt denken und an die ganzen Erinnerungen, die nun wieder unter Deckeln und Schraubverschlüssen versiegelt waren.
»Wie Henri mit Nachnamen heißt, habe ich dich gefragt.«
»Wieso?«
»Heißt er Wilhard?«
»Ich glaube schon.«
»Und wo genau wohnt er, Liebling?«
ACHTUNG, ACHTUNG! Mein Frühwarnsystem blinkte dunkelrot.
Wenn Mama mich *Liebling* nannte, gab es dafür immer einen bestimmten Grund. Nicht dass meine Mutter keine Kosenamen für mich hatte. Was dieses Thema betraf, ging ihre Phantasie regelmäßig mit ihr durch. Solange sie mich

vor anderen Leuten nicht mit *Schnuffelpups* ansprach, konnte ich damit leben. Aber *Liebling* wurde ich nur genannt, wenn irgendetwas ganz und gar nicht stimmte.
»Ich hab Henri nicht danach gefragt, wo er wohnt«, sagte ich.
Das war nicht gelogen. Larissa hatte gefragt, nicht ich.
»Woher kommt eigentlich das Wort TABU?«
Der Versuch eines Ablenkungsmanövers lohnte sich auf jeden Fall.
Mama stutzte. »Wieso fragst du?«
»Weil ich gerne wissen möchte, ob die Sache mit dem Seefahrer stimmt und ob er noch andere Wörter von der geheimnisvollen Insel mitgebracht hat. Und ich frage mich auch, ob die Eingeborenen das Wort vermisst haben. Vielleicht war TABU dort das Wort für Weihnachten, dann waren die Insulaner bestimmt total am Ende! Wenn TABU aber *Kellerausmisten* hieß, haben die bestimmt ein Fest gefeiert und jeden Tag darauf gehofft, dass der Seefahrer zurückkommt, um auch noch die Wörter OMIL, BENU und GNOI davonzutragen. Das bedeutet nämlich *Kamillentee, Pickelwasser* und *Pubertät.*«

Ich rang nach Luft und schielte auf die Küchenuhr. In fünf Minuten kamen die Nachrichten im Fernsehen. Mama versäumte nie, sie zu gucken, und wenn ich es schaffte, bis dahin pausenlos zu reden, würde sie danach nicht mehr wissen, was sie mich eigentlich gefragt hatte.

Immerhin hatten wir uns auf der Landkarte schon weit vom Wasenfeld entfernt – wir befanden uns mitten im Ozean, und …

»Jona, wohnt Henri im Wasenfeld?«
Ich löste mich vom Kühlschrank, nahm ein Küchenhandtuch und rubbelte mit ganzer Kraft an einem unsichtbaren Fleck auf dem Tisch herum.
»Was bedeutet eigentlich *Wasen*?«, fragte ich.
»JONATHAN! Bist du schon einmal bei Henri zu Hause gewesen?«
»Nein.«
»Sicher nicht?«
»Todsicher.«
»Und du versprichst mir, es nicht zu tun?«
»Henri lädt mich sowieso nicht ein.«
Mama beugte sich vor und sah mir in die Augen. Sie legte ihre Hand auf meine, und ich musste aufhören, an dem unsichtbaren Fleck herumzurubbeln, weil meine Mutter sonst vibriert hätte wie ein Klacks Gelee. Ihr Blick durchlöcherte mich nicht mehr, sondern strich besorgt über mein Gesicht. Auf ihrer Stirn waren kleine Rillen zu sehen, die immer dann auftauchen, wenn sie sich Sorgen macht. Beim Bullerdieck waren schon richtige Schluchten an der Stelle.
Vielleicht wanderte diese Art von Gedanken immer wieder die gleichen Wege im Kopf. Von rechts nach links und

wieder zurück, wie ein Raubtier im Käfig. Je größer die Sorgen, desto länger wurde getigert, und von außen sah man mit der Zeit die Abdrücke der Trampelpfade.

»Seine Oma hat Apfelkuchen gebacken und Quartett mit ihm gespielt«, sagte ich. »Aber sie ist leider gestorben.«

Die neuen Informationen über Henris Vergangenheit kamen mir im Moment sehr gelegen, weil sie so unglaublich stinknormal klangen.

Mama seufzte tief.

»Du hast Henri wohl sehr gern?«

Ich nickte.

»Dann würde ich vorschlagen, dass du ihn uns mal vorstellst. Papa und ich möchten ihn gerne kennenlernen. Wie wär es mit Samstag?«

»Wollt ihr mit ihm zu Schong Klood?«, fragte ich erschrocken.

Ich bezweifelte stark, dass Henri Interesse an bemalten Tellern mit wenig Forschungsmaterial hatte.

»Nein, Jean Claude hat Betriebsferien. Wir laden Henri zu uns auf ein Stück Kuchen ein.«

»Kann der Bullerdieck auch kommen?« Ich wusste nicht, warum, aber der Gedanke beruhigte mich irgendwie. »Henri würde ihn gerne kennenlernen«, schob ich hinterher. »Und du wolltest ihn doch sowieso mal wieder einladen.«

»Warum nicht?«, sagte Mama. »Samstag, halb drei, in Ordnung?«

»Okay.«
Jetzt wäre eigentlich der richtige Zeitpunkt gewesen, den Rückzug anzutreten, um weiteren Fragen aus dem Weg zu gehen. Aber mir lag noch etwas auf dem Herzen. Ich folgte Mama ins Wohnzimmer und half ihr, die Fernbedienung zu suchen. Die Nachrichten waren schon fast zu Ende. Die Stimme des Sprechers krachte in unser Wohnzimmer. Irgendwo auf der Welt hatte es wieder eine Katastrophe gegeben. Die Kamera glitt über hungrige Gesichter. Ein Augenpaar sah mich an. Mich? Nein, den Kameramann natürlich, der dort mitten unter den Leuten stand. Ich war ja viel zu weit weg.
»Mama?«
»Ja?«
»Woher wusstest du, dass Henri im Wasenfeld wohnt? Und wieso hast du so komisch gefragt?«
Mama löste ihren Blick vom Fernseher und sah mich an. Die schmalen Pfade waren immer noch auf ihrer Stirn zu erkennen.
»Frau Ha…«, begann sie, aber dann brach sie ihren Satz ab und machte eine wegwerfende Bewegung mit der Hand. »Ach, egal. Nur Gerede. Du weißt ja, wie die Leute sind.« Sie schaltete den Fernseher aus, strich mir übers Haar und ging zur Haustür, um Papa zu öffnen.

Mamas Einladung bereitete mir ziemliches Hirnzerbrechen. Auf der einen Seite freute ich mich, dass meine Fa-

milie Henri kennenlernen wollte. Auf der anderen Seite stand mir nun die befürchtete komplizierte Situation bevor: Meine Eltern würden Henri mit Sicherheit Fragen stellen, und Henri würde mit Sicherheit keine Antworten darauf geben, zumindest keine, die meine Eltern beruhigen würden.
Es gab eigentlich nur zwei Möglichkeiten für mich.
Erstens: Ich würde ihnen noch vor der Kaffeerunde sagen, dass Henri ein getarnter Alien ist und ihnen nichts über sein Leben erzählen darf. Dann würden sie *mich* für plemplem halten.
Zweitens: Ich würde ihnen nicht die Wahrheit sagen, und Henri würde gar nicht oder in seiner gewohnt einsilbigen Art auf die Fragen nach seinem Zuhause antworten, als wäre er nicht ganz helle. Dann würden sie *ihn* für plemplem halten.
Wirklich eine verdammt komplizierte Situation.
Auf jeden Fall beschloss ich, meinem Freund nicht die ganze Familie Klinger auf einmal zuzumuten. Das hatte schon stabilere Leute umgehauen. Er sollte zumindest meine Geschwister noch vor dem Kaffeekränzchen kennenlernen. Manche Schocks kann man nur häppchenweise verdauen.

»Heute muss ich Wolle von der Flohkiste abholen, weil Mama länger arbeiten muss, willst du mitkommen?«, fragte ich Henri, als wir am Freitag in meinem Zimmer beim Monopoly saßen. »Wir müssen uns so langsam um das nächste Kapitel *Familie und Lebensraum* kümmern.«

»Flohkiste?« Henri runzelte die Stirn.

»So heißt Wolles Kindergarten. Aber das Wort *Flöhe* täuscht. Eigentlich sollte man nicht ohne Polizeischutz dort reingehen. Das Raubtierhaus im Tierpark ist ein Streichelgehege dagegen.«

Henri grinste. »Dann werde ich dich auf jeden Fall begleiten. Ich wollte immer schon mal in den Zoo!«

»Wieso nennst du deinen Bruder eigentlich Wolle?«, fragte er, als wir uns kurz vor fünf auf den Weg machten.

»Als er noch klein war, hat er immer Bullerdiecks Kater Wagner das Wollknäuel geklaut. Wagner wollte aber sein Spielzeug wiederhaben und ist hinter ihm hergezischt. Vorneweg rannte Wolle mit seinem dicken Windelhintern und schrie: ›WOLLE WOLLE WOLLE!‹, weil er das Dings nicht mehr hergeben wollte, und hinter ihm her sauste Wagner und versuchte, das Knäuel zu fangen. Das sah zum Totlachen aus, und seitdem nennt ihn jeder Wolle, obwohl er eigentlich Julius heißt.«

Henri hatte schon ziemlich viel vom Lebensraum des Erdlings kennengelernt. In meinem Heft hatte ich bereits einiges über unser Haus und die Schule und unsere Stadt zusammengetragen. Die Erforschung des Vorschul-

lebensraumes wollte ich so schnell wie möglich abhaken.
Wir standen vorm Kindergartentor, und ich stellte mich auf die Zehenspitzen, um auf den Türöffner zu drücken. Der Knopf ist ganz weit oben angebracht, damit die kleinen Stinker nicht drankommen, und wenn man draufdrückt, ertönt ein lautes Summgeräusch.
Ich hab früher oft darüber nachgedacht, warum es eigentlich KinderGARTEN heißt. Seit Wolle dorthin geht, weiß ich es: Es gibt keine Frauengärten und keine Männergärten. Es gibt nur Kindergärten und Tiergärten, und damit ist ja wohl alles klar: Biester müssen eingezäunt werden.
Wolles Kindergarten ist so gut gesichert, als wären die Kronjuwelen der Königin von England darin untergebracht und nicht eine Horde von Hosenscheißern. Kein Fremder kann ungesehen dort hineinspazieren, und kein Entführer kann sich ein reiches Kind schnappen, um seine Finanzen mit Lösegeld aufzubessern.

So, wie sich Wolle an diesem Nachmittag aufführte, hätte ihn sowieso keiner klauen wollen, nicht mal der hirnverbrannteste Ganove. Der Krach im Kindergarten war ohrenbetäubend, und zu allem Übel kreischte auch noch eine Kreissäge aus der Garderobenecke.
»Sind das Handwerker?«, schrie mir Henri ins Ohr.
»Nein, das ist mein Bruder«, stöhnte ich und schob mich

durch eine Bande tobender Milchzahngangster in Richtung Kleiderhaken.
Dort saß »die Kreissäge« am Boden und pfropfte sich heulend und schreiend den rechten Gummistiefel über den linken Fuß.
Eine Frau, die ich nicht kannte, beugte sich über Wolle und redete beruhigend auf ihn ein.
Ich kniete mich daneben und zog ihm den falschen Stiefel vom Fuß, worauf er den Lärmpegel noch höherschraubte und mir gegen den Anorak boxte.
»Ist das dein Bruder?«, fragte die Frau und trat einen Schritt zur Seite, um dem Gummistiefel auszuweichen, den Wolle von sich geschleudert hatte. Sie musste sehr laut und deutlich reden, damit ihre Frage nicht von Wolles Geheule zerhäckselt wurde.
»Ja, leider!«, brüllte ich zurück, worauf Wolle nur noch lauter schrie.
Die Frau streckte mir lachend die Hand entgegen und sagte: »Ich bin Luka, die neue Kindergärtnerin von Julius. Ich leite ab heute die Hundefloh-Gruppe. Eva bekommt bald ihr Baby und ist schon im Mutterschutz. Eure Mama hat angerufen und gesagt, dass du heute kommst, um Julius abzuholen!«
Ich stand auf und schüttelte ihre Hand. Sie fühlte sich warm und weich an.
Wolle steckte den linken Stiefel über den rechten Fuß und brüllte dabei: »Lüger, Lüger!«

Das Wort *Mutterschutz* klang noch in mir nach. Während Luka Henri begrüßte, zeigte mir mein inneres Geheim-Kino ein riesiges Haus mit dicken Mauern und vielen Türmchen obendrauf. Es erinnerte mich an die tollen Burgen, die wir in Italien besichtigt hatten:
Die Zugbrücke ist hochgezogen, und über dem Eingang hängt ein großes Schild, auf dem steht: Bruderschutz – Eintritt nur für Mitglieder. *Überall in den Fenstern lümmeln große Brüder mit Eistüten und Comics. Manche dösen vor sich hin, andere spielen mit ihren Kumpels Computerspiele. Ab und zu beugt sich einer von ihnen vor und schaut entspannt hinunter auf die wogende, brüllende Masse von rotzverschmierten kleinen Brüdern, die mit ihren winzigen Fäusten gegen die Zugbrücke hämmern und ihre schmutzigen Gummistiefel an die Mauer schleudern.*
Ich fragte mich, warum Eva schon in den Mutterschutz geflüchtet war. Ihr Schreihals war doch noch gar nicht auf der Welt!

Luka beugte sich ganz nah an mein Ohr: »Er ist schon den ganzen Vormittag so außer sich. Anscheinend findet er es ganz schlimm, dass Eva nicht mehr da ist.«
Das wunderte mich aber. Wolle war doch von Eva gar nicht so begeistert gewesen. Von Anfang an hatte er behauptet, sie sei eine Zauberin und würde kleine Kinder in Tiere verwandeln.
»Hannah aus der Katzenfloh-Gruppe ist überhaupt nicht

nach Burghausen gezogen!«, hatte er uns erzählt. »Sie sitzt als fetter Frosch in Evas Gartenteich!«
Mama war überzeugt, dass er nur keine Lust hatte, in den Kindergarten zu gehen. Sie ließ sich nicht überreden, ihn zu Hause zu lassen, selbst auf die Gefahr hin, dass er von Eva in einen Mistkäfer verzaubert werden würde.

Ich sah mir Luka genauer an. Sie sah eigentlich sehr nett aus. Ihre braunen Haare waren kurz geschnitten, und sie trug ein großes kariertes Hemd über ihrer Jeans. Ihre blauen Augen schauten betrübt auf meinen jaulenden kleinen Bruder.
»Der kriegt sich schon wieder ein«, tröstete ich sie. »Er ist schwer erziehbar, aber nicht gefährlich, meint Papa immer.«
Hunde, die bellen, beißen nicht, steht im Kalender vom Bullerdieck.
»Hundeflöhe, die brüllen, beißen nicht!«, sagte ich zu Luka.
Sie lachte. Ihre Zähne waren fast so weiß wie in der Zahnpastawerbung.
Wolle hatte sich inzwischen halbwegs angezogen und schlurfelte Richtung Ausgang. Die Träger seiner Schneehose schleiften hinter ihm auf dem Boden, seine Hasenohren-Mütze hing ihm über die Augen, und alle zwei Meter stolperte er über seine eigenen Füße. Er motzte immer

noch wütend vor sich hin, aber wenigstens einige Nummern leiser.
Ich schnappte mir seinen Rucksack, den er am Haken vergessen hatte, verabschiedete mich von Luka und ging mit Henri zum Ausgang.
Die Leiterin der Mäuseflöhe hatte Türdienst und lächelte mir mitleidig zu.
Ich hörte gerade noch, wie mein Bruder ihr zurief: »Der ist ein blöder Lüger!«, bevor er nach draußen verschwand.

»Was sollte das denn werden?!«, fauchte ich den schniefenden Wolle an, als wir draußen auf der Straße standen. »Sperrt sie kleine Kinder in ein Knusperhäuschen, um sie dort in Kakerlaken zu verwandeln, oder wo liegt diesmal das Problem?«
Dieses Kind bringt selbst die entspanntesten Leute auf die Palme.
Ich zog ein Taschentuch aus meiner Anoraktasche und versuchte, ihm den Rotz vom Gesicht zu wischen. So eine Brudernase kann echt eklig sein. Mama behauptet immer, Wolle wäre in der Trotzphase, aber ich sage, er ist volle Kanne in der Rotzphase. Lollo ist aus Pubertätsgründen in der Motzphase, und ich bin das einzige normale Kind in der Familie.
Wütend zerrte sich Wolle die Hasenohren-Mütze vom Kopf und feuerte sie auf den Gehweg. »Der ist ein Lüger!«, schimpfte er und schob die Unterlippe vor.

Mama hat mir oft vorgeworfen, ich würde keine Rücksicht auf Wolles Gefühle nehmen. Was sie nicht weiß, ist, dass Wolle *meine* Gefühle genauso regelmäßig die Kellertreppe runterpfeffert wie seine *Bob der Baumeister*-Puppe.

Trotzdem atmete ich tief durch und versuchte, ein geduldiger großer Bruder zu sein. Schließlich hatte ich einen Beobachter in Sachen *Familie des Erdlings* hinter mir stehen.

»Wer ist ein Lügner?«, fragte ich betont ruhig.

»Der Luka.«

»Welcher Luka?«

»Na, der Luka eben. Der ist ein blöder Lüger.«

Ratlos sah ich zu Henri, der die brüderliche Unterhaltung mit Interesse verfolgte. Er zuckte ebenso ratlos mit den Schultern.

»Glückliches Einzelkind«, flüsterte ich ihm zu und wandte mich wieder an Wolle. »Redest du vielleicht von *der* Luka? Von *der* großen Luka im karierten Hemd?«

»Ja, *der* Luka«, sagte Wolle. »*Der* ist ein Lüger.«

So kamen wir nicht weiter. Ich blieb stehen, ging vor Wolle in die Hocke und sah ihm ins Gesicht. Über seine Backen zogen sich schillernde Schleimspuren, als wäre ein Trupp Weinbergschnecken drübergekrochen. Seine Augen waren rot vom Heulen, und er sah todunglücklich aus. Ich kannte meinen kleinen Bruder. Das hier war kein Theater, sondern echter Wolle-Kummer.

»Magst du deine neue Kindergärtnerin nicht?«, fragte ich.
»Der ist keine Gärtnerin, der ist ein Gärtner«, schluchzte Wolle und fing schon wieder an zu heulen. »Er hat gesagt, er ist eine Gärtnerin, aber nur Jungs und Männer heißen Luka! Lollos Patenonkel heißt Luka, und der Mann im Fußballfernsehen heißt Luka, und der Doofe von den Katzenflöhen heißt Luka!« Wolles Kinn zitterte.
Ach so.
Alles klar.
»Wenn das dein ganzes Problem ist, dann kann ich dich beruhigen«, tröstete ich Wolle. »Auch Mädchen und Frauen können Luka heißen. Die Leiterin deiner Hundefloh-Gruppe ist eine Frau. Todsicher.«
»Ist er nicht!« Wolle stampfte wütend auf. Sein Gummistiefel blieb im Schnee stecken. »Er hat Männerhaare, große Füße und überhaupt keine Busen vorne dran!« Wolle bebte vor Entrüstung.
Langsam ging mir dieses Gespräch auf die Socken.
»Hör mal zu, Wolle«, sagte ich und stülpte ihm die Mütze wieder auf den Kopf. »Es gibt viele Frauen mit wenig vorne dran, die große Füße und kurze Haare haben. Es gibt Tausende davon. Millionen. Kapiert?«
»Lüger!«, brüllte mein Bruder und schubste mich mit voller Wolle-Kraft nach hinten in den Schnee.
Jetzt platzte mir aber echt der Kragen! »Na gut!«, schrie ich und rappelte mich hoch. »Wenn du's unbedingt

wissen willst! Der Typ in deinem Kindergarten ist ein Marsmännchen! Er ist gestern Nacht mit 'nem Ufo neben der Stadtbücherei gelandet, aber das bleibt unter uns, verstanden?«

Wolle hörte schlagartig auf zu schluchzen und schaute mich entgeistert an.

»In echt?«, fragte er und wischte sich die Tränen aus den Augen.

»Du musst es ja nicht glauben, wenn du nicht willst«, schnaubte ich und zerrte seinen Gummistiefel aus dem Schnee.

Wolles Blick fiel auf Henri, den er vor lauter Heulerei gar nicht bemerkt hatte.

»Wer ist der da?«

»Das ist Henri.«

»Hallo, Wolle«, sagte Henri und streckte meinem Bruder freundlich die Hand hin.

Wolle schob die Unterlippe vor und versteckte beide Hände hinter dem Rücken.

»Er gibt nie jemandem die Hand, nicht einmal dem Weihnachtsmann«, klärte ich meinen Freund auf und stopfte Wolles Fuß in den Stiefel.

Wolle stellte sich vor Henri hin und kniff herausfordernd die Augen zusammen. »Meine Gärtnerin ist ein Marsmenschlein«, sagte er und schob stolz das Kinn vor. »Sie ist gestern mit 'nem Udo bei der Bücherei gelandet, aber das ist ein Geheimnis.«

»Gratuliere«, sagte Henri, und ich sparte es mir, Wolle zu erklären, was ein Ufo ist. Sollte er sich ruhig einen Außerirdischen mit Namen Udo vorstellen!
Der Rest des Weges verlief ohne Zwischenfälle. Wolle stolperte vor sich hin und hatte genug Denkstoff, um für mindestens zehn Minuten die Klappe zu halten.
Kurz bevor wir daheim ankamen, hörten wir seltsamen Lärm, der eindeutig aus unserem Haus kam.
Henri legte den Kopf schief und lauschte. »Diesmal sind es aber wirklich Handwerker«, sagte er und blickte auf Wolle, der in sich versunken und vollkommen geräuschlos auf die Haustür zustapfte.
Ich spürte, wie meine Ohren rot wurden.
»Ich sage es nur ungern. Aber ich fürchte, diesmal ist es meine Schwester.«

Reden ist Silber, Schweigen ist Gold

Ich sperrte die Haustür auf und betrat mit Henri die Diele. Das Wummern, das man wirklich für das eines Schlagbohrers hätte halten können, kam aus dem oberen Stockwerk. Der Krach hielt das gesamte Haus im Würgegriff und ließ die Fensterscheiben vor Angst erzittern.

»Ist das Musik?«, brüllte Henri mir ins Ohr.

Ich schüttelte den Kopf.

»Das ist das, was Lollo für Musik hält.«

Sobald wir uns einem meiner Familienmitglieder näherten, konnten wir uns nur noch schreiend verständigen. Mann, wie peinlich!

Ich schälte Wolle aus seinem Schneeanzug. Ihm schien Lollos Musik absolut nichts auszumachen. Mein Bruder ist abgehärtet gegen jede Art von Krach.
Wolle holte sich eine Flasche von seinem geliebten Malzbier aus der Speisekammer, obwohl er nur samstags eines trinken darf, und verschwand im Wohnzimmer, um fernzusehen, obwohl er das nur sonntags darf. Wolle ist nicht nur abgehärtet gegen Lärm, sondern auch gegen jede Art von Verbot.
»Kannst du mir Lollo zeigen?«, fragte Henri und deutete nach oben.

Henri hatte keine Ahnung von großen Schwestern. Ich war schon seit Wochen nicht mehr in Lollos Zimmer gewesen. Sobald sie heimkam, verkroch sie sich darin wie ein Stinktier in seiner Höhle.
Nach wochenlangem Streit war Mama eingeknickt und hatte ihr einen Schlüssel gegeben, obwohl sonst keine Tür in unserem Haus einen hat, nicht mal das Klo. Seither verbarrikadierte sie sich dort drin und kam nur zum Essen und Duschen heraus. Wenn sie das Haus verlassen hatte, merkte man das an der Duftspur, die sich die Treppe runter zur Haustür hinausschlängelte wie ein parfümierter Bandwurm, und daran, dass es wieder möglich war, sich in normaler Lautstärke zu unterhalten.
»Das ist nur eine Phase«, hatte Mama mir erklärt.
Den Satz kannte ich. Wahrscheinlich würde Lollo noch

als alte Frau in diesem Zimmer hausen, und nur ein paar tolle Typen und der Pizzaservice hätten Zutritt.

Wieso war Lollo überhaupt zu Hause? Freitags hatte sie doch Tanzstunde, und die hatte sie noch nie versäumt, weil es dort jede Menge Typen gab. Es konnte nur *eine* Erklärung geben: Wenn sie nicht zu den Typen gegangen war, dann mussten die Typen zu ihr gekommen sein. Mindestens einer von ihnen befand sich soeben im ersten Stock und techtelmechtelte mit meiner Schwester.
Jetzt war ich auch scharf darauf, Lollo zu sehen. Ich bedeutete Henri, mir zu folgen, und schlich langsam die Treppe hinauf.
Je näher wir Lollos Tür kamen, umso deutlicher konnten wir neben dem Schlagbohrer noch Stimmen hören. Die eine war hoch und schrill, die andere klang dunkler und leiser. Ein Typ.
Ich drückte mein linkes Ohr an die Tür und versuchte zu verstehen, was die beiden redeten, aber Lollos Musik zerfetzte jeden Satz. Henri, der hinter mir stand, tippte mir auf die Schulter, aber ich wehrte ab. Die Stimmen wurden gerade lauter, und ich konnte am Ton erkennen, dass im Zimmer meiner Schwester gestritten wurde.
Das ist mal wieder typisch, dachte ich. Da hat sie es endlich geschafft, einen Typen zu sich nach Hause zu locken, und dann muss sie sich gleich mit ihm anlegen. Wahrscheinlich hat er aus ihrer Colaflasche getrunken, und

jetzt ist Spucke drin. So was macht sie fuchsteufelswild, das weiß ich aus Erfahrung. Die Typen sollten vorher zu mir kommen, dann könnte ich ihnen einige Tipps in Sachen Umgang mit Mädchen in der Motzphase geben.
Ich quetschte mein Ohr an die Tür, um wenigstens ein paar Worte zu verstehen.
»Du, Jona …«, wisperte Henri.
»Schschsch!«, zischte ich.
In diesem Moment sagte eine glockenhelle Stimme hinter mir: »Ist da Udo drin?«
Wolle saß nicht mehr vorm Fernseher, er hockte hinter mir und presste ebenfalls sein linkes Ohr an Lollos Tür. Hätte ich ihm bloß erklärt, was ein Ufo ist! Jetzt ließ ihm die Sache mit Luka und Udo vom Mars natürlich keine Ruhe mehr. Ich fuhr herum und zerrte ihn von der Tür weg.
»Schnauze, Mann!«, fauchte ich und hielt ihm den Mund zu, als die Tür zu Lollos Zimmer aufflog und jemand herausgestürmt kam. Um ein Haar wären wir zwischen Wand und Zimmertür zerquetscht worden wie zwei Nacktschnecken unter den Morgenpantoffeln der Messerle.
Unter einem tollen Typen hatte ich mir aber etwas anderes vorgestellt. Ein bisschen wie Robert Pattinson in jünger oder so. Der Junge, der mit zornrotem Gesicht die Treppe runterrannte, war in Lollos Alter und sah stinknormal aus, ziemlich genau so wie der Typ, der uns donnerstags immer das *Wochenblatt* brachte.

Vielleicht kannte meine Schwester *auch* den Spruch mit dem Spatzen in der Hand?

Wolle biss mit seinen messerscharfen Mausezähnen in meine Hand und schubste mich weg.

Unten hörte man die Haustür ins Schloss fallen, und mit einem Mal herrschte Stille im Haus. Die Heimwerkermusik in Lollos Zimmer war verstummt. Wahrscheinlich hatte den CD-Spieler der Schlag getroffen.

»Das war U…«

»Sei still!«, schnaubte ich und rieb mir die Bisswunde an der Hand.

Ich lauschte auf das leise Geräusch, das aus Lollos Zimmer zu uns in den Flur geschlichen kam. Es war eindeutig ein Schluchzen. Und das Schluchzen kam von meiner Schwester.

Vorsichtig spähte ich in den Raum, den ich seit Monaten nicht mehr von innen gesehen hatte.

Mein inneres Kino war sich sicher gewesen, dass hier dick verstaubte Spinnweben von der Decke hingen und die Kadaver von unzähligen Mücken den Boden wie ein schwarzer Teppich bedeckten. Aber das Zimmer sah völlig in Ordnung aus, was nicht heißen soll, dass es aufgeräumt war. Auf dem Schreibtisch häuften sich Berge alter Zeitschriften, Schulhefte und Schreibblöcke, als hätte meine Schwester einen Altpapiercontainer ausgeraubt. An den Wänden hingen Poster von Leuten, die garantiert niemand nach geistigem Eigentum durchsuchen würde. Madonna hockte im Eck ihres Käfigs und knabberte gelangweilt an einem Heustängel. Lollos Klamotten lagen auf dem Boden herum, und aus dem offenen Kleiderschrank quoll eine Lawine aus Taschen, Schals, Tüchern und Unterwäsche in allen Farben des Regenbogens.

Lollo lag auf ihrem Bett unter der Dachschräge und hatte das Gesicht in einem Kissen vergraben.
Hab ich schon erwähnt, dass meine Schwester ständig heult? Beim Frühstück, beim Mittagessen, beim Abendbrot, bei Schong Klood und im Urlaub. Sie heult, weil der Friseur zwei Zentimeter zu viel abgeschnitten hat. Sie heult, weil sie am Meer nicht braun wird wie ein Brathuhn, sondern rosarot wie ein schüchternes Hausschwein. Sie weint, weil sie nicht mit den Typen um Mitternacht von einer Party nach Hause laufen darf, sondern *als Einzige* um halb elf von Papa mit dem Auto abgeholt wird. Sie heult, weil ihre Handgelenke fett sind, und sie heult noch mehr, weil ihr unsere Eltern verboten haben, einen Glitzernagel durch ihren Bauchnabel oder sonstiges Gebimsel durch irgendwelche Körperteile zu stechen. Meine Schwester ist eine Gießkanne mit Locken.

Normalerweise marschiert Lollo in solchen Phasen im Wohnzimmer auf und ab und brüllt laut ihr Leid in die

Welt. Oder sie sperrt sich stundenlang in ihr Zimmer ein und dreht die Musik auf volle Kanne.

Diesmal aber war es anders. Lollo schien gar nicht zu bemerken, dass wir da waren. Sie brüllte auch nicht, sondern schluchzte leise, aber herzzerreißend in ihr Kissen, als könnte es nicht nur die Tränen, sondern auch ihren Kummer aufsaugen wie Löschpapier. Ihre Schultern zuckten.

Ich dachte an Henri und die Sache mit dem braunen Fläschchen. Larissa hatte ihn in den Arm genommen, und ich hatte nach Worten gesucht, die gar nicht gebraucht wurden. Ich sah mich um. Hinter mir stand Wolle. Er formte lautlos das Wort *U-D-O* mit den Lippen.

Wenn sich dieses Kind etwas in den Kopf gesetzt hatte, konnte man es unmöglich wieder davon abbringen. Er würde Lollo bestimmt nicht beruhigen können.

Henri konnte ich schlecht bitten, meine Schwester zu trösten, die er gerade zum ersten Mal sah. Mama und Papa waren im Büro.

Blieb also nur ich.

Während ich langsam auf Lollos Bett zuging, dachte ich immer noch an die Pickelwasser-Geschichte. Henri hatte sich bei mir bedankt, weil ich die Klappe gehalten hatte. War es immer richtig, die Klappe zu halten? Wäre es Lollo vielleicht lieber, wenn ich ihr sagen würde, dass ich es auch zum Kotzen fände, wenn irgendein Typ aus meiner Colaflasche trinken würde?

Reden ist Silber, Schweigen ist Gold, steht im Kalender vom Bullerdieck, aber vielleicht war das ja einer von den Idiotensprüchen. Wenn man nur wüsste, welche Sprüche gut waren und welche nicht!

Vorsichtig setzte ich mich auf die Bettkante. Man kann einen Menschen, der auf dem Bauch liegt, nicht umarmen, so viel war schon mal klar. Ich konnte mich ja schlecht huckepack auf Lollo drauflegen.

Ihre Hand lag auf dem Kissen. Eigentlich eine sehr kleine Hand für eine so große Schwester.

Mit dem Zeigefinger streichelte ich leicht über ihren glatten Handrücken.

Lollo fuhr auf, als hätte ich Notstrom durch ihre Haut gejagt. Sie saß im Bett und starrte mich mit geröteten, nassen Augen an. Ihre verwuschelten Haare standen vom Kopf ab, die schwarze Wimperntusche war verlaufen. Sie sah aus wie ein Pandabär, der einem irren Friseur in die Hände gefallen ist. Einen kurzen Moment lang dachte ich, dass ich bei diesem Anblick auch abgehauen wäre.

»Verpiss dich«, fauchte Lollo.

Ruhig bleiben und abwarten!

Ich blieb sitzen und legte leicht die Hand auf Lollos Schulter. Sie starrte mich an, als hätte sich ein unbekanntes Insekt auf ihrem Bett niedergelassen.

Auf ihrem Nachttisch stand eine Schachtel Kleenex-Tücher. Mit meiner freien Hand zog ich ein Tuch heraus und hielt es meiner Schwester hin. Sie nahm es und schnäuzte

sich geräuschvoll. Das war völlig okay für mich, ich bin ja kein Japaner. Dabei fiel ihr Blick auf Henri.
»Wer ist denn dieser Freak?«
Jetzt konnte ich mit gutem Gewissen mein goldenes Schweigen brechen.
»Das ist Henri. Mein Freund.«
»Er ist ein Alien«, hätte ich für mein Leben gern dazugesagt, weil diese Neuigkeit Lollo todsicher von ihrem Kummer abgelenkt hätte, aber für Lollo wäre dieser Satz nicht Silber, sondern Blech gewesen.
Lollos Pandablick huschte kurz über die Gestalt meines Freundes, dann füllten sich ihre Augen wieder mit Tränen.
»Haut endlich ab!«, zischte sie. »Alle drei! Ich hab schon ohne euch Stress genug!«
Aber sie hatte nicht mit unserem Jüngsten gerechnet. Wolle durchquerte das Zimmer, stellte sich dicht vor Lollos Bett und sagte: »Ich werde Mama sagen, dass Udo gemein zu dir war und dass er die Haustür zugeknallt hat und dass er seine Straßenschuhe hier oben angehabt hat. Dann kriegt er Anscheiß!«
»An*schiss*«, verbesserte ich.
»Das wirst du nicht!« Lollos Stimme klang panisch. Wenn es um Typen ging, waren sich Mama und Lollo nie einig. Da gab es jedes Mal einen Riesenzoff. Klar, dass Mama vom *Wochenblatt*-Besucher besser nichts erfahren sollte. Nun saß meine Schwester ganz schön in der Patsche.

Wenn sie Wolle jetzt sagte, dass Mama nichts von dem Typen in ihrem Zimmer wissen durfte, würde Wolle es erst recht ausplaudern. Nicht aus Bosheit, aus reiner Neugierde, was dann passierte. Verdonnerte sie ihn *nicht* zum Schweigen, packte Wolle seine Straßenschuh- und Haustürknall-Geschichte aus.
Eine ausweglose Situation. Ratlos saß Lollo im Bett und zerrupfte das Kleenex.
Da hörte ich plötzlich eine Stimme vom Flur her. Henri stand immer noch in der offenen Tür. »Kommst du mal her, Wolle? Ich muss ein Geheimnis mit dir besprechen.«
Wolle liebt Geheimnisse. Er marschierte zu Henri und verschränkte seine kleinen, dicken Arme vor der Brust. Henri beugte sich vor und flüsterte etwas in sein Ohr. Wolle nickte ab und zu. Schließlich hob er mit wichtiger Miene die Hand, sagte feierlich: »Nix verrat ich, geschwört!«, und verließ das Zimmer.
Eher wird die Messerle zur Miss Germany gekrönt, als dass dieses Kind die Klappe hält, dachte ich.
Henri wandte sich an Lollo und sagte leise: »Ich denke nicht, dass du Ärger bekommst.«
Lollo schnaubte unglücklich. Sie wusste genau wie ich, dass Wolle nie und nimmer schweigen würde, vor allem wenn er es geschworen hatte. Trotzdem schien sie es irgendwie nett zu finden, dass »der Freak« versucht hatte, ihr zu helfen, obwohl sie ihn nicht gerade freundlich begrüßt hatte.

»Wollt ihr Cola?«, fragte sie und angelte nach der Flasche auf dem Boden.
»Ist da nicht Spucke von dem Typen drin?«, fragte ich misstrauisch und spähte durch das Plastik auf die braune Flüssigkeit.
»Quatsch«, sagte Lollo und reichte mir die Cola.
Keine Colaspucke? Aber was war denn dann passiert? Jetzt war mir der Spruch mit der Schweigerei endgültig egal.
»Und wieso hast du ihn dann angegiftet?«
»Weil er ein Mistkerl ist! Ein gemeiner, widerlicher, verachtungswürdiger Mistkerl!«
Die Wörter explodierten auf Lollos Lippen wie Silvesterböller.
Ich setzte mich etwas bequemer hin und bedeutete auch Henri, er solle endlich reinkommen und sich auf einem der Kleiderhaufen niederlassen. Das Tor zu Lollos Frust-Zentrale war geöffnet, und die Wut sprudelte aus ihr heraus wie Öl aus einem Bohrloch.
Wir erfuhren, dass der Mistkerl seit einem Jahr mit Klara Wolotzki rummachte, obwohl er Lollo ewige Treue geschworen hatte, und dass er keinen Nerv hatte, der blöde Idiot, mit einem Mädchen auszugehen, das schon um halb elf daheim sein musste. Und dass er überhaupt das Allerallerletzte war, was die Erdbevölkerung zu bieten hatte.
Lollos Redemotor hatte sich warm gelaufen und war

nicht mehr zu stoppen. Den Rest der Zeit pumpte meine Schwester TABU-Wörter aus ihrem Langzeitgedächtnis nach draußen, die selbst Limousinen-Patrick aus dem Wasenfeld die Schamesröte ins Gesicht getrieben hätten. Gut, dass Wolle nicht mehr im Zimmer war!

Als Lollo fertig geredet hatte, seufzte sie tief und sagte: »Die Mädels im Jugendtreff hatten mich gewarnt: ›Fang bloß nichts mit Udo Schwemmer an, der ist ein A-Punkt-Punkt!‹«

Sie sprach das Wort nicht aus, wahrscheinlich weil sie uns heute schon genug mit speziellen Ausdrücken überschüttet hatte.

Dann sah sie mich neugierig an und fragte: »Woher weiß Wolle eigentlich den Vornamen von dem Mistkerl?«

»Wie heißt er noch mal?« Henri und ich hatten die Frage wie aus einem Munde gestellt.

»Udo, wieso?«

Henri und ich konnten uns nicht beherrschen. Wir lachten wie zwei Schwachköpfe, und Lollo schmiss uns mit den Worten »So, jetzt verpisst euch endlich!« aus dem Zimmer. Trotzdem spürte ich ganz genau, dass es ihr besser ging und dass sie uns nicht richtig böse war.

Wir waren schon samt Colaflasche an der Treppe, als Lollo den Kopf durch die Tür steckte und uns nachrief: »Danke fürs Zuhören, ihr Pappnasen!« Dann knallte sie die Tür zu, und wir hörten, wie sie den Schlüssel im Schloss umdrehte. Sekunden später verwandelte sich das Haus wieder in einen Baumarkt, in dem tausend Schlagbohrer gleichzeitig getestet wurden.

»Was ist ein A-Punkt-Punkt?«
Meinen Bruder hatte ich ganz vergessen. Er stand plötzlich wieder hinter uns und roch verdächtig nach Papas Rasierwasser.
Ich überlegte krampfhaft, was ich sagen sollte.
»Wir haben doch vorhin darüber gesprochen«, sagte Henri und blinzelte Wolle verschwörerisch zu.
»Ach so«, sagte Wolle und strahlte.
»Was habt ihr da eigentlich geflüstert?«, fragte ich Henri.
»Nix erzählen! Das ist geheim!!«, schrie mein Bruder und lief gefährlich rot an.
»Ist ja gut, mir doch egal«, sagte ich. Auf einen neuen Tobsuchtsanfall konnte ich echt verzichten.

Später saßen Mama, Lollo, Wolle und ich im Esszimmer und ließen uns die Reste von Carlas Schweineschinken im Brotmantel schmecken. Lollo versuchte erfolglos, Mama zu erklären, warum man ein Tattoo überm Po haben *muss*, und Wolle versuchte erfolglos, die Titanic aus seiner Serviette zu falten.
Ich grübelte über die Silber-Gold-Sache nach. Henri war dankbar gewesen, dass niemand etwas gesagt oder gefragt hatte, als ihn die Erinnerung aus dem Fläschchen beutelte. Er wollte offensichtlich nicht darüber sprechen,

zumindest jetzt noch nicht. Aber Lollo hatte es sichtlich gutgetan zu reden. Ein richtiger Wolkenbruch war aus ihrem Mund geplatzt und auf uns niedergeprasselt. *Wollte* Henri nicht reden, oder *konnte* er nicht? Würde ich in Zukunft rechtzeitig bemerken, wenn er gefragt werden wollte?

Mitten in meine Überlegungen hinein hörte ich Wolle plötzlich sagen:

»Lollo hat heute Besuch gehabt, von Udo! Er hat die Straßenschuhe nicht ausgezogen, obwohl er hundertbo in Hundescheiße getreten ist! Und er hat die Haustür zugeknallt, und er hat Lollo geärgert!«

Lollo erstarrte.

Meine Mutter ließ langsam die Gabel sinken und durchbohrte ihre Tochter mit einem messerscharfen Blick. Ich dachte an Henri. Er hatte es gut gemeint, aber gegen Wolle kam eben keiner an.

»Ist – das – wahr?« Mamas Stimme rutschte unter die Null-Grad-Grenze. Selbst das Bioschwein im Mantel bekam eine Gänsehaut.

»'türlich ist das wahr!«, krähte Wolle vergnügt. »Udo ist ein A-Punkt-Punkt. Ein Aaaa-ußerirdischer. Er ist mit einem Raumschiff bei der Bücherei gelandet. Eigentlich ist er unsichtbar, aber Jona, Lollo, Henri und ich konnten ihn sehen. Weil wir Spezilisten sind.«

Ich verschluckte mich an meinem naturtrüben Apfelsaft und beobachtete besorgt, wie Mamas Blick sich aus Lol-

los Augen zurückzog, nur um sich jetzt an mir festzuheften.
»Wie oft habe ich dir schon gesagt, dass du deinem kleinen Bruder nicht diesen Außerirdischenquatsch erzählen sollst, Jonathan!« Ihre Stimme klang immer noch streng, aber ich konnte ganz genau die Erleichterung darin hören, dass Udo nur eine der vielen irrwitzigen Erfindungen ihres mittleren Kindes war.
»'tschuldigung«, nuschelte ich und versuchte, zerknirscht auszusehen, während mir Lollo einen dankbaren Blick zuwarf und Mama Wolle erklärte, dass man nicht Hundescheiße sagen darf, sondern Hundehaufen oder Exkrement.

Ich lag schon im Bett, als sich die Zimmertür öffnete und Lollo durch den Türspalt lugte.
»Ich wollte dir nur sagen, dass dein Freund 'ne ziemlich coole Socke ist! Der kleine Freak könnte ein interessanter Typ werden, wenn er ein paar Jährchen älter ist. Erzählt Wolle, Udo wäre ein Außerirdischer! Damit war er für Mama nur eines deiner vielen Hirngespinste, mein lieber durchgeknallter Bruder! Schlaf gut!«
»Schlaf auch gut!«, sagte ich und kuschelte mich zurück in mein Kissen.
Hirngespinst! Ich musste grinsen.
Außerirdischer Besuch ist heute tatsächlich im Haus gewesen, dachte ich. Aber der heißt nicht Udo!

Dann gähnte ich und schloss die Augen.
Die Zimmertür öffnete sich schon wieder.
»Was jetzt noch?«
»Kann mich Udo mal in seinem Raumschiff mitfliegen lassen?«
Ich blinzelte. Ein Bärchenschlafanzug stand vor meinem Bett und roch nach Zahnpasta, Kindercreme und Rasierwasser.
»Wenn du dich im Kindergarten anständig benimmst, darfst du bestimmt mal 'ne Runde drehen. Das ist für Udo eine Kleinigkeit«, murmelte ich.
»Und für mich ist es eine Großigkeit!«
Stille im Zimmer. Ich hob ein Augenlid. Zwei glänzende Pupillen fixierten mich, ohne zu blinzeln. Mein Bruder schielte vor Müdigkeit.
»Noch was?«
»Hast du Gehirngespenster im Kopf, Jona?«
»Jede Menge!«
»Vollgeil!«
Ich stöhnte. Wolle sammelte TABU-Wörter wie andere Leute Briefmarken.
»Sag dieses Wort nicht zu Mama, verstanden?«
»Geschwört!« Ein feuchter Kinderzahnpastakuss landete auf meiner Backe.
»Nacht, Jona!«
»Gute Nacht!«, sagte ich und wischte mir mit dem Schlafanzugärmel übers Gesicht.

Wenn man vom Teufel spricht, kommt er gerannt

Der Bullerdieck hatte die Einladung für den Kaffee-Samstag mit Henri sofort angenommen. »Den Kuchen backen aber wir zwei«, hat er zu mir gesagt. »Nie im Leben esse ich das Backwerk einer Ökofroditin!«

Früher hatte der Bullerdieck nie Zeit zum Kuchenbacken gehabt. Da hat ihm nämlich ein kleiner Buchladen in Hamburg gehört. Er hat mir ein paar Fotos gezeigt. Der Laden war sehr klein und gemütlich gewesen, mit einer kuscheligen Leseecke für die Kinder. Der Bullerdieck hat seinen Laden und seine Bücher geliebt.

»Allein schon der Geruch, wenn ich am Morgen den La-

den aufgeschlossen habe!«, hat er geschwärmt. »Da haben sich über Nacht der Lavendelhauch aus den französischen Liebesgedichten und die Meeresbrise aus den Reiseführern mit dem Blutgeruch der Krimis vermischt! Und der Rosenduft schluchzender Königstöchter aus dem Märchenregal, vereint mit dem Schweiß der tragischen Romanhelden, hat das Ganze abgerundet.«
Der Bullerdieck hat die Augen geschlossen und tief eingeatmet, und ich hab mich gefragt, ob er mich jetzt verarscht, oder was.
»Ich finde auch, dass neue Bücher stinken«, hab ich gesagt.
Da hat der Bullerdieck gelacht und gesagt, dass ich ein unverbesserlicher Romantiker bin.
Romantiker sind Leute, die Romane mögen, glaube ich, und *Willi und ich* könnte vielleicht ein Roman sein. Einer mit einer wahren Geschichte und echten Personen natürlich. Der Bullerdieck sagt immer, in der großen Literatur gibt es zwei Themen, von denen fast jedes Buch handelt: *die Liebe* und *der Tod*.
Das leuchtet mir ein.
Wilhardt zum Beispiel *liebte* Käseauflauf, den Herr Hämiken auf den *Tod* nicht ausstehen konnte.

Irgendwann ist der Bullerdieck mit seinem Geschäft pleitegegangen. Wenn jemand pleite ist, dann hat er keine Finanzen mehr, und ohne Finanzen kann auch ein Steuerberater nicht helfen. Ich habe den Bullerdieck nie gefragt, warum er pleitegegangen ist, weil ich es mir schon denken kann. Wahrscheinlich hat er seine Bücher lieber selber gelesen, anstatt sie zu verkaufen. Mir leuchtet das absolut ein.

Dann ist auch noch die alte Frau Bullerdieck gestorben, und ihr Sohn ist aus Hamburg weggezogen und in unsere kleine Stadt zurückgekommen, wo er als Junge gewohnt hatte. Er ist in das Haus mit dem gepflegten Garten gezogen, das ihm Frau Bullerdieck, Gott hat sie selig, zusammen mit dem Sprüchekalender vererbt hatte. Eigentlich hätte man jeden Tag eines der kleinen Kalenderblätter abreißen sollen, bis dann an Silvester nur noch ein kleiner grauer Pappdeckel übrig geblieben wäre. Es hingen aber noch alle Sprücheblätter dran, und ich konnte, so oft ich wollte, hin und her blättern und lesen. *Selbst die größten Könige gehen zu Fuß aufs Klo,* steht ganz vorne, also am ersten Januar, drauf. Der Kalender war ein Weihnachtsgeschenk vom Friseursalon Schmalz, bei dem sich auch die Messerle immer dauerwellen lässt. Die Wochentage passten schon lange nicht mehr zum Datum, weil der Kalender von 2003 war. Ich hab den Bullerdieck gefragt, warum er sich keinen neuen kauft, und da hat er gesagt, dass dreihundertfünfundsechzig schlaue Sprüche mehr als genug sind für einen alleinstehenden Mann. Wenn er jedes Jahr einen neuen Kalender kaufte, dann wären das in zehn Jahren inklusive Schaltjahre über dreitausendsechshundertundfünfzig Sprüche und in zwanzig Jahren über siebentausend!

»Kein Mensch braucht so viele Sprüche«, hat der Bullerdieck gesagt, und das leuchtete mir ein.

Das Haus von der Frau Bullerdieck war groß genug, um alle Bücher aus Bullerdiecks Laden darin unterzubringen. Zweieinhalb Millionen sind das, schätze ich, aber leider nur sehr wenige über Außerirdische.

Ein bisschen Geld hatte ihm seine Mama auch auf der Erde gelassen, und davon kann er bis heute leben.

Wenn der Bullerdieck Kuchen backt, dann wirkt das immer ein bisschen so, als würde er gerade den Keller entrümpeln. Er scheppert und hantiert mit Schüsseln und Backformen, räumt in seinen Schränken das Unterste nach oben und sucht fluchend nach dem Rührbesen. Wenn der Kuchen dann im Ofen ist, sieht die Küche aus wie ein Schlachtfeld, aber der Duft im Haus ist *ein Gedicht*. Das sagt der Bullerdieck immer so, und das leuchtet mir ein, weil man Düfte nicht erklären kann und Gedichte auch nicht. Unter den zwei Millionen Büchern sind auch einige Backbücher, und zu besonderen Anlässen sucht sich der Bullerdieck ein Kuchenrezept mit einem besonders schönen Namen aus. *Prinzenschnitte Orlando* zum Beispiel oder *Nussküsschen mit Pulverschnee.*

Als wir am Samstagmorgen gemeinsam die Kuchenform für den *Apfeltraum Waltraut* mit Margarine einfetteten, schien mir der richtige Zeitpunkt gekommen zu sein, den Bullerdieck in »die Sache« einzuweihen. Für einen Mann, der Tag für Tag unter zwei Millionen Büchern nach interessanten Geschichten fahndete, konnte es ja wohl kaum ein TABU-Thema geben.

»Ich habe Ihnen doch schon erzählt, dass ich einen neuen Freund habe?«

»Henri heißt er, stimmt's?«

»Genau … Henri kommt heute auch.«

»Schön. Dann lerne ich ihn endlich mal kennen.«

»Es gibt da etwas … das Sie wissen sollten.« Ich räusperte mich und schmierte die Margarine bis hoch an den Rand. »Henri ist nicht so wie andere Leute. Er kommt … also, er ist … wie soll ich das sagen …?«

»Raus damit!«

»Na gut. Henri ist … ein Außerirdischer.«

Der Bullerdieck wischte seine fettigen Hände am Küchenhandtuch ab und griff nach der Teigschüssel. Langsam ließ er den Kuchenteig in die runde Form fließen. Ich betrachtete ihn von der Seite. Sein Blick war vollkommen auf die Arbeit konzentriert, als würde er gerade eine komplizierte Herzoperation durchführen. Hatte er mich überhaupt verstanden?

»Hat Henri dir das erzählt?« Er reichte mir die Teigschüssel, damit ich sie ausschlecken konnte.

»Ich kam von selber drauf. Die anderen haben keine Ahnung davon, weil sie die Zeichen nicht kapiert haben,

aber ich konnte mir alles zusammenreimen. Sein Vater ist in geheimer Mission im All unterwegs. Henri hat ihn seit Jahren nicht gesehen. Er wohnt mit seiner Mutter im Wasenfeld. Wussten Sie, dass das Wasenfeld eine Basisstation für Aliens ist? Ich war noch nie dort, weil meine Eltern es verboten haben. Henri muss eine Hausaufgabe schreiben über uns Erdlinge, und ich helfe ihm dabei. Sein Lieblingsthema ist unsere Nahrung, die erforscht er seit Wochen mit Carlas Essensresten. Aber im Moment befassen wir uns auch mit Familie und Lebensraum. Henri redet nicht viel, besonders über sich, das meint er aber nicht böse. Er hat mit Sicherheit ein Schweigegelübde abgelegt oder so was. Jedenfalls kann er im Moment nicht über sein Leben sprechen. Ich bin sicher, das kommt noch. Ich weiß nur, dass ihm der Geruch von Lollos Pickelwasser totale Angst macht und Äpfel für ihn lebenswichtig sind. Ich hab noch keine Ahnung, welche besonderen Fähigkeiten er hat, aber irgendwelche hat er bestimmt.«
»Mit Sicherheit«, sagte der Bullerdieck, während ich Luft holte.
Es tat unglaublich gut, endlich mit jemandem über Henris Geheimnis reden zu dürfen. Und es schien diesen Mann nicht im Geringsten zu erstaunen, dass ich mit einem Außerirdischen befreundet war.
Während ich die Teigreste von meinen Fingern leckte, redete ich mir alles vom Herzen, was mich seit Wo-

chen beschäftigte. Der Bullerdieck öffnete derweil den Kühlschrank und holte eine dicke Salamiwurst heraus. Ich erzählte ihm auch von Victor, der Henri einen armen Bettler genannt hatte, und von Mama, die so komisch gefragt hatte. Er packte ein Glas von seinen eingelegten Zucchini und die Salami in eine Plastiktüte und steckte noch eine Tafel Nussschokolade mit rein. »Ich war immer der Meinung, dass man junge Forscher in ihrer Arbeit unterstützen soll«, sagte er und drückte mir die Tüte in die Hand. »Das gibst du ihm am Montag in der Pause. Würde mich interessieren, was ein Außerirdischer von meinen Zucchini, italienische Art, hält.«

Ich wusste ja, dass man mit diesem Mann ernsthaft reden kann.

Am Nachmittag um kurz vor halb drei, klingelte es an unserer Haustür.

Der Bullerdieck stand davor und hielt etwas Rundes in der Hand: den *Apfeltraum Waltraut*.

Mama und Papa begrüßten den Bullerdieck und gingen mit ihm ins Esszimmer, während ich ungeduldig auf meinen Freund wartete.

Henri hatte sich über die Einladung sehr gefreut und schien vor den Fragen meiner Eltern keine große Angst zu haben. Wahrscheinlich verließ er sich darauf, dass *ich* für ihn reden würde.

Um punktgenau halb drei bog er um die Ecke. Wie immer war er zu Fuß gekommen.
Ich hatte ihn mal gefragt, warum er nicht mit dem Fahrrad zu mir oder zur Schule fährt, aber eigentlich konnte ich es mir schon selber denken: Lollos Rad war letzten Sommer geklaut worden, und bei ihrem neuen fehlten schon wieder die Lichter. Wer klaute Fahrradlampen? Amerikanische Chirurgen, die sich schon mal für den nächsten Stromausfall eindeckten?
»Du willst nicht, dass dir dein Rad geklaut wird, stimmt's?«, hatte ich Henri gefragt.
»Räder klauen ist gemein«, sagte Henri.
Na bitte, wusst ich's doch!

Henri zog seine Schuhe aus, hängte seine Jacke auf und folgte mir ins Esszimmer. Papa goss gerade flüssigen Teer, der nach Kaffee roch, in Bullerdiecks Tasse. Wenn Papa Kaffee kocht, dann ist der so stark, dass er Tote aufwecken könnte. Der Bullerdieck würde das große Zittern kriegen, das war schon mal klar.
Wolle zog sein verschmiertes Gesicht aus der Kakaotasse.
»Kennst du Henri schon, Bullerdieck?«, fragte er seinen Tischnachbarn und deutete auf meinen Freund.
»Es heißt *Herr* und *Sie*!«, mahnte Papa und ging lächelnd auf Henri zu.
»Kennen Sie den Bullerdieck schon, Herr Henri?«, fragte Wolle verwirrt und sorgte damit für ein paar Lacher.

Die Unterhaltung am Tisch ging besser, als ich gedacht hatte.
Mama und Papa erzählten Henri, dass Lollo mit ihrem Kaninchen Madonna beim Tierarzt ist, dass der Bullerdieck und ich den Kuchen gebacken hatten und wie toll sie es finden, dass ich in der Schule nicht mehr alleine sitzen muss.
Ich weiß nicht, was sie sich unter einem Wasenfeld-Bewohner vorgestellt hatten, aber offensichtlich waren sie schwer erleichtert, dass Henri keine Waffen bei sich trug und mit Besteck umgehen konnte. Wer weiß, welchen Quatsch ihnen ihr inneres Geheim-Kino über die Leute dort gezeigt hatte.
Henri gab sehr kurz, aber höflich Antwort auf alle Fragen: ob er sich hier in der Stadt schon eingelebt habe, wie er die Schule finde und ob er Kakao oder lieber Tee wolle. Als mein Vater wissen wollte, welche Computerspiele er denn so zu Hause hätte, antwortete Henri:
»Überhaupt keine.«
Ich wusste, dass es die Wahrheit war, weil Henri und seine Mutter keinen Computer besaßen, das hatte er mir schon erzählt. Diese Technologie ist im All mit Sicherheit längst überholt, dachte ich.
Meinen Eltern fiel ein Familiengrabstein vom Herzen, man konnte es förmlich rumpeln hören. Sie sind nämlich der Meinung, dass Menschen vom Computerspielen verblöden. Aber da irren sie sich, weil der verblödetste

Mensch, den ich kenne, die Messerle ist, und die hat überhaupt keinen Computer.
Ich hatte meinen Eltern vorher erzählt, dass Henri aus Köln hergezogen ist, und als sie ihn nach seiner alten Schule fragten, gab er bereitwillig Auskunft. Er nannte sogar Namen von Lehrern und den Stadtteil Chorweiler, wo er angeblich gewohnt hat.
Ich war beeindruckt.
Sein Meister hatte ihn wirklich gründlich vorbereitet. Meine Eltern schienen keine Sekunde an seiner Geschichte zu zweifeln. Wenn sie gewusst hätten, dass dieser Junge nicht aus Köln-Chorweiler, sondern direkt von einem anderen Planeten kam, hätte ihm Mama sicher nicht so unbekümmert Kakao nachgegossen.
Ich betrachtete den Bullerdieck. Er hatte Henri noch keine einzige Frage gestellt, stattdessen versorgte er ihn wortlos mit Kuchennachschub. Ab und zu nickte er Henri freundlich zu, und Henri warf immer wieder einen hellen Blick zu ihm rüber. Sie schienen sich zu mögen.
Na, wer sagt's denn, dachte ich erleichtert und nahm mir ein zweites Stück Kuchen. Alles lief wie geschmiert. Wenn das so weiterging, würden meine Eltern mich vielleicht sogar ins Wasenfeld lassen, falls Henri mich einlud. Papa hatte ihn gerade gefragt, was er denn später einmal werden wolle, da läutete es an der Haustür.
»Steuerberater«, sagte Henri.
Wie immer hatte er sehr leise gesprochen, und unsere

Türglocke ist ziemlich laut. Ich musste mich verhört haben.
»*Was* willst du werden?«, fragte ich überrascht.
»Steuerberater«, flüsterte Henri.
Aha.
Alles klar.
Nichts gegen meine Eltern, aber so wahnsinnig spannend finde ich ihren Beruf nun auch wieder nicht.
Vielleicht will er in die Fußstapfen seines Vaters treten und Geheimagent werden?, dachte ich. Das kann er an diesem Tisch natürlich nicht erzählen.
Außer mir hatte niemand Henris Antwort gehört. Die Türglocke läutete zum zweiten Mal, diesmal länger und fordernder.
»Wer, zum Teufel, kommt zu Besuch?«, fragte Wolle. Der Ausdruck *zum Teufel* war sein neuestes Mitbringsel aus der Flohkiste.
»Entschuldigt bitte. Lollo hat sicher wieder ihren Schlüssel vergessen«, seufzte Mama und ging aus dem Zimmer.
»Madonna hat Dünnpfiff«, erzählte Wolle dem Bullerdieck. »Ihr ganzes Popofell und das Stroh im Käfig war voller …«
Eine schrille Stimme schnitt ihm das Wort ab.
Ich hörte meine Mutter antworten: »Sie stören überhaupt nicht, Frau Messerle, und Kuchen ist auch noch genug da.«

»… Scheiße!« Mein Bruder führte seine Sätze immer zu Ende.

Wenn man vom Teufel spricht, kommt er gerannt, steht im Kalender vom Bullerdieck.

Das durfte nicht wahr sein!

Nicht jetzt!

Die Messerle! Ich sah entsetzt zum Bullerdieck rüber. Er verzog das Gesicht, als hätte ihm jemand in den großen Zeh gebissen. Als er meinen Blick auffing, lächelte er tapfer und wandte sich wieder Henri zu, dem er ein drittes Stück *Waltraut* auf den Teller schob.

Mama erschien mit roten Backen in der Tür zum Esszimmer und sah etwas nervös aus.

»Wir haben einen Überraschungsgast!«, verkündete sie und schaute dabei verlegen auf den Bullerdieck. Ihre Stimme klang hoch und flötig. »Frau Messerle wollte auf einen kurzen Plausch vorbeischauen, und wenn wir schon alle so nett beisammensitzen, da dachte ich … und Kuchen ist ja auch noch genug da!«

»Nein!«, schrie Wolle. Er labert uns seit Langem die Ohren voll, dass die Messerle eine Knusperhexe ist und Hänsel und Gretel hinter ihrem Haus in einem Gänsestall gefangen hält.

Wolle kniete sich blitzschnell auf seinen Stuhl und griff nach der Kuchenplatte.

Papa hechtete wie ein Rugbyspieler zu seinem Jüngsten und zerrte ihn auf seinen Platz zurück.

Die Messerle war Mama mit gierigem Kuchenblick ins Zimmer gefolgt. An der Türschwelle blieb sie wie angewurzelt stehen, und ihre Miene veränderte sich schlagartig. Der Anblick unserer beiden Gäste hatte ihr die Vorfreude aus dem Gesicht geschubst. Ihr Blick hastete zwischen Henri und dem Bullerdieck hin und her. Mama hatte ihr wohl *nicht* erzählt, wer alles zu der »netten Tischrunde« gehörte.

Der Bullerdieck schenkte der Messerle keinerlei Beachtung. Für ihn ist diese Frau ein fleischgewordenes TABU.

Papa schaute sich verwirrt in der Runde um. Mama hatte ihm mit Sicherheit erzählt, dass die Messerle und der Bullerdieck Feindschaft geschlossen hatten, aber er hatte es mit Sicherheit auch gleich wieder vergessen, weil ihn der ganze Nachbarschaftstratsch nicht die Bohne interessiert.

Mama flüchtete in die Küche, um Teller, Gabel und Tasse zu holen – und ließ uns mit der Messerle und der peinlichen Situation allein. Papa stand auf und räusperte sich.

»Mit Herrn Bullerdieck brauche ich Sie ja nicht bekannt zu machen?«, sagte er höflich und bot der Messerle einen Platz an.

Ihre Nasenlöcher blähten sich wie zwei Froschbacken, und mit einem verächtlichen Schnauben ließ sie sich auf den Stuhl plumpsen.

»Aber diesen jungen Mann hier kennen Sie sicher noch nicht«, fuhr Papa fort. »Das ist Henri Wilhard, Frau Messerle, Jonas neuer Freund. Henri, das ist Frau Messerle, unsere Nachbarin.«
»Hammo, Fmau Meffale«, sagte Henri. Er hatte den Mund voller Kuchen, wollte aber trotzdem artig grüßen.
Man kann nicht zwei Spielregeln gleichzeitig einhalten, das ist auch für einen Erdling zu kompliziert, dachte ich.
Frau Messerle verzog den Mund und musterte Henri, als hätte er ein drittes Auge.
»Henri ist aus Köln zugezogen. Er geht mit Jona in eine Klasse.« Papa bemühte sich, eine nette Unterhaltung in Gang zu bringen. Er hätte genauso gut versuchen können, einen Ochsenfrosch zum Tanz aufzufordern.
»Du kommst aus dem Wasenfeld-Viertel, oder?« Aus dem Mund der Messerle klang diese Frage, als hätte Henri jemanden umgebracht. Er hörte auf zu kauen und schaute vor sich auf das Muster in der Tischdecke.
Der Bullerdieck stellte seine Kaffeetasse ab, und ich sah, dass seine Hand leicht zitterte. Die Überdosis Koffein. Hätte ich ihn doch bloß vor Papas Kaffee gewarnt.
»Ja und?«, sagte er und schaute der Messerle schnurgerade in die Augen. Seine Stimme zitterte kein bisschen, und sein Ton war scharf wie Carlas Chili con Carne. Unser Esstisch hatte sich innerhalb von Sekunden in einen Duellierplatz verwandelt.

»Darf ich Ihnen noch einen Kaffee nachschenken, Herr Bullerdieck?« Mein Vater stürzte sich todesmutig zwischen die Fronten.
Mama kam aus der Küche zurück und roch sofort, dass dicke Luft im Zimmer war. Sie stellte den Teller vor die Messerle, legte ihr ein großes Stück Kuchen darauf und wandte sich mit einem beschwörenden Blick an den Bullerdieck:
»Bitte essen Sie doch auch noch etwas. Der Kuchen ist wirklich sehr gut.«
Schweigend nahm der Bullerdieck seine Kuchengabel und stocherte in *Waltraut* herum, während Papa ihm von einem neuen Roman erzählte, der in der Abendzeitung besprochen worden war. Mama fragte die Messerle nach ihrer Schwester in Amerika, aber die Messerle antwortete nicht, und ich wusste genau, warum. Sie war dabei, ihre Zunge zu wetzen – der Kampf war noch nicht vorbei.
»Seine Mutter arbeitet bei Hagens als Putzfrau«, sagte sie plötzlich mit gedämpfter Stimme zu Mama. »Frau Hagen meint, diese Wilhard sei ihr nicht geheuer. Immer wenn die Hagens nachfragen, wo sie vorher gearbeitet hat oder wo ihr Mann ist, gibt sie nur ausweichende Antworten.«
Mir stockte der Atem. Die Messerle redete zwar hinter vorgehaltener Hand, aber man konnte ihre Worte ganz genau verstehen. Wer auch immer dieser Frau die Spielregeln des Erdlings beigebracht hatte, musste ein absolutes Dackelhirn gewesen sein.

Mama schaute peinlich berührt zu Henri hinüber, aber der war in seine Kakaotasse abgetaucht und schien nichts zu hören.

»Frau Hagen meint, die hätte mit Sicherheit etwas zu verbergen. Wenn sie nicht so dringend jemand fürs Putzen brauchen würde, dann hätte sie sie schon längst wieder gefeuert, und außerdem …«

»Zum Donnerwetter noch mal!« Der Bullerdieck knallte seine Kuchengabel auf den Teller. Offensichtlich hatte er Papa nur *ein* Ohr geliehen, dem anderen war kein Wort vom Messerle-Geschwätz entgangen. »Wenn dieses furchtbare Klatschmaul nicht sofort aufhört, andere Leute in den Schmutz zu ziehen, dann vergesse ich mich!«

Ich hatte den Bullerdieck noch nie so wütend gesehen. Und laut war er auch noch nie geworden.

»Ich kenne genug Leute aus dem Wasenfeld, die das Herz auf dem rechten Fleck haben!« Er klopfte mit dem Zeigefinger auf seine linke Brust. »Während ich jede Wette eingehe, dass dort bei Ihnen nur ein Häufchen von Madonnas Dünnpfiff vor sich hin dampft!« Nun deutete sein Finger in Richtung Messerle-Busen. »Und dass Sie und ich, oder Klingers, nicht im Wasenfeld wohnen, haben wir nur einer völlig verrückten Lotterie zu verdanken! Also stecken Sie sich Ihre verdammte Arroganz endlich sonst wohin!«

Mein lieber Herr Gesangsverein! Ich hatte ja keine Ahnung gehabt, dass dieser Mann so abgehen konnte! Und von welcher Lotterie hatte er eigentlich gesprochen? Hatten wir im Lotto gewonnen? Und der Bullerdieck und die Messerle auch? Mussten wir alle nur deshalb nicht im Wasenfeld wohnen, weil sie die richtigen Zahlen angekreuzt hatten? Ich hatte gedacht, der Bullerdieck hätte das Haus von der alten Frau Bullerdieck, Gott hat sie selig, geerbt, und die Messerle ihre Wohnung von ihrem geschiedenen Mann! Und Mama hat doch mal gesagt, dass wir für unser Haus noch jahrelang Geld an die Bank zahlen müssen. Und was war das für ein Dünnpfiff in der Messerle-Brust?

Ich war sprachlos. Alle anderen am Tisch offensichtlich auch.

Alle außer Wolle.

Seine glockenhelle Stimme hüpfte so unbeschwert in die eisige Stille hinein wie ein junger Schneehase über einen zugefrorenen See:

»Wohin steckt sie sich ihre verdammte Gans?«

Niemand antwortete.

»Wohin …«

»In den Stall!«, zischte ich und rammte meinem Bruder den Ellbogen in die Seite.

»Zu Hänsel und Gretel?«

Eifrig wandte sich mein Bruder an den Bullerdieck: »Die da«, er deutete mit seiner Kuchengabel auf die Messerle, »ist nämlich eine Hexe!«

»Darauf würde ich meinen Arsch verwetten!«, sagte der Bullerdieck.
Die Messerle hatte während dem Zornausbruch vom Bullerdieck völlig versteinert dagesessen und ihn angestarrt wie ein Gehirngespinst. Jetzt kam langsam wieder Leben in ihren Leib. Sie schnappte schmatzend nach Luft und wandte sich an Mama.
»Muss ich mich tatsächlich an Ihrer Kaffeetafel von diesem Menschen beschimpfen lassen? Warum sagen Sie denn nichts? Haben Sie denn nicht gehört, was er mir an den Kopf geworfen hat?«
Ich sah über den Tisch zu Mama. Unsere Blicke trafen sich in der Mitte.
Papa räusperte sich. Gleich würde er versuchen, die Situation zu retten. Das macht er immer, wenn etwas schiefläuft. Das ist er von seinen Finanzchaoten gewohnt.
»Also … ich würde jetzt erst einmal vorschlagen …«, begann er, aber da fiel ihm Mama ins Wort.
»Wir haben alle gehört, was Herr Bullerdieck zu Ihnen gesagt hat, Frau Messerle. Und ich bin der Meinung, dass er in der Sache mit dem Lottogewinn ziemlich recht haben könnte.«
Mama atmete tief durch und trank ihre Kaffeetasse bis auf den letzten Schluck aus.
Die Messerle sah völlig verdattert von Mama zu Papa. Dann schubste sie ihren Stuhl nach hinten und rauschte mit zornrotem Gesicht in die Diele. Sie zerrte ihren Man-

tel vom Garderobenständer und knallte die Haustür hinter sich zu.

»Verdammt!«, flüsterte Mama. Papa lächelte sie an und schenkte ihr noch eine Tasse »Herzflattern« nach. Dann wandte er sich an Henri:

»Es tut mir leid, Henri, dass unsere Runde gestört worden ist. Aber jetzt können wir es uns wieder gemütlich machen. Magst du noch ein Stück Kuchen?«

Henri hob den Kopf. Seine Wangen waren gerötet. Vorsichtig tastete sein Blick über die Gesichter am Tisch. »Okay«, sagte er leise.

Die Kaffeerunde war zu Ende. Henri hatte sich von meinen Eltern verabschiedet und stand nun mit mir in der offenen Haustür.

Ich sagte nur kurz: »Also dann!«, weil Abschiedsworte gar nicht mein Ding sind, und Henri sagte auch: »Also dann!«

Die Abende waren immer noch dunkel, und der Bullerdieck hatte Henri angeboten, ihn noch ein Stück nach Hause zu begleiten. Er wartete an der Gartentür auf ihn, und dort drehten sich beide noch mal um und winkten kurz, bevor sie Richtung Wasenfeld-Siedlung verschwanden.

Zwei Minuten später kam Lollo nach Hause und erzählte unter Tränen, dass die Ärztin den Zwerghasen in letzter Sekunde vor einem grausamen Tod gerettet hatte.

»Gott sei Dank hatte sie Wochenenddienst, sonst wär Madonna elendig zugrunde gegangen!«, schluchzte sie.
»Die Hexe hat auch Dünnpfiff«, sagte Wolle und stupste mit dem Zeigefinger auf seine schmale Brust. »Da drin.«
Lollo ignorierte ihn und verkündete, dass sie nicht mehr Kosmetikerin, sondern Tierärztin werden wolle.
»Mama hat heute VERDAMMT gesagt!«, verkündete Wolle.
»Stimmt es eigentlich, dass wir im Lotto gewonnen haben?«, fragte ich Mama.
»Henri hat fünf Stücke *Waltraut* gegessen und Kakao auf dem Tischtuch verkleckert«, sagte Wolle zu Lollo.
»Frau Messerle sind wir wohl erst einmal los«, sagte Papa zu Mama und drückte sie an sich.
Lollo starrte uns an. »Sagt mal, kann es sein, dass ich irgendwas verpasst habe?«, fragte sie und sah ratlos von einem zum anderen. »Hier scheint ja heute Nachmittag die Hölle los gewesen zu sein!«
»Nein, nur der Teufel«, sagte ich.

An diesem Samstagabend wurde spät gegessen. Es dauerte lange, bis meine Eltern Lollo alles erzählt hatten. Ich saß die ganze Zeit neben ihnen auf dem Sofa und grübelte. Henris Mama war also Putzfrau bei Frau Hagen, und Frau Hagen war Larissas Mama.
»Meine Mama bringt Ordnung ins Chaos von anderen Leuten«, hatte Henri gesagt.
Alles klar.

Das mit dem Lotto hatte Mama mir auch erklärt. Der Bullerdieck hatte damit gemeint, dass manche Leute zufällig weniger Pech im Leben haben als andere oder eben zufällig mehr Glück und dass man sich darauf nichts einbilden soll, sonst ist das eine Arroganz.
Henri lebt nicht im Wasenfeld, weil er Pech mit seinem Lebenslotto hatte, dachte ich, sondern weil er außerirdisch ist. Der Bullerdieck hat die Erdlinge gemeint, die ständig dort leben müssen. Aber das kann ich Mama ja schlecht sagen.
Blieb noch die Sache mit dem Herzdünnpfiff. Ich dachte an meine Magen-Darm-Grippe vor drei Jahren. Die Messerle musste sich einen ganz fiesen Virus eingefangen haben. Normale Medizin würde da nicht helfen, das war so klar wie Kamillentee.

Ich lag schon im Bett, als Mama zum Gutenachtsagen in mein Zimmer kam. Sie setzte sich auf die Bettkante und lächelte.
»Henri ist nett«, sagte sie. »Ich kann verstehen, dass du ihn gernhast. Er kann uns besuchen, sooft er mag.«
»Und kann ich ihn auch besuchen?«
»Hat er dich denn eingeladen?«
»Noch nicht.«
»Dann reden wir darüber, wenn es so weit ist, in Ordnung?«, sagte Mama und gab mir einen Kuss.
»Okay.« Das war doch immerhin ein Anfang.

Die Sprache des Erdlings
Asteroid
Galaxie
Rakete
Planet Erde
Großer Wagen
Mond
Ufo
Weltraum-
teleskop

Not macht erfinderisch

In diesem Jahr schlich sich der Frühling klammheimlich über Nacht ins Land. Es war wie im Theater, wenn hinter dem Vorhang in wenigen Minuten das Bühnenbild gewechselt wird.

Das Iglu, das Henri, Wolle und ich im Garten gebaut hatten, war über Nacht zu einem kleinen, erbärmlichen Häuflein zusammengeschrumpft, das nun mitten im platt gedrückten Gras kauerte, als hätte der Winter seine Mütze vergessen.

»Wo ist das Iguli?«, fragte Wolle und drückte seine Rotznase an die Fensterscheibe im Bad. Unter den Büschen hatte der Frühling ein paar Schneeglöckchen verteilt, als Entschädigung für das gestohlene Iglu.

»Der Winter hat es mitgenommen«, sagte ich und zog mir die Jeans an. Wolle machte ein entsetztes Gesicht.

»Nur geliehen«, schob ich hastig nach. »Nächstes Jahr bringt er es wieder zurück.«

»Hält er da drin seinen Winterschlaf?«, fragte Wolle und sah mich fasziniert an.

»Wer?«

»Na, der Winter.«

Ach so. »Ja, klar.«

Na bitte. Keiner konnte mir vorwerfen, dass ich heute Morgen zu wenig Rücksicht auf die Gefühle meines kleinen Bruders genommen hätte.

»Der Winter hat das Iguli ausgeleiht, weil er winterschlafen will, und wenn er wieder wach ist, bringt er es zurück«, verkündete Wolle glücklich, als wir uns zu Mama und Lollo an den Frühstückstisch setzten.

»Wer hat dir denn diesen Hühnerkack aufgetischt?« Lollo zerknackte die Wörter zusammen mit ihren Diätflakes geräuschvoll zwischen den Zähnen. »Das Ding ist geschmolzen. Tropf, platsch und tschüs. War sowieso einsturzgefährdet. Außerdem heißt es nicht Iguli, sondern *Iglu.*«

Pubertärinnen können echt grausam sein.

Die nächsten zehn Minuten kaute ich nachdenklich auf Carlas selbst geschredderten Vollwertflocken herum,

während Mama vor dem schluchzenden Wolle kniete, ihm vom lieben warmen Frühling erzählte und ihm tausendmal schwor, dass Iglus keine Schmerzen empfinden. Dazwischen schnauzte sie Lollo an, ob sie auch noch an andere Sachen denken könne als an Jungs und ihr eigenes Spiegelbild und ob sie nicht kapiert, dass ein Kindergartenkind noch nicht alles begreifen kann.
Lollo brüllte zurück, dass Mozart in dem Alter schon Hits komponiert hat und dass sie es nicht mehr erträgt, immer an allem schuld zu sein, und dass man ja wohl noch die Wahrheit sagen darf über so ein *Scheiß*-Iglu und dass wir ihr Leben ruinieren, weil sie in dieser Familie nicht *einen* Millimeter Freiraum hat, um sich zu entfalten.
Aber da entfaltete Wolle seine Lungen auf vollen Freiraum und jaulte wie ein kranker Wolf, weil Lollo »Scheiß-Iglu« gesagt hatte und weil er genauso schlau war wie dieser blöde Mozart.
Die Wörter prasselten weiter wie Hagelkörner aus Mamas und Lollos Mund. Ich schob Lollos riesige Cornflakes-Schachtel zwischen mich und das Wortgewitter, um nicht niedergegraupelt zu werden. Mama und Lollo sprachen die gleiche Sprache, sie benutzten unzählige bekannte Wörter, und trotzdem verstand keine von beiden, was die andere sagte. Stattdessen wurden sie immer lauter und lauter und schleuderten sich die Wörter gegenseitig wie nasse Lappen ins Gesicht.
Hätte der Winter doch nicht nur das Iglu, sondern auch

die Sprache mitgenommen, dachte ich. Dann wäre es jetzt herrlich leise in unserer Küche.
Papa linste zur Tür herein und warf einen kurzen Blick auf die Streithennen. »Einen schönen guten Morgen, ihr Lieben!«, rief er in das Gezoffe hinein und schnappte sich schnell seine Aktentasche. Wenn bei uns dicke Luft ist, dann trinkt er seinen Kaffee lieber im Büro.
»Morgen«, murmelte ich und fragte mich, wie es wäre, wenn über Nacht nicht alle, sondern nur die schönen Wörter weggeschmolzen wären. Dann hätte Papa vielleicht ganz freundlich »Einen scheußlich schlechten Scheißtag, ihr Knallkröten« gesagt.
Konnte sich ein Morgen gut anfühlen, wenn es das Wort *gut* gar nicht mehr gab? Waren Gefühle genauso eng mit bestimmten Buchstabenreihen verbunden wie mit Gerüchen?
Was wäre, wenn ich heute eine Eins in Mathe nach Hause bringen würde, und Mama würde mich freudestrahlend umarmen und sagen: »Da wird sich Papa aber ärgern, du blöder Schwachkopf!«
Nee.
Das ging gar nicht.
Man bräuchte Jahre, um sich an so was zu gewöhnen.
»Jona, träumst du noch?«
Erst jetzt fiel mir auf, dass wieder Stille in unserer Küche eingekehrt war. Lollo war abgedampft, und Wolle hatte den Mutter-Tochter-Zoff genutzt, um eine zentime-

terdicke Schicht Kakaopulver auf sein Müsli zu streuen. Mama legte mir mein Pausenbrot neben den Teller und gab mir einen Rosa-Lippenstift-Kuss.
»Was ich dir noch sagen wollte, Jona: Gestern Abend kam eine Mail von der Schule. Herr Brönitz hat eine Schleimbeutel-Entzündung im Knie. Sport fällt aus, und ihr dürft heute früher nach Hause. Ich wünsche dir einen wunderschönen Tag!«
Na also, wer sagt's denn. Das hörte sich doch viel besser an!

Im Unterricht wuchs mein Verdacht, dass Frau Mäusler die gleiche Idee gehabt hatte wie ich. Sie probierte aus, wie es sich anhört, wenn man alle guten Wörter löscht:
»Jona, wenn ich den Subtrahenden vom Minuenden abziehe, was erhalte ich dann?«
Wie bitte?
Henri flüsterte mir »Differenz« zu, aber Frau Mäusler hatte sich bereits abgewandt und Niklas aufgerufen.
Mit dem Bleistift kritzelte ich ein paar Wörter in mein Matheheft.
Ich starrte die Buchstaben an und grübelte darüber nach, wie es möglich war, dass diese Linien und Schnörkel etwas ganz Bestimmtes bedeuteten.
»Und wie, Jona, nennt man es, wenn ich den Dividenden durch den Divisor teile?«
Was für ein scheußlich schlechter Scheißtag!

Am Nachmittag saßen Henri und ich in der Küche und machten Hausaufgaben. Er versuchte, mir Mathe zu erklären, aber ich kapierte es einfach nicht. Am Montag würde mein geduldiges Trüffelschwein so lange wühlen, bis selbst bei mir der Groschen gefallen war.

»Lass mal«, sagte ich zu Henri. »Ich hab ja Nachhilfe.«

Henri schaute nachdenklich auf sein Heft.

»Ich bräuchte auch Nachhilfe«, seufzte er. »In Deutsch!«

Das stimmte leider. Frau Mäusler gab uns zwar am Vormittag die Vorhilfe, aber die Nachhilfe am Nachmittag hätte Henri dringend gebraucht. Er ging zwar seit Januar einmal pro Woche in die Arbeitsgemeinschaft Lese-Förderung, aber um seine katastrophale Rechtschreibung kümmerte sich niemand. Im letzten Diktat hatte er achtzehn Fehler, in der Reizwortgeschichte eine glatte Fünf.

Außerirdische haben auf der Erde andere Sorgen als Rechtschreibung, dachte ich. Aber leider weiß Frau Mäusler das nicht.

Wenn wir im Deutschtest einen Brief schreiben mussten, war Henri endgültig verloren, denn mehr als vier Sätze fielen ihm nie ein. Ich fragte mich besorgt, ob er die Sache mit seinem Forschungsbericht auf die Reihe kriegen würde. Er war nun mal ein schweigsamer Typ, auch im Schriftlichen.

Henri starrte auf das Diktat von Montag. Frau Mäusler hatte mit ihrem Rotstift ein Blutbad in seinem Heft angerichtet.

Das Wort *Diktat* ist hundertpro mit dem Wort *Diktator* verwandt. Ein Diktator ist ein herrschsüchtiger Tyrann, der auf die Menschenrechte pfeift, sagt Papa. Ich sage, ein Diktator ist einer, der Diktate korrigiert, was so ziemlich dasselbe ist.

»Ich hätte auch gerne Nachhilfe«, sagte Henri. »Aber das kostet ein Vermögen.«

Dieses Problem hatten wir doch schon beim Legoland! »Man muss die Nachhilfe nicht vom Taschengeld zahlen«, klärte ich ihn auf. »Das übernehmen die Eltern.«

Henri gab keine Antwort und fing an, sein Diktat abzuschreiben. Statt *Paul isst ein belegtes Brot* hatte er *Paul ist ein belegtes Brot* geschrieben. Nur ein kleiner Buchstabe zu wenig, aber ein himmelweiter Unterschied für den armen Paul! Da wurde aus dem Jungen plötzlich ein Sandwich-Kind, und dabei hatte er nur was essen wollen!

»Stell dir vor«, sagte ich und deutete auf das Korrekturgemetzel in Henris Heft, »es gäbe keine Sprache mehr. Keine Wörter. Keine Buchstaben. Nur ein leeres Heft.«

Henri legte seine Stirn in Wellen wie ein chinesischer Faltenhund.

Das machte er immer, wenn er über etwas Wichtiges nachdachte. Er sah dann aus wie eines von Bullerdiecks zerknautschten Sofakissen.

Für mich bedeutete das: Klappe halten und abwarten. Henri brauchte immer eine gewisse Zeit, bis er seine Worte in die richtige Reihenfolge sortiert hatte.

Nicht weil er dümmer war als ich, sondern ordentlicher.
»Dann gäbe es keine Schreibfehler mehr, das wär toll.« Das Sofakissen entknitterte sich wieder. »Aber auch keinen Schichtenkuchen, das wär schade.«
Das mit den Fehlern leuchtete mir ein. Aber ein Kuchen? Man konnte doch Eier und Mehl auch ohne Worte zusammenmischen, oder nicht?
»Mama hat mir mal einen Schichtenkuchen gebacken«, erklärte mir Henri. »Zu meinem siebten Geburtstag. Das Rezept hatte sie von Tante Mona. Wir haben sie schon lange nicht mehr besucht.«
»Und?«, fragte ich ungeduldig. »Was hat das mit der Sprache zu tun?«
»Das Rezept hat sie vor ein paar Jahren mit einem Brief an Mama geschickt. Ein ganzes Blockblatt voll. Schichtenkuchen backen ist nämlich ziemlich schwierig.«
Ich betrachtete Henri von der Seite.
»Ihr schreibt euch Briefe im All? Oder war deine Tante damals forschungsmäßig auf der Erde unterwegs?«
»Auf der Erde«, sagte Henri.
Er hatte recht. Ohne Sprache gäbe es keine Briefe und deshalb auch keinen Schichtenkuchen bei Wilhards.
»Und ohne Sprache gäbe es keine Telefongespräche, kein Fernsehen, kein Radio und keine Bücher. Auch keine über Außerirdische«, sagte ich.
Henri nickte und wandte sich wieder seinem Diktat zu.

»Welche Sprache sprecht ihr eigentlich im All?« Ich versuchte es einfach mal wieder. Eine kleine Information, bitte! Nur eine klitzekleine, mein außerirdischer Freund!
»Oder verständigt ihr euch nur über Signale? Ultraschallwellen vielleicht?«
Henri löschte mit dem Tintenkiller in seiner Diktatabschrift herum.
»Wir reden eigentlich nicht so viel«, sagte er.
Ich gebe auf, dachte ich. Mit Henri ging es mir wie mit Schong Kloods Herrenklo.
Dort ist alles total schick und modern. Spiegel und Glas und frische Blumen. Hier hatte sich Mama bestimmt die Sache mit dem Klostrauß für Besucher abgeguckt. Alles vom Feinsten, aber als es ans Spülen ging, fand ich den Drücker nicht. Ich suchte an der Wand hinter der Kloschüssel – nichts. Ich sah hoch zur Decke, ob da eine Schnur zum Ziehen war, wie bei Bullerdiecks Klo – Fehlanzeige. Ich wedelte mit der Hand durch die Luft wie ein Bekloppter, weil es auf Autobahnraststätten Wasserhähne gibt, die auf Handzeichen reagieren – keine Chance. Ich stand vor dieser verdammten Kloschüssel und hatte keinen Schimmer, wie ich sie zum Wasserspeien kriegen sollte!

Ich will Henri nicht mit einer Kloschüssel vergleichen, damit das mal ganz klar ist. Nur das Gefühl war das gleiche. Papa hat mir dann gezeigt, dass im Boden ein kleiner

Hebel ist, den man nur leicht mit der Schuhspitze antippen muss, und schon geht die Spülung los. Man muss nichts berühren, was andere Leute mit ihren Klofingern angefasst haben. Das ist hygienisch, hat Papa gesagt. Aber wenn niemand diesen winzigen Hebel findet und jeder auf die Pisse vom anderen draufpullert, finde ich das überhaupt nicht »hygienisch«.
Das tut aber jetzt echt nichts zur Sache. Ich wollte damit nur sagen, dass Henri leider überhaupt keinen Hebel hatte, mit dem man seine Redespülung in Gang setzen konnte.

»Wer hat eigentlich die Sprache erfunden?«, fragte er plötzlich.
Mir fiel sofort die Messerle ein. Diese Frau redete noch mehr als ich. Wenn Buchstaben riechen würden, könnte es kein Mensch ertragen, mit ihr im gleichen Zimmer zu sein. Der Gestank wäre todsicher nicht auszuhalten. Aber erfunden hatte sie die Sprache natürlich nicht.
»Der Höhlenmensch wahrscheinlich«, sagte ich.
Henri nickte nachdenklich. »Aber warum hat er sie erfunden?«, fragte er weiter.
»Vielleicht wollte er seiner Frau einen Liebesbrief schicken.«
»Oder ein Rezept von seiner Tante bekommen«, schlug Henri vor.
»Oder er wollte endlich einen Namen haben.«

»Oder einen Witz machen!«
»Oder ein Schlaflied singen!«
»Oder seinen Enkelkindern von der gefährlichen Säbelzahntigerjagd erzählen.«
»Oder die Höhlenmenschen wollten gegen andere Stämme Krieg führen. Für Befehle braucht man Wörter«, sagte ich.
Ich schluckte. Daran hatte ich noch nie gedacht. Hätte es keine Kriege gegeben, wenn niemand die Sprache erfunden hätte?
»Oder er hatte ganz viele Gedanken im Kopf. Meinst du, seine Schädelnähte wären geplatzt, wenn er nichts gesagt hätte?«, fragte Henri.
Ich zuckte mit den Schultern und dachte an die schönen Zeichnungen der Höhlenmaler. Würden wir alle malen, wenn wir keine Wörter hätten? Und konnte man wortlos an Kurzfass-Schwäche leiden? Eine wichtige Frage!
»Vielleicht hat der Höhlenmensch eines Tages etwas ganz Ungewöhnliches erlebt und fand es schade, dass er kein Wort dafür hatte«, sagte ich. »Da hat er eben eines erfunden.«
Wie cool musste das denn gewesen sein! Er konnte einfach draufloserfinden, weil es ja noch kein einziges Wort gab!
»Was hat er denn so Besonderes erlebt, dass er es unbedingt erzählen wollte?« Henri schaute mich neugierig an.
Ich sah mich in der Küche um. Also, die Wörter *Toaster*,

Mikrowelle oder *Kühlschrank* kamen als Urwörter schon mal nicht infrage. Das gab es damals ja noch gar nicht. Mein inneres Kino zog mich in die Höhle eines Urmenschen hinein:

Der Boden ist mit Fellen belegt, und meine innere Kamera wandert von den schönen Tierzeichnungen an den Wänden über die Werkzeuge aus Stein hinunter zu meinen behaarten Urmenschzehen. Ich trete vor die Höhle und betrachte mein Spiegelbild, das aus einer kleinen Pfütze zu mir hochstarrt. Mein Gesicht ist behaart wie das von Bullerdiecks Kater. Eine niedrige, wulstige Stirn, tief liegende Augen. Besonders intelligent sehe ich nicht gerade aus, aber das stört mich überhaupt nicht, weil es das Wort schlau *noch nicht gibt und das Wort* dumm *auch nicht. Ich kann nichts besonders Aufregendes an meinem Gesicht entdecken. Alles sieht aus wie immer, nicht der Rede wert, sozusagen! Nur mit meiner linken Backe kann etwas nicht stimmen. Sie tut weh. Schon seit dem Morgen tut sie höllisch weh. Ich beuge mich tiefer über die Pfütze, und da sehe ich es: Sie ist geschwollen! Ich berühre sie mit meinen groben Händen und spüre, dass sie heiß und hart ist. Panik kriecht in mir hoch. Ich sehe meine Frau, die sich langsam der Höhle nähert, ein totes Mammut hinter sich herschleppend. Ich muss ihr sagen, dass mit meiner Backe etwas nicht stimmt!*

Aber mein Mund ist es nicht gewohnt zu reden. Er ist wie ein verrostetes Zahnrad, das sich noch nie gedreht hat.

»Mm«, brumme ich. »MmmMmmm!« Ich schaue meine Frau an und deute auf meine Backe. »MmmMmmMUUU!!«

Aber meine Frau schaut nur zwischen ihren zotteligen Haaren hindurch und grunzt. Ich deute noch heftiger auf meine geschwollene Backe und versuche verzweifelt, ein Wort aus meinem Mund zu pressen. Ein kurzes wenigstens! Ich hole tief Luft und gebe alles.
Besorgt und fragend, aber sprachlos, blickt mich mein Urweib an. In einem riesigen, übermenschlichen Kraftakt presse ich das erste Wort der Menschheit aus meinem Mund heraus: »MMMMUUUUMMMMPPPSSSS!«

»Was hast du gesagt?«, fragte meine Frau.
Ach nein, es war Henris Stimme. Die Stimme meines Freundes.
»Mumps«, wiederholte ich und versuchte, meine Backenmuskulatur zu entspannen und aus der Höhle in die Küche zurückzukehren.
»Das erste Wort der Menschheit war *Mumps*?« Henri sah enttäuscht aus.
»Wieso nicht?«, brummte ich etwas beleidigt. Immerhin hatte ich mir soeben fast den Kiefer ausgehebelt für dieses Wort.
»*Mumps* ist kein besonders schönes Wort«, sagte Henri.
»Es ist ja auch keine besonders schöne Sache, Mumps zu haben«, sagte ich. »Auf der anderen Seite gibt es aber auch Wörter, die nicht schön klingen, obwohl sie eine besonders schöne Sache benennen.«
»Zum Beispiel?«, fragte Henri.

Ich dachte an den letzten Urlaub in Südfrankreich. »Schnorcheln zum Beispiel. Tolle Sache, strunzdoofes Wort.«
»Und es gibt Wörter, die lustig klingen, obwohl die Sache überhaupt nicht lustig ist«, sagte Henri leise.
»Zum Beispiel?«
»*Schwips*«, sagte Henri.
»Schwips?«
»Ja. Und *Suff* und *hackeknüllevoll* und *bedudelt* und ...«
»Ist ja gut«, sagte ich.
Ich beugte mich wieder über meine Deutschhausaufgabe. Wir sollten Verben in die erste und zweite Vergangenheit setzen. Die erste Vergangenheit war ja noch okay, aber die zweite hätte sich der Urmensch echt sparen können.
»Hatten Höhlenmenschen denn überhaupt Mumps?« Das Thema schien Henri keine Ruhe zu lassen.
»Nachdem das Wort erfunden worden war, schon. Vorher hatten sie nur eine dicke Backe«, sagte ich.
Das leuchtete Henri ein.
»Und was hat die Höhlenfrau dazu gesagt?«, fragte er weiter.
»Also, erst mal war sie natürlich total erschrocken, weil ihr Mann Mumps hatte«, sagte ich. »Sie hatte Angst, dass die Backe immer größer wird und dass ihr Mann irgendwann explodiert. Und sie hatte keine Medizin in der Höhle. Eine blöde Situation. Und dann hat sie das gemacht, was du auch machen würdest.«
»Was würde ich denn machen?«, fragte Henri.

»Wenn man alleine nicht klarkommt, dann bittet man um Hilfe«, sagte ich. »Das ist doch klar wie Mammutsuppe.«
»Und wen hat sie um Hilfe gebeten?«
»Was weiß denn ich? Eine Kräuterfrau vielleicht oder einen Medizinmann.«
»Und was hat sie zu denen gesagt?«
Ich schrieb *er beamt, er beamte, er hat gebeamt* in mein Heft. Henri schaute mich immer noch erwartungsvoll an.
»Mein Mann hat Mumps, könnten Sie mir bitte helfen?«, sagte ich und klappte meine Hausaufgabe zu.
»*Das* hat die Urfrau gesagt?« Henri sah mich erstaunt an.
»Sie hat nicht *bitte* gesagt. Dieses Wort haben sie erst in der Neuzeit erfunden. Aber beim Rest bin ich mir ziemlich sicher.«
»Wieso kannte die Urfrau denn auf einmal so viele Wörter?«, fragte Henri.
Eine gute Frage.
Not macht erfinderisch, steht im Kalender vom Bullerdieck.
»Weil einem in der Not manchmal genau die richtigen Sachen einfallen«, sagte ich.
»Ach so«, sagte Henri. »Und dann?«
»Die Kräuterfrau hat dem Urzeitler getrocknete Mammutkacke auf die Backe gelegt, und er wurde wieder gesund und hat jeden Tag neue Wörter erfunden, zwei Millionen mindestens, und jetzt gehen wir hoch in mein Zimmer.«
»Dann war es ja gerade rechtzeitig, dass der Urzeitler die Sprache erfunden hat«, sagte Henri.

»Sonst hätte er hundertpro nicht überlebt! Er wär an seiner dicken Backe elendig zugrunde gegangen, und wir säßen jetzt nicht hier und würden uns unterhalten, und deine Mama würde dir keinen Schichtenkuchen backen.«
»Und ich müsste heute Abend kein Diktat mehr verbessern«, sagte Henri. Er steckte seufzend sein Heft in den Ranzen und folgte mir zur Treppe.

In diesem Moment krachte Lollo zur Haustür herein. Sie schleuderte ihre Ballettschuhe in die Ecke und warf einen prüfenden Blick in den Spiegel.
»Stellt euch vor, was passiert ist«, sagte sie und presste die Hand auf ihr Herz, als hätte sie Angst, es könnte rauskullern. »Heute sind fünf Austauschschüler an unsere Schule gekommen. Aus Frankreich! Er heißt Jacques und ist der tollste Typ, den ich in meinem ganzen Leben getroffen habe! Und er steht auf mich!«
»Aber du kannst doch gar kein Französisch«, sagte ich. »Du hast doch Latein! Verstehst du denn, was Schack zu dir sagt?«
»Nein, kein einziges Wort verstehe ich! Aber wisst ihr was, Leute? Das ist mir schnurzpiepegal! *Ein* Blick sagt mehr als *tausend* Worte!«
Mit verzücktem Blick rauschte sie aus dem Zimmer.
Henri und ich sahen uns an und grinsten.
»Bei der hätte sich der Höhlenmensch den ganzen Stress sparen können«, sagte ich.

Sommerferien
und
Weihnachten

Worten sollen Taten folgen

Seit dem Samstagskaffee mit Henri und Bullerdieck waren punktgenau *drei* Dinge nicht mehr so wie vorher.

Erstens: Die Messerle wechselte die Straßenseite, wenn wir ihr über den Weg liefen.

Zweitens: Wolle durfte nur dann am Sonntag fernsehen, wenn er die Woche über weder *Donnerwetter* noch *Arsch*, noch *verdammt* gesagt hatte.

Drittens: Henri ging nun montags, mittwochs und donnerstags nach der Schule zum Bullerdieck. Die beiden hatten sich auf dem Nachhauseweg nämlich ziemlich gut verstanden.

Am Anfang schaute Henri nur ab und zu mal beim Bullerdieck vorbei, aber mit der Zeit trafen sie sich regelmäßig.
Die Sache war natürlich so, dass Henri ziemlich alleine dastand, wenn ich Nachhilfe hatte, Tennistraining oder einen Termin beim Kieferorthopäden. Und der Bullerdieck war ja ein alleinstehender Mann. Da haben sie eben beschlossen, sich zusammenzutun, damit sie beim Alleinstehen zu zweit sind. Das leuchtete mir schon ein.
Der Bullerdieck kocht sehr gern, sehr gut und sehr viel, aber alleine essen ist langweilig, das weiß jeder. Deshalb hat er lieber für Henri mitgekocht, und alles, was übrig blieb, konnte mein Freund ganz in Ruhe zu Hause erforschen.

Der Bullerdieck hatte Henri auch angeboten, ihm bei der Rechtschreibung und beim Aufsatz zu helfen. Das war für den alten Bücherwurm ja kein Problem, weil in gedruckten Wörtern keine Fehler stehen, oder nur ganz selten, und wer so viele gelesene Wörter im Hirn hat wie der Bullerdieck, der weiß auch, wie man sie schreibt.
Manchmal hab ich nach der Tennisstunde oder der Nachhilfe noch mal schnell beim Bullerdieck vorbeigeschaut, um zu sehen, wie es den beiden geht. Meistens übten sie gerade Diktat, oder sie lasen sich gegenseitig vor.
Unter den zwei Millionen Büchern in Bullerdiecks Haus waren nämlich auch viele Märchensammlungen und na-

türlich Abenteuerromane. Es war so klar wie eine Buddel voll Rum, dass Henri für seinen Forschungsbericht alles über die Geschichten der Erdlinge erfahren wollte, und über die vielen Märchen und das alles.

Meine Eltern haben mir früher jeden Abend vorgelesen, und natürlich hab ich mir später auch mal was anderes aus der Stadtbücherei geholt als Fachbücher zu meinem Spezialgebiet. Die Bücherei-Frau hat mich nämlich schon genauso besorgt angeguckt wie Mama, und ich musste ihr hin und wieder Entlastungsmaterial vorlegen, damit sie nicht auch dachte, ich hätte einen Sockenschuss. Zu jedem Geburtstags-, Oster- und Weihnachtsfest überschütten mich meine Eltern sowieso mit Büchern, und deshalb bin ich ganz gut auf dem Laufenden, was Erdlingsgeschichten betrifft.
Aber Henri war es nicht. Er kannte nur die Geschichten, die in der Schule gelesen wurden, denn er besaß kein einziges Buch.
Anscheinend haben es die außerirdischen Meister versäumt, ihre Schüler mit Erdlingsliteratur zu versorgen, dachte ich. Aber es leuchtet ja ein, dass auch ein Alien wissen will, wer Long John Silver ist, oder Zwerg Nase oder Oliver Twist oder Kapitän Ahab. Alle diese Geschichten eben, die ein paar kurzfass-schwache Erdlinge aus den Wörtern des Höhlenmenschen zu spannenden Geschichten zusammengebastelt haben.

Neben dem braunen Sessel stapelten sich die Büchertürme, und Bullerdiecks Küche roch für ihn und Henri todsicher nicht mehr nach Wagners Futter, sondern nach den meeresfeuchten Schiffsplanken der Hispaniola oder nach Fagins modrigem Räuberloch.

Am Anfang war es ein bisschen ungewohnt, Henri beim Bullerdieck zu sehen.
Als ich ihn zum ersten Mal dort antraf, sah ich wohl ein bisschen verwirrt aus, weil sonst immer nur der Bullerdieck da war und ab und zu mal sein Kater, und eben ich. Aber nun saß plötzlich Henri am Küchentisch, und mein brauner Sessel war mit seiner Schultasche besetzt.
»Toll, toller … Wie ist denn der Superlativ von *toll*?«, fragte Henri gerade, weil wir als Hausaufgabe zwanzig Steigerungen schreiben sollten.
»Tollerant«, sagte der Bullerdieck, und das sollte natürlich ein Scherz sein.
Henri lachte laut und sah richtig glücklich aus.
Ich merkte, dass es ihm beim Bullerdieck genauso gut gefiel wie mir, und fand, dass das schon in Ordnung war.
»Du kommst gerade im richtigen Augenblick, Jona. Mit Hausaufgaben ist jetzt Schluss, und außerdem haben wir nun endlich unseren dritten Mann!«
Der Bullerdieck nahm Henris Schultasche und stellte sie

auf den Boden. Dann ging er rüber zur Kommode und wühlte in der Besteckschublade.
Welchen dritten Mann?, wollte ich fragen, aber da zog er schon das Bündel Karten heraus.
»Das Einzige, was mir im Leben wirklich gefehlt hat, war ein dritter Mann fürs Skat, und den haben wir jetzt!«, sagte der Bullerdieck, und dann erklärte er uns die Regeln. Es hat ein bisschen gedauert, bis wir die kapiert hatten, aber der Bullerdieck hat Geduld wie ein Stuhl.
Wir spielten Karten, bis ich nach Hause musste, und von da an trafen wir uns häufiger zum Skat.

In dieser Zeit fing Henri an, sich zu verändern. Während draußen der Frühling mit seinem Malkasten herumkleckste, bekam in Bullerdiecks Küche auch das blasse Gesicht meines Freundes ein bisschen Farbe. Er lachte mehr als früher und auch ein bisschen lauter. Im Diktat machte er wirklich Fortschritte, weil er jetzt beim Bullerdieck Nachhilfe hatte. Manchmal trafen sie sich sogar am Wochenende und übten Briefe schreiben und Aufsatz, wenn ein Test anstand. Immer öfter saß der Bullerdieck dann mit am Tisch und tippte in seinen Laptop.
Den hatte er sich vom Geld der alten Frau Bullerdieck, Gott hat sie selig, gekauft, und von da an war er nur noch selten im Garten, weil er immerzu in seiner Küche saß und schrieb.
Zuerst dachte ich, dass er E-Mails schreibt oder so was.

Aber kein Mensch schreibt so lange Mails. Vielleicht hat er sich verknallt, dachte ich, und die Frau wohnt in Amerika, und alles, was sie sich erzählen wollen, müssen sie sich schreiben.
Irgendwann hat er uns dann verraten, was er macht: Er schrieb an einem Buch. Das musste ja wohl ein meterdicker Schinken werden, vielleicht ein Kochbuch oder so was. Auf jeden Fall war das besser, als Liebesbriefe an eine vermögende Witwe zu verfassen, die ihm den Lebensnachmittag versaute.
Henri erzählte mir, dass der Bullerdieck nicht an einem Kochbuch, sondern an einem richtigen Roman schrieb.
»Romane werden doch nur von Schriftstellern geschrieben und nicht vom Bullerdieck«, meinte ich. Henri sagte, wenn der Bullerdieck Glück hatte, dann würde der Roman veröffentlicht, und dann wäre der Bullerdieck ein Schriftsteller.
Und das leuchtete mir ein.
Ich fragte den Bullerdieck beim Skatspielen, wovon denn sein Roman handelte, und er sagte: »Von der Liebe und vom Tod.«
Das hätte ich mir auch selber denken können.

Nach Victors Pausenhof-Attacke hatte ich Henri vorsichtig vorgeschlagen, unsere gemeinsame Nahrungstestphase abzuschließen. Ich wollte nicht noch einmal Victors Interesse auf uns lenken, auf gar keinen Fall.

Henri meinte auch, dass wir bereits mehr als genug für unseren Nahrungsbericht aus Erdlingssicht aufgeschrieben hätten, inklusive Larissas Joghurt-Erinnerung, die ich doch nicht weggekillert hatte.
»Aber ich muss für *meinen* Bericht noch viel über *unsere* Nahrung schreiben«, meinte er. »Und da wär es schon gut, wenn ich zu Hause was zum Vergleichen hätte.«

Das leuchtete mir ein, und deshalb schob ich ihm morgens heimlich unter der Bank neues Vergleichsmaterial zu, das er schnell in seiner Schultasche verschwinden ließ. In der Pause konnten wir uns nun unter die anderen Zuschauer am Fußballplatz mischen, völlig unauffällig.
»Jetzt lässt uns Victor bestimmt in Ruhe, oder?«, fragte Henri und biss in seinen Apfel.
»Bestimmt«, sagte ich und warf einen vorsichtigen Blick hinter mich.
Victor und seine Gang standen beieinander und taten so, als würden sie sich am ganzen Körper kratzen. Sie johlten vor Vergnügen, und ich wusste, warum: Ein neues Mädchen war in ihre Klasse gekommen. Sie stand mit ein paar anderen Schülern bei der alten Eiche und kratzte alle paar Sekunden die rote Haut an ihrem Hals und den Armen. Sie hatte einen schlimmen Ausschlag, und sie tat mir leid. Sie tat mir *wirklich* leid. Aber gleichzeitig war ich auch unglaublich froh, und das fühlte sich nicht gut an.

Als die Sommerferien begannen, eröffneten uns Mama und Papa, dass wir dieses Jahr nicht in Urlaub fuhren, weil ein großer Wintergarten ans Wohnzimmer angebaut werden sollte. Wolle war überglücklich, dass er nun im Wohnzimmer »einen Schneemann bauen« kann, weil er wieder mal nichts gecheckt hat. Und ich war froh, dass ich nicht von Henri wegmusste, denn Aliens machen keinen Urlaub, das ist ja wohl sonnenklar.
Sonst bin ich im Sommer immer ins Freibad gefahren, aber Henri konnte nicht schwimmen. Außerdem hatte er nicht genug Geld für den Eintritt, weil der ein Vermögen kostet.
Also fuhren wir den ganzen Sommer lang raus zum Stadtweiher, Henri auf Frau Bullerdiecks schrottigem Fahrrad und ich auf meinem neuen Mountainbike.
»Zum Weiher kannst du ruhig mit deinem eigenen Rad fahren«, sagte ich. »Wir haben es immer im Blick – das klaut da keiner.«
Aber Henri hatte an Bullerdiecks rostigem Geschenk einen Narren gefressen. Vielleicht standen die Leute im All ja auf Antikes, genau wie Mama.

Ich bin vorher nie am Stadtweiher gewesen, weil es da keine Liegewiesen gibt und keine Wasserrutschen und keine Pommesbude wie im Freibad. Aber schon am ersten Tag merkte ich, dass es dort überhaupt nicht langweilig ist.

Henri und ich beobachteten riesige Libellen, die uns wie blaue Rettungshubschrauber umkreisten, und Fische gab es auch. Wir fingen Frösche und Gelbrandkäfer und betrachteten ihre Gesichter unter der Lupe: *Jurassic Park* für Einsteiger.

Wenn es zu heiß wurde, legten wir uns am Ufer ins flache Wasser, oder wir machten eine Schlammschlacht. Aus Ästen und Schilf bauten wir uns einen Unterstand und fühlten uns wie auf einer einsamen Insel. Dafür, dass man keinen Cent Eintritt zahlen musste, wurde am Weiher ziemlich viel geboten.

Irgendwann erzählte ich dem Bullerdieck, dass Henri Nichtschwimmer ist, und da hat er statt Diktat und Aufsatz mit Henri Schwimmen geübt.

Worten sollen Taten folgen, steht nämlich im Kalender vom Bullerdieck, und es ist klar, dass es gar nichts nützt, wenn man weiß, dass man *schwimmen* mit Doppel-M schreibt, aber trotzdem absäuft, weil man keinen Schimmer hat, wie's geht. Nachdem Henri es zum dritten Mal geschafft hatte, den ganzen Weiher zu durchschwimmen, ist der Bullerdieck nicht mehr mit uns rausgefahren, weil er weiter an seinem Roman gearbeitet hat, und ich hab gedacht: Das Ding hat bestimmt zehn Bände, wenn er monatelang daran schreibt.

Der Sommer vergaß den ganzen Juli über, die Herdplatte auszuschalten: Die Luft glühte. Henri und ich verbrach-

ten den halben Tag im kühlen Wasser, und wenn wir nass und müde auf dem morschen Bootssteg lagen, vergaß ich manchmal, darüber nachzudenken, dass er ein Außerirdischer war.
Eines Nachmittags drehte er plötzlich sein Gesicht zu mir und sah mich an. Sein feuchtes Haar klebte an der Stirn. Auf seiner Nase, am Kinn und auf den Backen hatten sich ein paar Sommersprossen niedergelassen, wie Siedler, die auf einem neu entdeckten Kontinent kleine Kolonien gründeten.
»Du, Jona?«
»Was denn?«
»Ich bin so gern dein Freund. Ich mag dich *richtig* arg.«
»Ich find's auch cool«, sagte ich, und dann sprang ich ins Wasser, weil Gefühlsausbrüche nun überhaupt nicht mein Ding sind.

Ich hatte es längst aufgegeben, Henri nach seinem Forschungsbericht zu fragen. Der Sommer ging zu Ende, und ich hatte noch nicht einmal die Spur einer Information bekommen. Wenn ich ein neues Thema anfing, dann notierte sich Henri die Überschrift auf einem Zettel, um zu Hause aus seiner Sicht darüber zu schreiben.
Irgendwann würde ich das alles lesen, todsicher. Die Frage war nur: WANN?
Ich musste mich auch damit abfinden, dass Henri immer nur zu mir kam und mich nie zu sich nach Hause einlud.

Vielleicht dachte er wirklich, es machte mir etwas aus, dass seine Wohnung im Wasenfeld lag.
Nach den Sommerferien waren wir in die vierte Klasse gekommen, und je länger ich mit Henri befreundet war, umso weniger konnte ich mir vorstellen, dass diese Freundschaft irgendwann ein Ende haben könnte.
Henris Erdenmission wird ja wohl nicht ewig dauern, dachte ich. Irgendwann muss er doch wieder nach Hause zu seinem Meister.
Dieser Gedanke war ziemlich schrecklich, und manchmal wünschte ich mir, Henri wäre ein ganz normaler Erdling und nicht nur ein außerirdischer Gast auf Zeit.
Vielleicht hatten Aliens aber ein ganz anderes Verhältnis zur Zeit als wir Erdlinge? In einem meiner Bücher stand, dass das Leben auf der Erde erst seit einem Wimpernschlag besteht, im Vergleich zur Existenz des Universums. Vielleicht blieb Henri für eine Millionstel außerirdischer Sekunde auf der Erde, und das ist für einen Erdling wie mich so lang wie mein ganzes Leben. Aber dann wäre ich irgendwann verdammt alt, und Henri würde immer noch mit Lego spielen, und das wäre dann auch wieder blöd.
Mein inneres Kino schaltete in dieser Zeit immer öfter auf Science-Fiction und zeigte mir *den* Durchbruch in der Raumforschung:
Das geistige Eigentum der Forscher hat es möglich gemacht, alle Erdlinge nach Lust und Laune ins All zu schießen. Statt nach Sylt reisen die Leute auf fremde Planeten, und im Reise-

büro gibt es Last-Minute-Flüge zum Saturn. Es ist kein Problem für mich, Henri zu besuchen.

Wir saßen in meinem Zimmer und spielten Monopoly, als die Frage endlich aus mir herauskrachte.

»Was ist, wenn ihr wieder auf euren Planeten zurückmüsst? Können wir uns dann wiedersehen?«

Henri schaute mich durchdringend an, dann zuckte er mit den Schultern.

»In ein paar Jahren ist die Technik mit Sicherheit schon weit fortgeschritten. Ich könnte Weltraumtourist werden und dich einfach dort oben besuchen!«, sagte ich schnell.

Henri legte den Westbahnhof neben das Spielbrett, stand auf und trat ans Fenster. Er schaute hoch in den klaren Herbsthimmel. Die Tage wurden bereits wieder kürzer, und der erste Stern leuchtete dort oben wie ein alleinstehendes Glühwürmchen.

»Wir machen einen Zeitpunkt aus, okay?«, sagte ich und zog hastig einen Notizblock aus meiner Schreibtischschublade. »Es muss ein ganz besonderes Datum sein. Der 20.2.2020 oder so, verstehst du? Ein Datum, das wir uns bombenfest merken können!«

Henri hob seine Hände und rechnete mit den Fingern.

»2020 finde ich gut. Wie wär es mit dem dritten Juli?«

»Wieso ausgerechnet der?«, fragte ich erstaunt.

»Weil da mein achtzehnter Geburtstag ist. Dann bin ich erwachsen und lade dich zum Essen ein.«

Mist! Ich hatte Henri nie gefragt, wann er eigentlich Geburtstag hat. Jetzt war es zum Gratulieren zu spät. Das war mehr als zwei Monate her!
»Okay«, sagte ich. »Ich bringe ein Geschenk mit! Wo genau im All treffen wir uns?«
Henri betrachtete das Glühwürmchen am Himmel.
»Das Problem ist«, sagte er, »es ist alles so groß. Und es gibt so viele Richtungen. Wir sind immer herumgezogen.«
»Ja, das ist klar. Aber habt ihr denn da oben kein Hauptquartier? Einen Stützpunkt, der immer an derselben Stelle bleibt? Ich muss ja wissen, wo ich dich finden kann. Eure Adresse ist doch hoffentlich irgendwo in der Milchstraße, oder?«
Henri drehte sich abrupt um und sah mich an.
»Milchstraße?«
»Na klar, Mann! So nennen wir Erdlinge doch unsere Galaxie! Du kommst doch hoffentlich nicht aus einer anderen Galaxie? Sonst wär das mit der Entfernung echt ein Problem.«
Henris Gesicht faltete sich zum Sofakissen. Nach einer Weile strahlte er plötzlich wie ein Komet.
»Ja, genau!«, sagte er. »Genau da treffen wir uns. In der Milchstraße, 81667M.«
Na, wer sagt's denn? Die erste handfeste Information!
»81667M? Ist das die Abkürzung für euren Planeten?«, fragte ich.

Henri stand mit dem Rücken gegen den dämmrigen Himmel. Ich konnte sein Gesicht nicht mehr erkennen, seine Gestalt war nur noch ein Schatten. Kein großer, beeindruckender Schatten war das. Keiner, mit dem man auf der Zuschauertribüne vom Fußballclub angeben konnte. Aber einer, mit dem ich lieber zusammen war als mit irgendjemandem sonst.

»Wenn es so weit ist, dann sage ich dir alles ganz genau«, antwortete Henri.

»Alles klar. Du gibst mir die genauen Koordinaten durch, und ich tippe alles in mein Navigationsgerät für Raumfahrzeuge ein. Wie wär es mit zehn Uhr am Vormittag?«

»Zehn Uhr ist gut«, sagte Henri. »Da haben wir noch den ganzen Tag vor uns.«

Egal was passieren würde, ich würde Henri wiedersehen. Irgendwo in unserer Galaxie. In mir blubberte eine unbeschreibliche Freude hoch.

»Und du wirst bestimmt dort sein?«, fragte ich noch mal zur Sicherheit. »Todsicher versprochen?«

»Bombenfest«, sagte Henri.

Kleine Geschenke erhalten die Freundschaft

Ich habe lange nichts mehr von Larissa erzählt, das weiß ich schon. Nicht, weil ich es vergessen hätte oder so, sondern weil nie mehr etwas so Besonderes passiert ist wie bei unserem ersten Treffen zu dritt. Larissa kam nach wie vor regelmäßig bei mir vorbei und hatte immer den begehrten Beutel mit. Neu war, dass ich nicht mehr für die Süßigkeiten schuften musste. Man kann keine TABU-Geschäfte mehr mit Leuten machen, denen man Einblick in seine privatesten Erinnerungen erlaubt hat, das ist ja klar. Außerdem hatte Larissa von Henri einen echten Nettigkeits-Kuss gekriegt und kannte jetzt den Unterschied.

Als sie das erste Mal nach der Pickelwasser-Geschichte bei mir läutete, war uns das Wiedersehen fast ein bisschen peinlich. Wir erwähnten diesen Nachmittag mit keiner Silbe und wiederholten das Ganze nie wieder.
Wenn sie kam, dann unterhielten wir uns über die Schule, und Henri und ich brachten ihr Skat bei, aber die Türen zu unseren Erinnerungen blieben zu.
Es war, als hätten wir zu dritt einen geheimen Ort betreten, der höchstens alle paar Jahre geöffnet hatte und nun wieder bombenfest verschlossen war.
Wenn ich Henri schon ab und zu mit anderen Leuten teilen musste, dann waren mir Larissa oder der Bullerdieck immer noch lieber als mein kleiner Bruder. Wolle war derart scharf auf Henri, dass ich dienstags und freitags alle Hände voll zu tun hatte, ihn abzuhängen.
Ständig wollte er *auch* mit Fahrrad fahren oder *auch* mit Monopoly spielen, obwohl er dafür viel zu klein war, oder *auch* fernsehen. Und zwar immer genau *neben* Henri. Um mit meinem Freund alleine zu sein, suchte ich regelmäßig nach einem Vorwand, kurz vor fünf Uhr das Haus zu verlassen, so wie damals, als ich Henri vor Mama verstecken wollte.
Henri wunderte sich manchmal, warum ich unbedingt im strömenden Regen einen Spaziergang machen wollte, aber ich erklärte ihm, dass manche Erdlinge Frischluftfanatiker sind, und das leuchtete ihm ein.
Das Problem war, dass Henri auch ganz scharf auf Wolle

war, und das lag natürlich daran, dass er keinen Schimmer hatte, wie anstrengend Geschwister sind.

Dann kam der Herbst mit seinen Tobsuchtsanfällen daher und donnerte stundenlang Hagelkörner an unsere Fensterscheiben. An Flucht war nicht mehr zu denken. Ab fünf Uhr abends hockte ein Hundefloh in meinem Zimmer, und wir spielten *Zicke Zacke Hühnerkacke* bis zum Abwinken.

Und als Mama uns dann Anfang Dezember fragte, ob wir Wolle am Freitag vom Kindergarten abholen könnten, war Henri sofort dabei.

»Ich finde deinen Bruder witzig«, sagte er zu mir.

»Geschmackssache«, antwortete ich.

Bei den Hundeflöhen war wie gewohnt die Hölle los. Aus dem Gruppenraum im ersten Stock wuselten winzige Menschen mit riesigen Köpfen, dicken Backen und Spaghettibeinen.

Mama behauptet immer, ich hätte mit vier ganz genauso ausgesehen wie Wolle jetzt. Haha! Nicht eine Sekunde meines Lebens bin ich wie ein Überraschungsei mit Ohren durch die Gegend gelaufen.

Henri und ich suchten in dem Gewimmel nach jemandem mit besonders rundem Schädel, besonders dicken Backen und einem besonders bunten *Bob der Baumeister*-T-Shirt. Nachdem der letzte Schnullerkopf Treppe abwärts Richtung Garderobe verschwunden war, schaute ich im leeren Gruppenraum nach. Keine Spur von meinem Bruder. An der Wand hingen kunterbunte Krickelkrakel-Zeichnungen. Die größte zeigte ein glubschäugiges Monster, das einen Staubsauger zerfetzt. *Elisa fährt Fahrrad,* stand darunter.

Aha.

Alles klar.

Die großen Fensterscheiben waren mit Schneemännern aus weißem Laternenpapier beklebt. Auf jeden Schneemann war der Name eines Hundeflohs geschrieben. Der Name meines Bruders war nicht dabei. Ganz am Ende der Schneemännerreihe klebte ein kleiner weißer Schnipsel. Ich trat etwas näher an das »Kunstwerk« heran. *JULIUS,* stand in winzigen Buchstaben darauf.

»Mein Schneemann ist schon geschmilzt!«

Die glockenhelle Stimme kam aus der Bauecke. Ich ging mit Henri zu den großen Schaumstoffwürfeln, mit denen ich vor fünf Jahren Burgen mit Niklas gebaut hatte. Da war er noch nicht im Fußballverein gewesen.

Wolle saß im hintersten Eck an der Wand und hatte seine kleinen Arme um die Knie geschlungen. Er sah fix und fertig aus.

Ich schaute zu dem weißen Schnipsel am Fenster. Offensichtlich hatte die Sache mit dem geschmolzenen Iglu einen Knacks bei ihm hinterlassen. Mit so was muss man höllisch vorsichtig umgehen, sonst kann der später als Erwachsener beim Anblick eines schmelzenden Iglus komplett austicken. Die Messerle hat mal erzählt, dass sie als Kind gesehen hat, wie eine Katze von einem hellblauen Lieferwagen überfahren worden ist. Bis heute kriegt sie Herzrasen, wenn sie einen hellblauen Lieferwagen sieht. Wenn es danach geht, krieg ich noch mit achtzig den Schocker, wenn mir einer Pastinaken vor die Nase hält.

Ich beugte mich zu meinem Bruder runter. »Wir bauen uns ein neues, gaaaanz tolles Iguli, einverstanden, Wolle?« Ich sprach mit so sanfter Stimme, als hätte ich ein Katzenfell im Hals.

Henri sah mich besorgt an, so als hätte *ich* den Knacks und nicht mein Bruder.

»Es heißt Iglu, du Blöder!«, sagte Wolle.

Okay.

Alles klar.

Er hatte keinen Knacks, er verhielt sich vollkommen normal.

»Komm da raus und zieh dich an, aber ein bisschen plötzlich!«

»Nein!!«

»Und warum nicht?«

»Ich will nicht Milcher sein!!«

»Wer?«

»Und Kasperl auch nicht!!«

»Was ist los?«

»Und Balsassa überhaupt gar nicht!!«

»Wovon redest du, verdammt noch mal!?«
In diesem Moment kam Luka zur Tür herein. Sie war außer Puste und sichtlich erleichtert, als sie uns sah.
»Da bist du ja, Julius! Wir haben dich unten gesucht!«
»Ich bin aber nicht unten!!«
»Das sehe ich.« Luka seufzte. »Bist du immer noch wütend wegen des Krippenspiels?«
Luka erzählte uns: »Ich wollte, dass Julius einen der Heiligen Drei Könige bei unserer Weihnachtsfeier spielt. Aber er weigert sich standhaft.«
»Wen will er denn spielen?«, fragte ich und schaute auf meinen Bruder. Er hatte die Unterlippe vorgeschoben und starrte stur auf den Fußboden. »Den Esel?«
»Nein!!« Wolle verkroch sich noch tiefer ins Eck.
»Willst du lieber der Josef sein?«, fragte Henri.
»Nein!!«
Entsetzt wandte ich mich an Luka. »Er will doch nicht etwa die Maria spielen, oder?«
Luka lachte. »Nein«, sagte sie. »Er möchte den Weihnachtsmann spielen, aber der kommt in einem Krippenspiel nun mal nicht vor!«
Alles klar.
Der kleine Knallkopf hatte mal wieder was durcheinandergebracht.
Ich beschloss, die Lieber-großer-Bruder-Nummer abzuziehen, immerhin stand Luka neben mir.
»Der Weihnachtsmann kommt zu uns Kindern an Weih-

nachten, Wolle. Aber er kommt *nicht* an die Krippe zum Jesuskind.«

»Das ist umfehr!!« Wolle fing an zu heulen, auch das noch!

Nicht schon wieder Rotz, dachte ich. Nicht – schon – wieder!

»Gemein und umfehr! Der Weihnachtsmann kommt zu allen Kindern, zu *allen*! Sogar zu den *blöden*!! Und das Jesuskind liegt im Fressnapf und wartet und kriegt keine Weihnachtsgeschenke!« Wolle schluchzte und wischte sich über die Nase.

»Jesus liegt in einer Futterkrippe, Wolle, und er kriegt doch etwas geschenkt. Die drei Weisen aus dem Morgenland bringen ihm etwas mit!« Henri war die Ruhe selbst. *Er* musste ja den Rotz nicht abwischen.

»Es sind nur zwei Weiße, weil einer schwarz ist, und Weihnachtsgeschenke bringt der Weihnachtsmann!!!«, schrie Wolle.

Jetzt drehte er gleich ganz durch.

Weihnachten ist für ihn das Größte, da lässt Wolle nicht mit sich verhandeln. Auch als Luka ihm erklärte, dass Weihnachten doch der Geburtstag von Jesus sei und dass man für Geburtstagsgeschenke keinen Weihnachtsmann braucht, war er nicht zu beruhigen.

Schließlich hatte Wolles Freund Benni auch an Weihnachten Geburtstag.

»Benni kriegt Geburtstagsgeschenke *und* Geschenke vom

Weihnachtsmann!!!«, jaulte Wolle, verkroch sich noch weiter hinter die Schaumstoffwürfel und schniefte wie ein heuschnupfenkrankes Walross.
Ich lehne Gewalt eigentlich ab, dass das mal ganz klar ist, aber es gibt Momente, da könnte ich dieses Kind an eine Rakete tackern und ins Weltall schießen.
Gott sei Dank mischte sich Luka in diesem Moment wieder ein.
»Ich glaube, mir ist gerade eine Idee gekommen, Julius. Was hältst du davon, wenn du die Heiligen Drei Könige als Wache begleitest und den Sack mit den kostbaren Gaben beschützt? *Du* allein überreichst sie dem Christuskind, als geheimer Bote des Weihnachtsmannes!«
Wolle lugte hinter den Schaumstoffwürfeln hervor. »Was für kostbare *Gabeln*?«
»G-A-B-E-N, Julius. Das sind wunderschöne Geschenke!«
»Geschwört?«
»Hoch und heilig!«, sagte Luka ernst.
»Was für wunderschöne Geschenke sind denn in dem Sack?« Etwas sehr Buntes kam eilig aus der Bauecke gekrochen.
»Gold, Weihrauch und Myrrhe«, sagte Luka feierlich.
»In echt?« Wolle runzelte die Stirn.
»Ich hab's sogar schriftlich!« Luka nahm ein Taschentuch und wischte eine Tonne Rotz aus Wolles Gesicht.
Ich hätte sie küssen können vor Dankbarkeit.

»Okay!«, rief Wolle, »eimpferstanden!«, und zischte an uns vorbei zur Treppe.
»Wir sehen uns bei der Weihnachtsfeier!«, sagte ich zu Luka. »Kann Henri auch mitkommen?«
»Gäste sind immer willkommen«, antwortete sie und blinzelte mir mit ihren blauen Augen zu. Sie hatte einen kleinen grünen Papierschnipsel im Haar, und ihre Wangen waren gerötet. Jeder normale Mensch konnte sehen, dass sie eine Frau war. Eine ziemlich hübsche sogar.
»Ich finde Luka nett«, sagte ich zu Henri, als wir hinter Wolle nach Hause trabten.
»Geschmackssache!«, sagte Henri und grinste.

»Ist das Finnisch?«, fragte Wolle Mama, als sie ihm das erste Mal Lukas Zettel mit dem Text vorlas, den er an der Krippe sagen sollte: *Oh, siehe, die edlen Gaben dahier, wir haben gelobet, zu bringen sie dir.*
»Nein, das ist salbungsvoll«, seufzte Mama und versuchte, ihm die Haare zu kämmen. »An Weihnachten gehört sich das so.«
Wolle brauchte Tage, bis er den Satz in seinem Floh-Hirn abgespeichert hatte und endlich *dahier* sagte, statt *hier drin.*
Es war der Schlusssatz des Krippenspiels, danach sollten alle Mitwirkenden *Stille Nacht, heilige Nacht* für das Jesuskind in der Krippe singen.
»Was ist ein Knabe?«, fragte mich Wolle, als ich das Lied

mit ihm übte, um Mamas Nerven ein bisschen zu entlasten.
»Ein Knabe ist ein Kind männlichen Geschlechts.«
Ich hätte natürlich auch sagen können, ein Knabe ist das Gleiche wie ein Junge, aber manchmal machte es Spaß, ein bisschen den Besserwisser zu spielen.
Wolle sah mich entsetzt an. »Und Jesus ist so einer?«
»Klar! Du und ich auch!«
»Ich nicht!«, schrie Wolle.
»Okay, dann eben nur Jesus und ich!« Ich würde den Teufel tun, mich auf einen Streit einzulassen.
Das zweite Problem nach Wolles Text war sein Kostüm. Mama wollte ihn in einen Umhang aus Schaffell stecken, den ich letztes Jahr als Hirte im Schulspiel getragen hatte. Wolle weigerte sich mit Händen und Füßen, weil das Schaffell sein Babyfell gewesen ist. Es gibt Fotos, auf denen er ohne Klamotten wie ein fetter Nacktmulch auf dem Fell liegt. Wolle behauptete, dass eine Wache des Weihnachtsmannes auf gar keinen Fall ein Babyfell tragen könne. Er bestand darauf, die Polizeiuniform vom Fasching anzuziehen. Außerdem band er sich seine zwei riesigen Wasser-Maschinengewehre um den Bauch, denn er hatte schließlich kostbare Gaben zu beschützen.
Mama stand kurz vor einem Nervenkoller, aber Papa meinte, Luka würde Wolle sicher zur Vernunft bringen.
»Ich finde es viel schlimmer, dass es im Kindergarten auch für die Erwachsenen immer nur diesen lauwarmen

Kinderpunsch gibt und nie einen anständigen Glühwein mit Schuss!«, sagte er.

Am dreiundzwanzigsten Dezember läutete Henri Punkt sechs Uhr abends an unserer Haustür. Wolle war inzwischen ungefähr hundert Mal auf dem Klo gewesen, und dazwischen nervte er uns mit seinem Text. Immerhin war er bereit gewesen, sich die zentimeterdicke Schicht Wundcreme im Gesicht wieder abwischen zu lassen. Er hatte das Wort *salbungsvoll* ein bisschen zu wörtlich genommen.

Papa saß schon im Auto und wartete auf uns. Aus dem Radio leierte das Lied vom rotnasigen Rudolf. Henri quetschte sich neben Wolle und mich auf die Rückbank und schnallte sich an. Eigentlich hätte man den Weg zum Kindergarten locker laufen können, doch über Wolles Verkleidung hatten weder sein Anorak noch sein Schneeanzug gepasst, und ohne Jacke war es zu kalt draußen.

Gerade als Papa den Motor startete, schrie Wolle auf, rutschte vom Kindersitz und schoss aus dem Auto.

»Muss er schon wieder pinkeln?«, fragte Papa.

Wir sahen, wie Wolle hinter der Garage verschwand.

»Er wird sich die Hose nass machen!«, seufzte Mama und knetete nervös die Plastiktüte mit dem Schaffell-Umhang.

Zwei Sekunden später kam ihr Jüngster wieder zum Vorschein. Er schleifte einen alten Kartoffelsack hinter sich her wie ein erlegtes Mammut.

Schnaufend schob er sich samt Sack wieder auf seinen Kindersitz, und ich schnallte ihn an.

»Was ist *das* denn?«, fragte Mama.

»Ein Sack«, sagte Wolle.

»Das sehe ich! Ich will wissen, was da *drin* ist!«

»Du hast aber gefragt: Was ist *das*?, und nicht: Was ist *da drin*?«

Ich hörte Mama tief durchatmen. »Was – ist – in – diesem – Sack, Wolle?«

»Kostbare Gaben!«

»Aber Luka hat doch alles für dich vorbereitet! Sie gibt dir den Sack mit den Geschenken im Kindergarten!« Mamas Stimme flatterte ein bisschen.

»*Ich* bin der Geschenke-Helfer! Nicht Luka!«

Jetzt mischte sich Papa ein.

»Wolle, ist da Bob der Baumeister drin?«

»Nein!«

Im Sack klimperte es leise, als unser Auto durch die Baustelle im Spechtweg fuhr.

»Malzbier?«, fragte Mama entsetzt.

»Nein!«

»Mein Lego-ICE?« Jetzt war es meine Stimme, die flatterte. Meinem Bruder war zuzutrauen, mein bestes Stück an eine zahnlose Babypuppe zu verschenken.

»Den wünscht sich doch der Jesus nicht, du Blöder!«

»Was ist in dem Sack?«, fragten Mama, Papa und ich gleichzeitig.

»Gold, Weinrausch und Möhren«, sagte Wolle feierlich.
Mama stöhnte auf.
»Wir sind da«, sagte Papa.

Der Kindergarten war hell erleuchtet, und von allen Seiten strömten Leute auf die große Eingangstür zu. Der Summer schnarrte ununterbrochen wie eine eingeklemmte Schmeißfliege, und in der Eingangshalle roch es nach nassem Hund und lauwarmem Kinderpunsch.
Mama rief uns zu, wir sollten schon mal Sitzplätze im Turnraum besetzen, und zerrte Wolle in Richtung Erzieherinnenzimmer davon.
Papa folgte den beiden in sicherem Abstand.
»Glaubst du, sie werden es schaffen, ihn in das Schaffell zu stecken?«, fragte Henri, während wir uns auf den winzigen Stühlen niederließen.
Ich schüttelte den Kopf.
»Zuerst wird Luka es mit gutem Zureden versuchen, was Wolle kaltlässt. Dann wird Papa sagen, dass ihn alle auslachen werden, wenn er in diesem Aufzug auf die Bühne geht, was ihn genauso kaltlässt. Dann wird Mama anfangen, laut zu werden, und versuchen, ihm die Maschinengewehre mit Gewalt wegzunehmen, woraufhin Wolle anfangen wird zu kreischen wie ein Erdferkel, was die drei Erwachsenen überhaupt nicht kaltlässt. Sie werden die neugierigen Besuchergesichter bemerken, die wegen Wolles Gebrüll zur Tür reinglotzen, und dann wird Mama

sagen, dass es ja eigentlich egal ist, wie er angezogen ist, und dass es ja an Weihnachten nicht auf Äußerlichkeiten ankommt, und wenn er es denn *so* gerne will, dann soll er eben in Gottes Namen in seiner Polizei-Montur gehen, weil es ja auch mal ganz was anderes ist und fast schon wieder originell. Und Luka wird einen gehetzten Blick auf die Uhr werfen und nicken, und Papa wird schnell noch mal kontrollieren, ob auch wirklich kein Wasser in den Pistolen ist. Und sie werden bei dem ganzen Stress vergessen zu fragen, was sich in dem Sack befindet.«

In diesem Moment tauchte Mama mit hochrotem Kopf in der Turnhallentür auf, und dahinter stand Papa mit der Plastiktüte in der Hand. Sie sahen aus, als hätten sie gerade ein Tennismatch verloren.

Papa quetschte sich auf den Schrumpfstuhl neben meinem, stopfte seine Beine und die Plastiktüte unter den Sitz und warf mir einen verlegenen Blick zu.

»Ist doch auch irgendwie originell, oder?«, fragte ich und grinste.

Papa brummelte etwas vor sich hin.

»Was ist jetzt eigentlich in dem Sack?«, bohrte ich weiter.

»Oh Gott!« Papa sah entsetzt zu Mama rüber, die neben Henri auf ihrem Stühlchen kauerte wie Schneewittchen bei den sieben Zwergen.

»Ich muss Luka schnell …«, rief Mama und wollte aufstehen, aber in dem Moment fing die Musikgruppe an, auf ihre Triangeln, Trommeln und Xylophone einzudreschen, und der Bühnenvorhang wurde langsam aufgezogen. Die Flohkiste ist jedes Jahr wochenlang damit beschäftigt, das Krippenspiel vorzubereiten. Es wird gebastelt und am Bühnenbild gewerkelt bis zum Abwinken. Und dieses Jahr gab es sogar eine Überraschung: Normalerweise war das Jesuskind in der Krippe immer eine Babypuppe, weil die genau so liegen bleibt, wie man sie hineingelegt hat. Außerdem ist es ziemlich praktisch, dass Babypuppen weder schreien noch Milch spucken noch in die Windeln kacken. Aber in diesem Jahr war Eva extra aus dem Mutterschutz angereist, um in ihrem Kindergarten das Krippenspiel mitzuerleben, und weil sie gerade so einen kleinen Scheißer hatte, musste der heute Abend den Jesus spielen. Eigentlich war ihr Baby schon ziemlich groß und Jesus in der Krippe ein Neugeborenes, aber dafür war Evas Kind nicht mehr verschrumpelt. Wer will denn schon einen Ork auf einer Weihnachtsbühne sehen?

Außer Evas Baby waren noch Josef, Maria, ungefähr tausend rotznasige Hirten und ein Verkündigungsengel auf der Bühne, die alle brav ihren Text herunternuschelten. Nach jedem fünften Satz haute uns die Musikgruppe ein paar Takte um die Ohren, und ich frage mich wirklich, warum sich die Leute das jedes Jahr wieder antun. Alle Kinder im Publikum wussten, dass Josef nicht Josef, sondern Anton aus der Mäusefloh-Gruppe war, der im Klo andere Kinder anpinkelte. Die Mutter Gottes wackelte ständig an ihrem vorderen Schneidezahn rum, der so locker war, dass er schräg nach außen stand, sodass sie eher wie eine Nebelhexe aus der Geisterbahn aussah. Sie hieß Serafina-Felizitas, besaß eine gigantisch große Sammlung von TABU-Wörtern und gehörte zu den Hundeflöhen. Und zu allem Überfluss hatte Wolle vor, sie zu heiraten und mit ihr eine Malzbierfabrik zu gründen.

Die meisten Erwachsenen im Publikum waren damit beschäftigt, ihre Säuglinge still zu halten und die Kleinkinder auf ihre Stühle zurückzuzerren, weil die keinen Nerv hatten, einem Verkündigungsengel zu lauschen, der Ronaldo Kiefernagel hieß und jedem die Schaufel um die Ohren schlug, der ihm auf dem Spielplatz zu nahe kam. Nur ein paar wenige Leute hingen an den Lippen der Schauspieler und lächelten wie betäubt, das waren die Mamas, Papas, Omas und Opas, deren Verwandtschaft auf der Bühne gerade an der Reihe war.

Und dann kam Wolle.

Kaum hatte Josef den Ellbogen in die Hüfte seines angetrauten Weibes gerempelt, um ihr zu sagen, dass *Gar hoher Besuch aus dem Morgenlande nahet*, da kam mein Bruder auf die Bühne gestürmt.

Mit einem Maschinengewehr im Anschlag sicherte er kurz die Lage und schoss dann vorsichtshalber ein paar Unsichtbare über den Haufen, die am Rand der Bühne auf die drei Heiligen gelauert hatten. Dazu machte er Geräusche, die täuschend echt wie das Knattern von Maschinengewehrsalven klangen. Papa stieß einen eigenartigen Laut aus, aber ansonsten war es mit einem Schlag so still wie ein Mucksmäuschen. Innerhalb von wenigen Sekunden hatte es mein kleiner Bruder geschafft, die Aufmerksamkeit des gesamten Publikums auf das Krippenspiel zu lenken. Die unruhigen Kleinkinder waren verstummt und starrten verdutzt auf die Bühne, die Eltern konzentrierten sich nun voll auf das Stück, und diejenigen, die kurz gedöst hatten, waren hellwach geworden, einschließlich dem Jesuskind selbst.

»Aus dem Weg!«, schrie Wolle und schubste Josef mit dem Gewehrkolben unsanft zur Seite. Anton hatte ihm vor zwei Wochen im Klo absichtlich an die Hose gepinkelt, und das hier war die gerechte Rache dafür.

Immer das Gewehr bereit, nickte Wolle den drei Morgenländlern zu. Die Bühne konnte nun gefahrlos betreten werden, und während Caspar, Melchior und Balthasar ihre Texte aufsagten, zerrte Wolle seinen Sack hinter dem Bühnenvorhang hervor.

Das liebe Jesulein war sich inzwischen offensichtlich klar darüber geworden, dass es in einer alten Obstkiste lag und zusammen mit Ronaldo dem Schläger, einer wackelzahnigen Leihmutter und meinem schießwütigen Bruder auf einer Bühne war, um die Leute zu unterhalten. Es fing an, mörderisch zu plärren und mit seinen kleinen Fäus-

ten zu fuchteln wie ein echter Schauspieler. Aber Wolle konnte noch lauter schreien.
»Ey, schau mal, die kostbaren Gaben hier drin, wir sind gekommen, zu bringen sie dir!«, brüllte mein Bruder fast fehlerlos in die Obstkiste, worauf der Heiland noch eine Oktave höher schrie. Wolle wühlte ein bisschen in seinem Sack herum, zog eine Möhre heraus, und bevor irgendjemand etwas tun konnte, hatte er sie dem Jesus in den Mund gestopft. Totenstille im Saal. Eva, die aufgestanden war, um ihr Baby zu beruhigen, stand erstarrt wie eine Krippenfigur.
Ein leises Schmatzen kam aus der Obstkiste. Jesus hatte die Karotte mit seiner winzigen Hand gepackt und saugte begeistert daran herum.
»Möhren sind voll gut für Babys!«, erklärte ihm Wolle in freundlichem Ton und tätschelte ihm das Gesicht. Dann kramte er wieder in dem Sack und holte etwas Goldglänzendes heraus.
Ich sah sofort, dass es die Ohrringe waren, die Mama von Oma Irmi zur Hochzeit geschenkt bekommen hatte.

Oma Irmi ist Papas Oma, und sie hat Adern auf dem Handrücken, die aussehen wie große blaue Stolperwurzeln auf einem Waldwanderweg. Oma Irmi ist noch nicht im Himmel, obwohl sie fast doppelt so alt ist wie der Bullerdieck. Papa meint, dass Gott Oma Irmi bei uns auf der Erde lässt, damit er im Himmel keinen Stress mit ihr hat.

Die Ohrringe waren große goldene Löwenköpfe mit Augen aus roten Edelsteinen, und Oma Irmi hat uns einmal gesagt, dass sie die beim teuersten Juwelier in Frankfurt gekauft hat. Mama hat die Ohrringe nie getragen, und ich habe gehört, wie sie einmal zu Papa gesagt hat, dass sie so etwas Grottenhässliches noch nie in ihrem Leben gesehen hat und dass sie lieber nackt über den Marktplatz tanzen würde, als sich diese Raubtierklunker an die Ohrläppchen zu hängen.
Wolle hatte das offensichtlich auch gehört.

Er überreichte die Ohrringe feierlich seiner Angebeteten und sagte laut und deutlich: »Die darfst du behalten, weil Mama lieber nackig auf dem Marktplatz tanzt. Ich finde die überhaupt gar nicht höhlenhässlich, ich finde die schön.«
Aus dem Publikum erschallte fröhliches Gelächter. Ich warf Mama einen kurzen Blick zu. Sie sah so aus, als wäre ihr gerade eingefallen, dass ihr zwei Kinder eigentlich völlig gereicht hätten und dass nicht immer aller guten Dinge drei sind, aber jetzt war es nun mal zu spät.
An Jesus gewandt, sagte Wolle: »Ich hab das Gold deiner Mama Serafina-Felizitas gegeben. Die Goldmünze, die mir Oma Irmi zu Weihnachten geschenkt hat, musste ich auch bei meiner Mama abgeben.«
Das schallende Gelächter verstummte erst, als Wolle zum dritten Mal in den Sack griff. Jeder wollte mitbekommen,

was er als Letztes dort herauszog. Es war sein *Bob der Baumeister*-Handtuch, aus dem er langsam etwas auswickelte.
»Oh mein Gott!«
Der leise Ausruf neben mir kam von Papa.
»Mein 2007er Rothschild!«
Ich kannte die Rotweinflaschen. Sie lagerten schon länger bei uns im Kellerregal. Papa hatte uns neulich gesagt, dass er diesen wertvollen Tropfen für einen ganz besonderen Geburtstag gekauft habe, und dabei hatte er Wolle und mir zugeblinzelt.
Wolle war wohl der Meinung, dass Papa damit den Geburtstag von Jesus gemeint hatte.
»Ein Baby darf doch keinen Weinrausch haben, du kleiner Dummi«, sagte Wolle vorwurfsvoll zu Christus, dem Erlöser, der immer noch selig an seiner Möhre nuckelte. »Wusstest du das denn nicht?«
Er wischte mit dem Polizistenärmel den Staub von den Flaschen und drückte Luka, die in der vordersten Zuschauerreihe saß, Papas Korkenzieher in die Hand.
Dann strahlte er ins Publikum und sagte: »Der Wein ist von Papa, weil heute der besonderste Geburtstag ist und damit die Großen einen Schuss im Punsch haben!«
Da waren die Leute dann echt begeistert. Sie lachten und klatschten und freuten sich wie verrückt über den Wein, und ein paar beugten sich rüber zu Papa und sagten, das wäre ja wohl eine entzückende Idee von ihm gewesen. Und einer sagte lachend: »Kleine Geschenke erhalten die

Freundschaft« und den Satz kannte ich aus dem Kalender vom Bullerdieck.
Papas Lächeln sah ein bisschen gequält aus, vielleicht, weil der Ministuhl so schrecklich unbequem für ihn war, vielleicht auch, weil der Jesus da vorne eigentlich nur Evas kleiner Scheißer war und Papa den Wein lieber an seinem fünfundvierzigsten Geburtstag zwei Wochen später getrunken hätte.
Luka dirigierte mit dem Korkenzieher in der Hand *Stille Nacht, heilige Nacht*, und ich sah lauter fröhliche Gesichter, genau wie das an Weihnachten sein soll.
Mama war ganz rot im Gesicht, und Papa hatte glasige Augen.
Weihnachtsstimmung wühlt meine Eltern immer ziemlich auf, das kannte ich schon.

Im ganzen Raum gab es nur einen, der nicht fröhlich aussah. Henri saß auf seinem Stühlchen und sah sehr besorgt aus.
»Werden die sich jetzt einen Weinrausch antrinken?«, fragte er und sah mich erschrocken an.
Ich musste über sein entsetztes Gesicht lachen.
»Ach, Quatsch!«, sagte ich. »Hier sind über hundert Erwachsene, und Wolle hat drei Flaschen Wein mitgebracht. Da kriegt jeder gerade mal einen Schluck! Die kippen doch nur einen Schuss davon in ihren Kinderpunsch!«

Papa, der neben mir stand, stöhnte laut auf. Der kleine Stuhl musste wirklich eine Qual für ihn gewesen sein.
Nachdem der Applaus verklungen war, strömten alle Leute aus dem Turnraum in die Eingangshalle, um dort Plätzchen zu essen, 2007er-Rothschild-Punsch zu trinken und Serafina-Felizitas zu bewundern, die stolz Mamas Löwenkopf-Ohrringe trug.
»Ich hab *genau die* im Automaten im Einkaufszentrum gesehen!«, sagte sie zu Mama und strahlte über das ganze Gesicht. »Aber meine Mama hat gesagt, ein Euro ist zu viel für so was Scheußliches.«
»Absolut nachvollziehbar«, sagte Mama mit seltsam kieksiger Stimme.
Luka drängte sich durch die Menge. Hastig sah sie sich nach allen Seiten um und fragte dann im Flüsterton: »Ich kenne Ihren Sohn nur zu gut. Wussten Sie eigentlich, was in dem Sack war, ich meine, waren die Ohrringe und der Wein wirklich eine Spende von Ihnen für unser Krippenspiel?«
Mama warf einen Blick auf das Gesicht von Papa, der immer noch aussah, als hätte ihn der geheime Bote des Weihnachtsmannes ins Knie geschossen.
In diesem Moment brach die ganze Weihnachtsvorfreude, die sich in Mama angestaut hatte, aus ihr heraus. Sie fing schallend an zu lachen, bis ihr die Tränen aus den Augen liefen. Sie hörte überhaupt nicht mehr auf zu lachen, und Papa und Luka betrachteten sie etwas irritiert.

»Ich glaube«, sagte Mama nach einer Weile und wischte sich schniefend über die Augen, »ich glaube, dieses Krippenspiel werden wir alle nie in unserem ganzen Leben vergessen.«
»Darauf könnt ihr eure Ärsche verwetten«, sagte eine glockenhelle Stimme hinter uns, und dann nietete mein Bruder knatternd ein paar Katzenflöhe um, die sich zu nahe an Serafina-Felizitas' Ohren herangewagt hatten.

An diesem Abend durfte Henri noch bei uns zu Abend essen.
»Wie werdet ihr beide den Heiligabend verbringen?«, fragte Mama Henri, und er antwortete, dass seine Mama ihm eine Überraschung versprochen hatte und dass sie sich einen gemütlichen Abend machen würden.
Mama und ich hatten ein Weihnachtsgeschenk für Henri gekauft: ein kleines Lego-Raumschiff. Die Frau im Geschäft hatte das Geschenk in dunkelblaues Papier mit silbernen Sternen eingepackt, es sah richtig schön aus. Ich schob es zu Henri über den Tisch.
»Aber erst morgen Abend aufmachen, so sind die Regeln!«, sagte ich und grinste.
Henris Scheinwerferaugen strahlten, und er wurde ganz und gar rot im Gesicht.
Als wir zum Verabschieden in der Haustür standen, holte Henri plötzlich ein kleines Päckchen aus seiner Hosentasche und drückte es mir in die Hand.

»Frohe Weihnachten!«, sagte er, umarmte mich blitzschnell und verschwand in den Abend.
»Frohe Weihnachten!«, rief ich ihm hinterher.
Erstaunt schaute ich auf das kleine Päckchen in meiner Hand. Damit hatte ich nicht gerechnet. Dass eine Putzfrau nicht viel Geld verdient, war so klar wie Fensterreiniger. Ich wusste nicht einmal, ob Henri Taschengeld bekam. Und gäbe es im All eine Währung, war sie bei uns mit Sicherheit wertlos.
Ich wollte das Papier aufreißen, aber Mama legte ihre Hand auf das Päckchen.
»Erst morgen Abend aufmachen, so sind die Regeln! Es ist doch nur noch ein Tag!«
Manchmal ist ein Tag länger als Afrika.

Die Feinde
des Erdlings

Die Wahrheit braucht einen Mutigen, der sie ausspricht

Es war der erste Schultag nach den Weihnachtsferien. Draußen übertrieb es der Winter mit seiner neuen Schneekanone dermaßen, dass wir die Pause im Schulhaus verbringen mussten. Henri und ich standen in der Aula neben dem Eingang zum Musikraum, umringt von den Fußballern, die natürlich hier drinnen nicht spielen durften. Ich zeigte voller Stolz mein tollstes Weihnachtsgeschenk in der Runde herum. Es war nicht der MP3-Player von Mama und Papa und auch nicht die Goldmünze von Oma Irmi.

Mein mit Abstand bestes Weihnachtsgeschenk war in

dem kleinen Päckchen gewesen, das Henri mir geschenkt hatte.
Gespannt hatte ich es am Heiligen Abend ausgepackt und ratlos auf das verschrumpelte dunkelbraune Etwas gestarrt, das in einer kleinen, durchsichtigen Plastikschachtel lag.
Das Etwas war ungefähr drei Zentimeter lang und zwei Zentimeter breit. Wolle unterbrach sein neues *Bob der Baumeister*-Puzzle und beugte sich zu mir rüber.
»Das ist ein Exkeriment«, sagte er mit fachmännischem Blick. »Henri hat Jona getrocknete Katzenkacke geschenkt!«, rief er Mama und Papa zu, die im Wintergarten saßen und die Bedienungsanleitung für den neuen 3-D-Fernseher studierten.
»Kann auch von einem Igel sein oder einem Samalander oder einem Meerschweinchen, das Dünnpfiff ...«
»*Salamander* heißt das, und jetzt hör auf mit dem Scheiß!«, schnauzte ich ihn an.
Henri würde mir nie im Leben Kacke zu Weihnachten schenken, das war so klar wie die kleine Plastikschachtel in meiner Hand.
Papa stand auf und besah sich mein Geschenk.
»Sieht aus wie getrocknete Lava. Ein Vulkanstein vielleicht. War denn keine Beschreibung dabei?«
Ich hob das zerrissene Geschenkpapier hoch und entdeckte darin einen kleinen, zusammengerollten Zettel, der von einem roten Gummiband zusammengehalten wurde.

Vorsichtig drehte ich ihn auf und las die vertraute, eckige Schrift.
Lieber Jona. Das ist ein Stück Weltall. Frohe Weinachten, dein Freund Henri.
»Ist es Marsmenschleinkacke?«, fragte Wolle begeistert und griff nach der Schachtel. »Von Udo?«
»Julius!«
Papa nahm ihm das Geschenk aus der Hand und betrachtete es interessiert.
»Das ist etwas ganz Besonderes, Jona. Wahrscheinlich ein Meteorit. Ein tolles Geschenk, pass gut darauf auf.«
»Was ist ein Metorit?«, fragte Wolle.
Eine solche Frage war für einen Weltall-Experten kein Problem.
»Der Name Meteorit kommt aus dem Griechischen und bedeutet so was Ähnliches wie Himmels- oder Lufterscheinung. Meteoriten sind feste Teilchen, die aus dem Weltall auf die Erdoberfläche herabgefallen sind. Der überwiegende Teil stammt aus dem Asteroidengürtel.«
»Asterix' Gürtel ist grün und nicht braun, du Blöder«, sagte Wolle und machte sich wieder an sein Puzzle.
Ich setzte mich ganz nah an den Weihnachtsbaum und hielt Henris Geschenk dicht vor eine der brennenden Kerzen.
Dieses Stück Weltall ist nicht auf die Erde gefallen, dachte ich. Es ist auf die Erde gebracht worden. Ein sehr großer Unterschied!

»Und das ist echt aus dem All?«, fragte Niklas jetzt und musterte neugierig den kleinen braunen Klumpen.

»Todsicher!«, sagte ich.

»Cool!«, sagte Felix und streifte Henri mit einem anerkennenden Blick.

»Wo kriegt man denn so was her?«, fragte Fabian.

»Aus dem Internet.«

Die raue Stimme schmirgelte über meinen Nacken, und ich musste mich nicht umdrehen, um zu wissen, wem sie gehörte.

Victor und drei seiner Kumpels lehnten am Treppengeländer und beobachteten uns. Nun stieß sich Victor mit einem Ruck ab und schlenderte langsam zu uns herüber.

Er warf einen kurzen Blick auf die Plastikschachtel in meiner Hand, dann wandte er sich an Henri.

»Die Dinger sind nicht billig. Mein Cousin sammelt sie, die kosten sogar richtig Geld.« Victors Blick stieß in Henris helle Augen. »Wo hast du so viel Geld her, Wilhard? Deine Mutter ist Putze und hat wohl kaum Kohle übrig für so was. Die kann sich ja nicht mal einen anständigen Haarschnitt leisten, hab ich gehört. Hast du das Geld dafür geklaut? Ihr Wasenfeldler nehmt es mit dem Gesetz doch nicht so genau. Erzähl doch mal, hast du einer Tante die Handtasche gemopst? Oder einen Fahrkartenautomaten geknackt? Oder deiner Oma das Ersparte aus dem Strumpf geklaut?«

Die Fragen donnerten auf Henris Kopf nieder wie ein Meteoritenschauer. Mein Freund stand da wie am ersten Schultag und sah hinunter auf seine Schuhe.
Keiner sagte ein Wort.
Um uns herum plapperten und tobten die anderen Schüler, und ich hatte das Gefühl, in einer unsichtbaren Blase eingeschlossen zu sein.
Da war es wieder: das große Schrumpfen, das man von außen nicht sehen konnte. Ich warf den Fußballern einen Hilfe suchenden Blick zu, aber keiner fing ihn auf. Niklas hatte offensichtlich gerade etwas Wichtiges an seinem Pausenbrot entdeckt. Felix hatte den Kopf gesenkt, hob den Blick aber ab und zu fragend zu Henri. Fabian kratzte sich am Hinterkopf, als hingen ihm Victors Worte wie fette Zecken im Nacken.

X-mal schon hatte ich in meinem inneren Geheim-Kino einen Actionfilm abgespielt. Dafür braucht man kein kompliziertes Drehbuch und nur eine Handvoll Schauspieler, ganz anders als bei einem Fantasy-Abenteuer.
Es gibt immer zwei Hauptdarsteller in meinen Actionfilmen: den Bösen und den Guten. Dann gibt es meistens noch den Nebendarsteller und ein paar Statisten.
Am Anfang des Films greift der Böse den Guten an. Aus dem Hinterhalt und mit ganz fiesen Waffen. Und nun wird es spannend, wie der Gute reagieren wird.
Es gibt punktgenau drei Möglichkeiten:

Plan A: Er verblüfft die Zuschauer damit, dass er ganz besondere Fähigkeiten hat, von denen keiner etwas ahnte. In einem Gegenangriff aus dem Vorderhalt setzt er diese Fähigkeiten ein und macht den Bösen platt, nach allen Regeln der Action-Kunst.

Plan B: Der Gute ist Anhänger des gewaltlosen Widerstandes oder im Moment einfach nicht in der Lage, sich selbst zu helfen. Dann muss der Nebendarsteller beschützermäßig für ihn einspringen und den Bösen mit seinen besonderen Fähigkeiten plattmachen nach allen Regeln der Action-Kunst.

Plan C: Der Böse kapiert mithilfe des Guten, dass es eigentlich viel besser ist, gut zu sein. Das dauert meistens den ganzen Film lang, und am Ende kämpft dann der Gute mit dem gut gewordenen Bösen gegen das Böse. Das ist die anspruchsvolle Variante und relativ zeitaufwendig, deshalb hab ich sie selten im Programm.

Die Situation in der Aula entsprach eindeutig Plan A. Victor war der böse Hauptdarsteller, und Henri war der gute. Victor hatte Henri auf die ganz fiese Tour angegriffen, und Henri hatte besondere Fähigkeiten, die er im Notfall einsetzen würde. Und das hier war ohne Zweifel ein Notfall.

Ich schaute erwartungsvoll auf meinen Freund. Er machte keinerlei Anstalten, den Bösen anzugreifen.

War ihm seine Tarnung wirklich wichtiger, als diesen

Idioten plattzumachen? Das konnte doch gar nicht sein! Was musste Victor ihm noch um die Ohren hauen, damit er losschlug? Dieses A-Punkt-Punkt hat ihn als Dieb dastehen lassen. Das konnte er doch nicht auf sich sitzen lassen! Er musste sich doch *wehren*, Mann!

Am liebsten hätte ich Henri geschüttelt, stattdessen schoss mir ein äußerst unangenehmer Gedanke durch den Kopf:

Wenn Plan A gescheitert war, dann waren wir soeben bei Plan B angelangt. Der Gute wehrte sich nicht selbst, aus welchen Gründen auch immer, also wurde nun vom Nebendarsteller erwartet, die Sache durchzuziehen. Und irgendwie beschlich mich das ungute Gefühl, das war ich. Das Problem war nur, dass ich keine einzige besondere Fähigkeit hatte! In meinem inneren Geheim-Kino, als kämpfender Haupt- oder Nebendarsteller, natürlich schon, aber doch nicht in der Aula! Hier war ich doch nur ein Statist, ich hatte gar kein passendes Drehbuch für solche Fälle!

Ich senkte den Blick und schaute auf meine Schuhe.

»Wusste ich's doch«, sagte Victor und verzog sein Gesicht zu einem hämischen Grinsen. »Du hast geklaut, stimmt's? STIMMT'S?«

Henri schüttelte den Kopf.

Es gibt viele Arten, Nein zu sagen, das weiß jeder, und dieses Nein gehörte zu den ganz leisen. Es perlte an Victor ab wie ein Wassertropfen an einem Entenbauch.

In diesem Moment stieg ein Gefühl in mir auf, das ich noch nicht kannte. Keine Angst war das, und auch das Schrumpfgefühl war es nicht. Es war auch nicht diese Wut, die mich packte, wenn meine Eltern mir etwas verboten oder Wolle meine Sachen kaputt machte.
Es war eine neue Art von Wut.
Ich hob den Kopf und schaute in Victors Gesicht. Ich war wütend auf diese Augen und auf diese Nase, auf diesen schmalen Mund, der so viel Schmutz auswarf. Ich war wütend auf Henris unhörbares Nein, das kein großes, beeindruckendes Nein gewesen war, nicht einmal ein mittleres. Ich war wütend auf diesen Freund, der etwas Besonderes war und es nicht zeigte. Ich war wütend auf Niklas, der bei jedem winzigen Foul auf dem Fußballfeld sofort die Rote Karte aus der Hosentasche holte, jetzt aber so tat, als ginge ihn das alles hier nichts an.
Ich war wütend auf das Geschenk in meiner Hand, das mir meine Deckung versaut hatte. Und ich war noch auf etwas anderes wütend. Auf etwas, das ich nicht genau fassen konnte. Etwas, das sich schlecht anfühlte tief in mir drin.
Wahrheit braucht einen Mutigen, der sie ausspricht, steht im Kalender vom Bullerdieck. Aber für Sprüche war jetzt einfach nicht die Zeit, und vielleicht war das ja wieder einer von den idiotischen.
Und außerdem: Was war denn die Wahrheit? Sollte ich Victor vielleicht sagen, dass er mich um zwei Euro betro-

gen hatte und dass das auch ein bisschen wie Diebstahl war? Oder dass Henri es gar nicht nötig hatte, für einen Meteoriten Geld zu klauen? Oder dass es unglaublich gemein war, einen Menschen zu mobben, weil er eine Hautkrankheit hat oder ins Bett macht?
So viel Wahrheit auf einmal konnte ein Einzelner doch gar nicht aussprechen, das hätte man dem Kalendersprücheklopfer mal sagen sollen. Außerdem war ich nicht mit Victors Maulwaffen-Arsenal bestückt. Mir ging es im Moment eher wie dem Opa des Urzeitlers vor der Erfindung der Sprache: Im Notfall hatte ich keine, da nützte meine ganze Kurzfass-Schwäche nichts.
Wut und *Mut* klingt ziemlich ähnlich, finde ich. Vielleicht reichte meine Wut einfach nicht aus, um mutig zu sein.
Victor hatte bemerkt, dass ich ihn anstarrte. Er neigte den Kopf und zog die Mundwinkel nach unten.
»Wer sich mit Schmutz abgibt, wird selber dreckig, wusstest du das nicht, Klinger?«
Der Pausengong machte dem Ganzen ein Ende. Von allen Seiten schoben sich nun Schüler an uns vorbei und strömten zu ihren Klassenzimmern. Victor nickte seinen Kumpels zu und verließ das Schlachtfeld.
Wütend donnerte ich mein angebissenes Pausenbrot in den Mülleimer neben der Treppe und stieg langsam zum Klassenzimmer hoch.
Henri schlich neben mir her.
»Ich hab echt nicht geklaut«, sagte er leise.

Meine Stimme war laut. »Das weiß ich doch, Mann! Wenn einer weiß, was Sache ist, dann doch ich!«
Wieder überkam mich das Bedürfnis, ihn zu schütteln. Und zu fragen, was dieser Auftritt sollte. Aber ich hatte keine Lust auf ein Schulterzucken oder ein »Wir greifen eigentlich nicht so oft an«. Ich warf ihm einfach nur einen stinksauren Blick zu.
Henri seufzte tief. Dann ging er an seinen Platz im Klassenzimmer und begann, seine Stifte zu spitzen.

Für den Rest des Vormittags konnte ich mich nicht mehr auf den Unterricht konzentrieren. Meine Gedanken waren mit Victor ums Eck verschwunden.
Wer sich mit Schmutz abgibt, wird selber dreckig, hatte er gesagt.
Nun stand ich also endgültig im Schnittpunkt seiner Aufmerksamkeit, wie ein Rehbock im Lichtkegel eines Autoscheinwerfers. Und das alles nur, weil ich mich mit dem unscheinbarsten Jungen der ganzen Schule angefreundet hatte. Mit einem, der nie auffiel und keinerlei Besonderheiten an sich hatte. Es genügte also nicht, Schul-Statist zu sein, um Victors Aufmerksamkeit zu entkommen. Auch die Tatsache, wo man wohnte und welchen Job die Mutter hatte, konnte einen Angriff von ihm provozieren.
Vielleicht wäre es gar nicht so schlecht, wenn Victor das Feuer nun so richtig eröffnet, dachte ich. Dann *muss*

Henri irgendwann seine Zurückhaltung aufgeben und den Tarnmantel des normalen Schülers abwerfen.
Die Vorstellung, an der Seite meines Freundes zu stehen, während er Victor und seinen Fanclub das Fürchten lehrte, fand ich genial. Danach würde es todsicher niemand mehr wagen, uns zu reizen.
Niklas würde mich wahrscheinlich bitten, für seine Mannschaft den Schiedsi zu machen, denn theoretisch wusste ich alles über Fußball.
Und um Henris Freundschaft würden mich alle beneiden. Er würde aber nur mit mir zusammen sein wollen, denn ich hatte schon zu ihm gehalten, bevor er der Star der Schule wurde und als ihn der Rest der Welt noch für einen Langeweiler gehalten hatte. Wir müssten uns natürlich eine Erklärung überlegen, woher er diese übermenschlichen Kräfte hatte, aber das wäre nicht das Problem. Es gab haufenweise Bücher über Leute mit besonderen Fähigkeiten. Die einen laufen über Glasscherben, ohne danach einen einzigen Kratzer an den Fußsohlen zu haben, die anderen sehen voraus, was nächstes Jahr im August um zwölf Uhr fünfunddreißig an einem Düsseldorfer Bahnhofsschalter passieren wird.
Es gibt mehr Dinge zwischen Himmel und Erde, als unsere Schulweisheit sich träumen lässt, sagt der Bullerdieck immer. Den Satz hat angeblich ein berühmter Romanheld gesagt und kein Kalendersprücheklopfer, und er leuchtet ja wohl jedem ein.

Ich stieß mit der Bleistiftspitze in meinen Radiergummi.
»Diesem Schwein müsste mal einer zeigen, wo's langgeht!«, flüsterte ich.
»Aber so richtig«, sagte Henri leise.

Zwei Tage später lag ein Zettel auf meinem Platz im Klassenzimmer.
Jemand hatte eine Seite aus einem Rechenblock gerissen und einen Zeitungsartikel samt Foto und Schlagzeile daraufgeklebt.
Schandfleck Wasenfeld, stand in fetten Buchstaben über dem Bild, das mehrere Wohnblocks mit vier oder fünf Stockwerken ohne Balkone zeigte. Die Häuser verteilten sich ungeordnet auf einem baumlosen Grundstück, wie Würfel, die ein schlechter Verlierer aufs Spielbrett geknallt hatte. Man konnte keine Einzelheiten erkennen, aber die Gebäude wirkten düster und trostlos.
Ich überflog den Artikel, dessen Journalistensprache ich nicht wirklich verstand. Ich wusste nicht, was ein »sozialer Brennpunkt« ist oder »Hartz IV« oder ein »Migrationsproblem«, aber das spielte keine Rolle. Dieser Artikel hatte den gleichen Klang wie die Frage von der Messerle beim Samstagskaffee: Du kommst aus dem Wasenfeld-Viertel, oder?
Unter den Artikel hatte jemand Namen geschrieben: vier Namen von Schülern aus der 1a und 1b, einen aus der 2a, zwei aus der 3a und ganz unten *Henri Wilhard, 4b.*

Ich starrte auf den Zettel.
Was sollte das denn?
Ich drehte ihn um und las den handgeschriebenen Satz auf der Rückseite:
Wer sich mit Schmutz abgibt, wird selber dreckig.
Aha.
Alles klar.
Von diesem Absender stammte also die Post.
Die acht Kinder auf der Namensliste wohnten offenbar alle im Wasenfeld.
Was bezweckte Victor damit?
Listen gab es an unserer Schule Millionen: Klassenlisten, Listen mit den Namen derjenigen, die in der Theatergruppe mitmachten oder bei der Schülerzeitung, Listen, auf denen stand, wer beim Aufbau des Weihnachtsbasars hilft, wer am Malwettbewerb teilnimmt und so weiter. Solche Listen fassten Gemeinschaften zusammen.
Aber diese hier war anders. Es ging nicht nur darum, dass diese Schüler gemeinsam im gleichen Viertel wohnten, sondern darum, dass sie gemeinsam in einem *Schandfleck* wohnten. Diese Liste wollte nicht zusammenfassen, sondern ausgrenzen. Die Namen der Kinder, auch der meines besten Freundes, verschmolzen in meinem Gehirn mit dem Foto der grauen Häuserblocks und der fetten Schlagzeile. Es war ein Gefühl, als ob die Druckerschwärze auf die acht Schüler abfärbte, und genau das hatte Victor wohl bezweckt. Diese Liste hatte nichts mit

Gemein*schaft* zu tun, sie war einfach nur eine Gemein*heit.*

Außer Henri kannte ich keines der Kinder näher, höchstens vom Sehen.

Ob eines davon ein Außerirdischer war?

»Was ist das?«

Erschrocken zuckte ich zusammen. Henri war vom Klo zurück und schaute mir neugierig über die Schulter. Die Sommersprossen auf seinem Kinn waren verblasst, aber auf der Nase waren noch ein paar versprenkelte Erinnerungen an unseren gemeinsamen Sommer zu sehen.

Ich zerknüllte den Zettel und stopfte ihn in meine Hosentasche.

»Müll«, sagte ich.

Ungefähr zwei Wochen später läutete Larissa an unserer Haustür Sturm. Ich war gerade von der Klavierstunde nach Hause gekommen und hatte den Fernseher angeschaltet. Larissa hatte keine Tüte dabei und war außer Puste. Hastig schob sie sich an mir vorbei und warf einen Blick in die Küche.

»Ist Henri oben?«, fragte sie. Schließlich war Dienstag und damit Henri-Tag.

»Nein, er kommt erst am Freitag wieder. Ich muss endlich mal wieder Klavier üben und danach zum Kieferorthopäden, deswegen konnten wir uns heute …«

»Meiner Mutter fehlt Geld«, unterbrach mich Larissa und ließ sich auf den Stuhl am Küchenfenster fallen. Sie sah mich mit ernsten Augen an. »Aus Mamas Urlaubskasse ist ein Fünfzigeuroschein verschwunden. Sie sagt, sie kann beschwören, dass sie zweihundertdreißig Euro zusammengespart hatte. Und jetzt sind es nur noch hundertachtzig.«
»War sie einkaufen?«, fragte ich und merkte selber, wie bescheuert die Frage klang.
»Die Urlaubskasse ist eine silberne Dose, die ganz oben auf dem roten Küchenregal steht. Meine Mutter steckt dort ab und zu einen Geldschein rein, für den Maledivenurlaub im Sommer. Was da drin ist, bleibt auch drin. Zum Einkaufen nimmt sie ihren Geldbeutel.«
»Und wenn sie den Schein verloren hat? Vielleicht hat sie ihn nicht in die Dose gesteckt, sondern aus Versehen in die Jackentasche?«
»Meine Mutter steckt einen Fünfzigeuroschein nicht einfach in die Jackentasche, du Erbsenkopf!«, schnaubte Larissa.
Aha.
Alles klar.
Was interessierte es *mich* eigentlich, wo Frau Hagen ihr Urlaubsgeld versteckte und wo die fünfzig Euro abgeblieben waren? Sollte sie sich doch einen anständigen Steuerberater suchen, wenn sie mit dem Chaos in ihrer Maledivenkasse nicht mehr klarkam!

»Hast du am Sonntag das Fußballspiel im Fernsehen gesehen?«, fragte ich, um das Thema zu wechseln.
»Sag mal, bist du schwer von Begriff?!« Larissa zog einen Eimer Spucke durch die Zähne, drehte die Augen aus dem Kopf und klopfte sich mit der flachen Hand auf die Stirn.
Mein lieber Mann, ich hatte schon schönere Anblicke gesehen!
»Der einzige Mensch, der sich ab und zu alleine in unserer Küche aufhält, ist Henris Mutter, wenn sie dort putzt!«
Ich starrte Larissa an, und Larissa starrte zurück. Dann wandte sie den Blick ab und sagte leise: »Verstehst du?«
Nein, ich verstand nicht.
Jeder Satz gehört zu einem Gedanken. Und ich sollte diesen Gedanken jetzt denken, wenn es nach Larissa Hagen ging, einem Mädchen, das immer alles bestimmen wollte, sogar was man zu denken hatte. Aber ich hatte mein Hirn selbst unter Kontrolle.
Larissas Mama hat fünfzig Euro verschlampert, dachte ich. Aus ihrer blöden silbernen, mit Sicherheit absolut geschmacklosen Dose, die ihr Herr Hagen wahrscheinlich vor zwanzig Jahren zum Valentinstag ge…
»Henris Mama hat das Geld geklaut.« Larissa klatschte mir den Satz mit voller Wucht ins Gesicht.
»Hat sie nicht«, gab ich automatisch zurück.

»Woher weißt du das?«, fragte Larissa und sah mich durchdringend an.
»Ich weiß es eben!«, sagte ich und versuchte zu ignorieren, dass sich meine Magenwände langsam nach außen stülpten.
»Weil du es dir nicht vorstellen kannst?«, fragte Larissa und kaute auf ihrer Unterlippe. »Ich will es ja auch nicht glauben«, sagte sie leise. »Ich mag Henri. Aber nur weil Henri nett ist, heißt es ja nicht, dass seine Mutter nicht klaut, oder?«
»Kennst du seine Mutter?«, fragte ich. »Ich meine, wenn sie doch bei euch putzt, dann musst du sie doch öfters gesehen haben.«
»Sie kam immer am Montagvormittag, wenn ich in der Schule war.«
»Und in den Ferien?«
»In den Ferien fahren wir doch weg. Da ist Putzpause.«
»Könnte nicht jemand anders das Geld aus der Dose genommen haben? Dein Papa zum Beispiel? Vielleicht hat er vergessen, deiner Mama davon zu erzählen!«
»Mein Papa war's nicht. Mama hat ihn natürlich sofort gefragt.«
»Und wenn bei euch Einbrecher waren?«
»Ja klar. Die nehmen sich einen Fünfziger und lassen den Rest in der Dose.« Larissa sah mich kopfschüttelnd an. »Vergiss es, Jona! Es *muss* Frau Wilhard gewesen sein, weil es keine andere Möglichkeit gibt.«

In meinem Hals steckte ein Schneeball. Ich schluckte. »Was sagt denn Frau Wilhard dazu?«
»Meine Mutter hat den Diebstahl am Sonntag entdeckt und Frau Wilhard gestern zur Rede gestellt. Die fing an zu heulen und hat das Blaue vom Himmel geschworen, dass sie es nicht war. Meine Mutter hat sie natürlich sofort entlassen. Und in Herrn Hauenschildts Büro darf sie nun auch nicht mehr putzen. Der hat jetzt natürlich Angst, dass auch bei ihm geklaut wurde.«
»Wer ist Herr Hauenschildt?«
»Victors Papa natürlich. Den musst du doch kennen, der geht doch in deine Schule!«
Ich schnappte nach Luft.
Victor! Die meisten Kinder, die nicht in meine Klasse gingen, kannte ich nur mit Vornamen. Victor Hauenschildt. Sein Vater hatte Henris Mutter gefeuert, weil sie angeblich geklaut hatte. Victor kannte den schrecklichen Verdacht. Und er würde diesen tollen Triumph auskosten, das war so klar wie das Meerwasser in einer Malediven-Bucht.
Ich dachte an Henri. Was war mit ihm?
Vielleicht hatte er noch gar keine Ahnung, was passiert war.
Vielleicht hatte seine Mutter es ihm gar nicht gesagt?
Ich rannte aus der Küche, rüber in Mamas Arbeitszimmer und schnappte mir das Telefon.
»Was hast du vor?«, fragte Larissa.

»Ich muss mit Henri reden.« Meine Stimme klang hoch. »Wenn er morgen in die Schule kommt, wird sich Victor mit seinen Kumpels auf ihn stürzen, als hätte Henri das Einkaufszentrum in die Luft gejagt. Jemand muss ihn warnen, kapiert?«

Larissa nickte.

Ich ging ins Wohnzimmer, schaltete den Fernseher aus und tippte Henris Nummer.

»Vielleicht kann seine Mutter morgen früh mit dem Rektor reden und sagen, dass sie Henri in Ruhe lassen sollen. Er kann ja schließlich nichts dafür.«

Das Tuten in der Leitung klang hohl und unglaublich weit weg.

Niemand nahm ab.

»Keiner zu Hause«, sagte ich und legte auf.

»Dann schreiben wir eben einen Brief und werfen ihn bei Henri in den Briefkasten«, sagte Larissa, setzte sich an Mamas Schreibtisch und zog Notizblock und Kugelschreiber zu sich her.

Lieber Henri, schrieb sie.

»Moment mal«, unterbrach ich sie. »Wie meinst du das: Wir werfen ihn bei Henri in den Briefkasten?«

»Wenn wir ihn zur Post bringen, erreicht ihn die Nachricht doch nicht bis morgen früh, du Hirsekopf.«

Wir wollen Dich nur warnen, weil Victor dich bestimmt morgen fertigmachen will …

»Du willst ins Wasenfeld gehen?«, fragte ich atemlos.

»Warum nicht?« Larissa schaute nicht einmal von ihrem Blatt hoch. Sie schrieb weiter.
»Weil ...« Ich zögerte. Ich wollte nicht sagen, dass meine Eltern mir verboten hatten, ins Wasenfeld zu gehen.
Und ich durfte ihr auch nicht sagen, dass dort Außerirdische leben, denen man nicht unbedingt allen vertrauen kann.
In Henris Begleitung wäre ich gerne dorthin gegangen, er wusste ja schließlich genau, wie er mit den Leuten dort umzugehen hatte. Aber doch nicht ganz allein mit diesem Mädchen!
Larissa warf mir einen prüfenden Blick zu, während sie den Zettel zusammenfaltete.
»Jetzt krieg mal nicht gleich die Schockstarre, Mann. Ich weiß schon, was man sich über die Leute dort erzählt. In meiner Klasse sind auch zwei aus dem Wasenfeld. Marc und Stella. Meine Eltern wollen nicht, dass ich sie besuche. Die haben mich auch nie eingeladen. Aber keiner von denen reißt einem die Rübe ab. Stella raucht wie ein Schornstein, aber das tun andere auch, und als Rafael mich neulich geärgert hat wegen ... na, ist ja egal, da hat sie ihm eine gescheppert, dass er umgeflogen ist. So was hat noch nie jemand für mich gemacht.«
»Und Marc?«, fragte ich vorsichtig. Ich hätte zu gerne gewusst, ob er zu den Erdlingen oder vielleicht zu den Außerirdischen gehörte.
»Von Marc kriegt man nicht viel mit«, sagte Larissa. »Der

redet drei Wörter im Monat, wenn's hochkommt. Hockt immer hinten auf seinem Platz und tut so, als ginge ihn das alles nichts an. Aber der ist auch kein Krimineller. Oder sind schlechte Noten vielleicht ein Verbrechen?«

»Ohne Carla wären meine nur untere Mitte«, sagte ich.

»Na also.«

Larissa holte ihre Jacke aus der Küche und zog sich an.

»Willst du Henri nun helfen oder nicht?«, fragte sie ungeduldig. »Ich muss pünktlich um halb sechs beim Cello-Unterricht sein, also mach schon!«

Was ich nicht weiß, macht mich nicht heiß

Das Anger-Viertel, in dem Larissa und ich wohnen, grenzt direkt an das Kleingarten-Viertel an. Von da aus sind es nur noch ein paar Minuten bis zum Wasenfeld. Zwischen den letzten Schrebergärten und den Häuserblocks verläuft der Bahndamm des Regionalzuges. Ein paar unbebaute, zugewucherte Grundstücke verbergen den *Schandfleck* vor den Augen der Stadt. Henris Schulweg war nicht gerade ein Katzensprung.

Als Larissa die grauen Steine am Bahndamm hochstieg, erschrak ich.

»Du willst doch nicht etwa über die Gleise laufen?!«

»Wie sollen wir denn sonst auf die andere Seite kommen, du Partikelhirn?«

»Gibt es denn keine Brücke oder so was?«

»Sieht es danach aus?«

Ich kletterte die Böschung hoch und stellte mich neben Larissa. Wie zwei silbrig glänzende Blindschleichen wanden sich die Gleise durch den unendlich grauen Nachmittag. Ein Bahnübergang war weit und breit nicht zu sehen.

»Wir könnten unsere Ohren an die Gleise drücken und hören, ob ein Zug kommt«, schlug ich vor.

Larissa verdrehte die Augen. »Wir sind hier nicht im Wilden Westen, du Spinner!«

Während ich hinter Larissa über die Gleise stolperte, dachte ich an Mama und daran, was passierte, wenn sie mich jetzt sah.

Es passieren mehr Dinge zwischen Himmel und Erde, als sich die Schulweisheit einer Mutter träumen lässt, dachte ich. Und diesen Satz hat kein Romanheld erfunden, sondern ich.

»Kennst du Henris Adresse?«, fragte Larissa.

»Nein, wir müssen fragen.«

Meine Begleiterin lief zielstrebig auf die Häuser zu, die ich schon von dem Zeitungsfoto kannte.

Das klingt jetzt vielleicht ein bisschen doof, aber wenn ich Sachen nur von Schwarz-Weiß-Bildern kenne, dann denke ich immer, dass die in echt auch schwarz-weiß

sind. Ich kenne Fotos von Hamburg nach dem Krieg. Die Häuser sind alle kaputt, und die Menschen schieben kleine Wagen mit Möbeln und Decken durch die Straßen.
Ich kann mir einfach nicht vorstellen, dass auf dem Bild gerade strahlend blauer Himmel ist und dass das Gras zwischen den zerbombten Ruinen grün leuchtet. Auch mein Urgroßvater, der Mann von Oma Irmi, ist in meinem Kopf nie farbig gewesen. Er starb lange vor meiner Geburt, und ich kenne nur ein paar uralte Fotos von ihm. Ich kann mir bis heute nicht vorstellen, dass sein Haar rötlich und seine Augen blau gewesen sein sollen. Für mich ist er grau, von oben bis unten.
Als wir auf die Häuser im Wasenfeld zuliefen, hatte ich das Gefühl, ich würde tatsächlich in das Zeitungsfoto hineinlaufen. Mein Uropa wäre hier überhaupt nicht aufgefallen. Auf den nass glänzenden Dächern hockte ein schlecht gelaunter, bleifarbener Winterhimmel. Eine dunkle Schmutzschicht hatte dem Schnee am Wegrand das saubere Gesicht verschmiert.
Es war der gleiche verhangene Himmel wie in unserer Straße und der gleiche dreckige Schnee, der sich auch in unserem Viertel am Straßenrand häufte. Aber hier war die ganze Gegend vor dem Grau des Winternachmittags in die Knie gegangen: Die Häuserwände, die Zäune, die asphaltierten Höfe und die Betonbänke am Kinderspielplatz, alles hatte sich mit der Farblosigkeit abgefunden.

Hinter manchen Fenstern leuchteten ein paar grellbunte Plüschtiere wie kleine Rebellen gegen das große Grau. Bei ihrem Anblick verschwand plötzlich der Eindruck, das Ganze hier könnte ein Foto sein.
Vor der Haustür zu einem der Blocks stand eine Frau, die damit beschäftigt war, die Räder eines Kinderwagens vom Schneematsch zu säubern. Ich musterte sie aufmerksam.
Ein Alien?
Entschlossen trat Larissa auf die Frau zu.
»Entschuldigung, wissen Sie, wo Henri Wilhard wohnt?«
Die Frau schüttelte den Kopf, ohne ihre Arbeit zu unterbrechen. Unter ihrer dunklen Mütze lugte eine rote Haarsträhne hervor.
Es waren nur wenig Menschen unterwegs. Wir brauchten fast zwanzig Minuten, bis wir jemanden fanden, der Henris Hausnummer kannte.
»Neun«, sagte eine junge Frau mit einem kleinen Kind auf dem Arm und deutete mit dem Kopf auf eines der hinteren Häuser.

Während wir zur Nummer neun liefen, spürte ich eine Mischung aus Neugier, Unbehagen und Aufregung in mir drin. Von Nahem betrachtet waren die Häuser sehr alt und heruntergekommen.
Manche Wohnungen hatten zerbrochene Fensterscheiben, die notdürftig mit Paketband geklebt worden waren.

Die Außenwände waren mit Schriften und Zeichnungen übersät, die jemand hineingekratzt oder aufgesprüht hatte. *Graffiti* nennt man das, und ich kenne so was aus der Bahnhofsunterführung. In Hamburg hatte ich Graffiti auch an Wohnhäusern gesehen, aber in unserer Stadt noch nie.

Ich musste an die Höhlenmalereien des Urzeitlers denken. Bevor er die Sprache erfunden hatte, zeichnete er auch Bilder an die Wände seiner Behausung. Aber jetzt gab es doch Sprache, um Gedanken loszuwerden, also warum malten die Wasenfeldler dann immer noch die Wände voll? Hörte keiner zu, was sie zu sagen hatten, und deshalb malten sie es an die Häuser? Oder waren es TABU-Wörter, die sich niemand zu sagen traute?

Ich hab auch schon mal was auf eine Wand gekritzelt, ich geb's zu. Aber nur klein und mit Bleistift. An der Schulklo-Wand, zwischen all den anderen Sprüchen, fällt es kaum auf:

Victor ist ein A-Punkt-Punkt.

Bei einer Reihe verrosteter Fahrradständer stand eine Gruppe Jugendlicher. Ich warf Larissa einen fragenden Blick zu. Sie schüttelte den Kopf.

»Stella und Marc sind nicht dabei.«

Die Jugendlichen schienen sich ebenfalls der Umgebung angepasst zu haben. Die meisten waren dunkelgrau oder schwarz gekleidet, und die Mädchen hatten jede Menge Graffiti im Gesicht.

Lollo durfte sich nur ein bisschen Wimperntusche draufbürsten. Mit Sicherheit hätte sie sich auch gerne so bunt angemalt, aber dann würde Mama mit dem Dampfdruckreiniger auf sie losgehen.

Die Gruppe musterte uns mit abschätzenden Blicken. Ich schaute schnell zur Seite. In diesem Moment war mir ziemlich egal, ob die außerirdisch waren oder nicht. Auf mich wirkten sie bedrohlich.

»Stell dir vor, sie hätten alle rosa Babymützen auf«, raunte Larissa mir zu. »Mit Bommeln dran.«

Wenn der Brönitz einen Schleimbeutel im Knie hat, dachte ich, dann hat Larissa einen im Hirn.

Ich beobachtete die Gruppe unauffällig aus dem Augenwinkel und beschleunigte meinen Schritt. Denk dir die Typen jetzt bloß nicht mit rosa Babymützen, befahl ich meinem inneren Geheim-Kino, und schon sah ich den Kahlrasierten, der rechts an der Hauswand lehnte, mit einer rosa Babymütze auf dem Schädel. Wenn man zu mir sagt, ich solle an etwas *nicht* denken, dann ist das absolut zwecklos, dann denk ich erst recht daran, ob ich will oder nicht.

Genauso gut konnte man dem Wasser sagen, es soll nicht nass sein.

Der Typ in meinem Kopf sah zum Schlapplachen aus.

Rasch drückte ich meinen Mund in den Jackenkragen. Wenn ich jetzt grinsen musste, würden die mich in Stücke reißen, das war klar.

»Du hast sie ja wohl nicht alle«, zischte ich Larissa zu. »Willst du sie provozieren?«
»Nein«, sagte Larissa. »Ich wollte nur dein Gehirn beschäftigen, bevor du vor lauter Schiss in die Hosen pinkelst.«
Das sollte wohl cool klingen, aber ich hörte ganz genau das Flattern in ihrer Stimme.

Die Haustür von Nummer neun stand offen. Die zersplitterte Glasscheibe spannte sich wie ein gefrorenes Spinnennetz im Türrahmen.
Unsicher betraten wir das Treppenhaus. Selbst Larissa schien nun zu überlegen, ob es wirklich eine gute Idee gewesen war, hierherzukommen.
Ich stand auf der Türschwelle und wusste nicht recht, ob man in eine so große Fremdheit einfach hineingehen konnte wie in ein ganz normales Haus. Vor uns krümmte sich eine abgenutzte Holztreppe nach oben.
Einige Stäbe im Treppengeländer fehlten, und die Lücken klafften, als hätte jemand dem Geländer ein paar Zähne ausgeschlagen.
Der Geruch im Treppenhaus war mir völlig fremd. Hätte mir Larissa an unserem Experimentier-Nachmittag ein Fläschchen mit diesem Geruch unter die Nase gehalten, ich hätte passen müssen. Etwas Bedrückendes ging davon aus. Wenn TABU einen Geruch hätte, dachte ich, dann würde es bestimmt so riechen.

Wonach roch es eigentlich bei uns zu Hause?
Den Geruch des eigenen Hauses riecht man nicht, hatte Mama mal gesagt, und vielleicht war das ein Glück für Henri.
Rechts an der Wand hingen zehn Briefkästen aus Metall. Die Fronten waren mit Namensschildern beklebt. Die Bewohner hatten sich nicht die Mühe gemacht, die Aufkleber ihrer Vorgänger sorgfältig zu entfernen. Sie hatten ihre Namen einfach irgendwo darübergepappt. Von längst ausgezogenen Leuten waren da und dort noch ein paar schmuddelige Namensfetzen übrig.
Mich erinnerte der Anblick an die Litfaßsäule vor dem Bahnhof, an der Millionen Schichten von Plakaten übereinanderklebten. Nur die oberste war gut lesbar. Wen interessierte es schon, dass vor fünf Monaten in der Gemeindebücherei ein Kasperlstück aufgeführt worden war oder dass der Verein der Hobbymaler eine Ausstellung im alten Wasserturm veranstaltet hatte?
Und wen interessierte es schon, wer alles in diesem Haus gelebt hatte?
Ich dachte an unser Namensschild. Mama hatte es in einem Urlaub in der Toskana extra für unser neues Haus anfertigen lassen. Es war eine Kachel mit weißer und blauer Glasur. *Familie Klinger,* stand in Schönschrift darauf, und daneben war eine blaue Blume aufgemalt.
Mein Blick huschte über die Briefkästen und blieb an einem Namensschild hängen, das sich von den anderen

unterschied. Die Reste der alten Aufkleber waren sorgfältig entfernt worden, man konnte die Kratzspuren eines scharfen Gegenstands erkennen. Exakt in der Mitte unter dem Briefschlitz leuchtete ein weißer Aufkleber mit blauer Rahmenlinie. In kleiner, eckiger und sehr vertrauter Schrift stand darauf: *Marion und Henri Wilhard.*

Wie die Marmeladengläser von der Messerle, dachte ich und spürte ein Ziehen im Bauch. Mitten in dieser Fremdheit etwas so Vertrautes zu sehen wie Henris Handschrift, fühlte sich komisch an.

Ich schaute auf den Namen seiner Mutter. *Marion.* Henris Mutter war immer wie ein Phantom für mich gewesen, und Marion war kein typischer Name für ein Phantom.

Von oben drang ein Geräusch zu uns herunter, und ich zuckte erschrocken zusammen.

Im nächsten Augenblick ärgerte ich mich über mich selbst: In diesem Haus lebten zehn Familien. Es war ja wohl logisch, dass man da Geräusche hörte.

Kurzes, raues Hundegebell, eine tiefe Männerstimme, dann herrschte wieder Stille.

Mit einem Mal packte mich Angst. Dieses finstere Haus mit seinen kaputten Fensterscheiben und seinen unsichtbaren Bewohnern war so unheimlich unvertraut, dass ich mir vorkam wie auf einem anderen Planeten. Der fremde Geruch krallte sich in meine Kleidung und in meine Haare. Die verbeulten Briefschlitze mit den abgerissenen Klappen sahen aus wie aufgerissene Mäuler.

Wäre das eine Szene in meinem Geheim-Kino gewesen, mir wäre ein wohliger Gruselschauer über den Rücken gelaufen. Was hätte mein innerer Drehbuchschreiber aus diesem Ort herausholen können: ein Krimi hinter jeder Tür! Eine einbetonierte Leiche im Keller unter der Treppe. Ein mysteriöser Fremder im Dachgeschoss.

Aber das hier war kein Film. Das hier war das Zuhause meines besten Freundes.

»Wirf den Brief ein«, sagte ich hastig. »Und dann lass uns gehen!«

Larissa sah mir nachdenklich in die Augen und zog Spucke durch die Zähne. »Und wenn er inzwischen heimgekommen ist?« Ihr Blick stieg langsam die Treppe hoch.

»Ist er bestimmt nicht.«

»Woher willst du das wissen?«

»Eben so.«

»Wir könnten ihm den Brief gleich selber geben. Vielleicht guckt er heute gar nicht mehr in den Briefkasten und morgen früh vor der Schule auch nicht.« Larissa schaute immer noch zur Treppe.

»Wir können ihn ja von zu Hause aus noch mal anrufen und ihm sagen, er soll doch mal in seinen Briefkasten schauen!«, schlug ich vor.

»Das ist doch blöd.« Larissas Füße folgten langsam ihrem Blick. »Komm!«

»Vielleicht will er gar keinen Besuch! Sonst hätte er mich doch mal eingeladen!«

»Du hast doch nur wieder Schiss!«, sagte Larissa und stapfte entschlossen die Treppe hoch.
Das war nur die halbe Wahrheit. Natürlich hatte ich Schiss, das Haus war mir nicht geheuer und seine gesichtslosen Mieter auch nicht. Aber da war noch etwas anderes.
Was ich nicht weiß, macht mich nicht heiß, steht im Kalender vom Bullerdieck, und ich war plötzlich nicht mehr so sicher, ob ich tatsächlich wissen wollte, was es da oben zu erfahren gab. Über ein Jahr lang hatte ich mir gewünscht, Henris Zuhause zu sehen, seine außerirdische Mutter, seine technischen Gerätschaften aus dem All, seine Spielsachen, sein Zimmer. Aber nun wollte ich nur noch weg von hier.
Nach Hause.
Zurück auf meinen eigenen Planeten.

Larissa war bereits um die Ecke verschwunden, und ich hatte punktgenau zwei Möglichkeiten.
Erstens: Ich konnte allein durch das Wasenfeld-Viertel nach Hause gehen, vorbei an den Jugendlichen, die keine Babymützen trugen, sondern schwarze Kapuzen.
Zweitens: Ich konnte Larissa folgen.
Ich stieg hinter ihr hinauf in den ersten Stock, wo wir auf einem schmalen Treppenabsatz zwischen zwei Türen anhielten. Die eine führte in die Wohnung rechts, die andere in die Wohnung links. Das Problem war: An den Türen gab es keine Namensschilder.

Auf die rechte hatte jemand mit Kugelschreiber *R. F.* gekritzelt, das war alles. Sollte das tatsächlich der aktuelle Bewohner sein, fiel diese Wohnung schon mal weg.
Larissa schlich sich auf die linke Seite und presste ihr Ohr an die Tür. Sie lauschte angestrengt. Ich konnte nur leises Murmeln hören und das Geklapper von Geschirr.
»Männerstimme«, sagte sie und ging zur Treppe.
Im zweiten Stock war die Sache schwieriger. Kein Name, keine Stimmen. Mich beschlich der blanke Horror bei dem Gedanken, Larissa könnte einfach an einer der Türen läuten.
»Hier ist es auch nicht«, sagte Larissa und ging weiter zur Treppe.
»Woher weißt du das?«, fragte ich verblüfft. Konnte dieses Mädchen durch Wände gucken, oder was?
»Hier wohnt eine Familie mit kleinen Kindern.« Sie wies auf den durchsichtigen Sack mit Müll, der neben der linken Tür stand.
Zwischen unappetitlichen Essensresten waren eindeutig ein paar zusammengerollte Babywindeln zu sehen.
»Und hier wohnt jemand, der einen Hund hat. Henri hat keinen Hund, oder?«
Ich schüttelte den Kopf.
»Zeige mir deinen Müll, und ich sage dir, wer du bist«, hatte Henris Mutter gesagt. Wieso war *ich* nicht auf die Idee gekommen? Ich brauchte mir die Mülltüte auf der

rechten Seite nicht anzusehen, um zu wissen, dass leere Hundefutterdosen drin waren.

»Wir kommen der Sache schon näher«, sagte Larissa und stieg die nächsten Stufen hoch in den dritten Stock.

Ich hatte auf einen Marmeladenaufkleber an der Tür gehofft. Marion und Henri Wilhard. Aber die beiden Türen gaben *auch* keinen Hinweis auf ihre Bewohner.

»Bekommen denn die Leute hier nie Besuch, Mann?«, schimpfte Larissa und sah sich um. Nirgendwo Mülltüten für eine Hobbydetektivin. »Wieso soll niemand wissen, wer hier wohnt?«

Ratlos sahen wir von der rechten zur linken Tür. Irgendwo über uns ertönte eine schrille Stimme, die in einer fremden Sprache schimpfte. Obwohl ich kein Wort davon verstand, hatte ich das Gefühl, dass ein paar TABU-Wörter darunter waren.

»Da oben können wir schon mal fünfzig Prozent streichen«, sagte Larissa und deutete hoch zum nächsten Stockwerk.

In diesem Moment öffnete sich die Wohnungstür rechts neben mir, und jemand stellte ein paar sauber geputzte Schuhe davor.

Da war plötzlich ein Lebewesen in diesem Gebäude, in dem scheinbar nur körperlose Stimmen hausten! Mir entfuhr ein kurzer Schrecklaut, und die Gestalt sah überrascht auf.

Es war Henri.

Jeder Mensch kennt den Eiffelturm. Zeig den Leuten ein Bild vom Eiffelturm, und jeder wird sofort sagen: »Das ist der Eiffelturm. Ganz klar!«
Aber zeig ihnen den Eiffelturm, wie er auf einem Gipfel im Himalaya steht, und die Leute werden ins Grübeln kommen:
»Sieht irgendwie aus wie der Eiffelturm. Tatsächlich, es ist der Eiffelturm. Aber dann auch wieder nicht, weil der Eiffelturm in Paris steht und nicht im Himalaya!« So würden die Leute reden, garantiert.
Ich kannte Henri in der Schule. Ich kannte Henri bei mir zu Hause.
Ich kannte ihn in der Küche vom Bullerdieck, und ich kannte ihn auf dem Bootssteg am Stadtweiher. Ich kannte Henri auf *meinem* Planeten. Ich kannte Henri nicht hier, in diesem schäbigen Treppenhaus mit dem TABU-Geruch und den zerbeulten Briefkästen.
Ich glaube, Henri ging es in diesem Moment genauso. Larissa und ich mussten ihm vorkommen wie eine Fata Morgana. Er starrte erst mich an und dann Larissa und dann wieder mich, als wären *wir* die Außerirdischen und nicht er.
»Hallo«, sagte Larissa.
»Hallo«, sagte Henri.
»Hallo«, sagte ich.

Mama sagt immer, es gibt nichts Unangenehmeres als Leute, die unangemeldet vor der Tür stehen. Dann ist man gezwungen, sie hereinzubitten und ihnen ein Glas Saft anzubieten, und man muss sagen, wie sehr man sich freut und was für eine schöne Überraschung das ist. Man darf nicht sagen, dass man eigentlich einen Film anschauen wollte oder dass man heute echt keine Lust hat, sich über vermögende Witwer zu unterhalten oder über teure Juweliere in Frankfurt.

Ich wollte kein ungebetener Gast sein, schon gar nicht bei meinem Freund.

»Wir müssen gleich wieder gehen, Henri«, sagte ich. »Wir wollten nur einen Brief vorbeibringen.«

Ich wandte mich an Larissa. »Gib Henri den Brief!«

Aber Larissa schien mich nicht zu hören.

»Hast du vielleicht ein Glas Saft für mich?«, fragte sie. »Wir haben nämlich was Wichtiges mit dir zu besprechen.«

Henri warf einen Blick hinter sich und sagte leise: »Mama schläft, ich weiß nicht …«

»Wir flüstern«, sagte Larissa und zog lautstark Spucke hoch.

»Ich habe auch gar keinen Saft«, sagte Henri.

»Wasser tut's auch.«

»Meine Mama hat nicht geklaut.«

Henri hatte diesen Satz so schnell und so aus dem Nichts heraus gesagt, dass ich erst eine Weile brauchte, bis ich ihn verstand.

Erschrocken sah ich Larissa an. Ich sah die silberne Dose vor mir, die mit fünfzig Euro weniger auf dem roten Regal in Hagens Küche stand. Und ich hörte den Satz aus Larissas Mund: Sie *muss* es gewesen sein, weil es keine andere Möglichkeit gibt.
»Wir sind nicht wegen deiner Mutter hier«, sagte Larissa, »sondern wegen dir.« Ihre Stimme klang erstaunlich sanft.
Henri schaute mich fragend an.
»Es ist wegen Victor«, sagte ich hastig. »Und weil deine Mama bei seinem Vater geputzt hat, und weil wir glauben, dass …«
»So was bespricht man nicht im Treppenhaus«, unterbrach mich Larissa. »Können wir reinkommen?«
Henri zuckte mit den Schultern.
»Okay.«

Ich weiß nicht, woher das Wort *Vorstellung* kommt. Man stellt sich etwas vor, heißt es. Was stellt man? Und vor was stellt man es? Ich glaube, man bastelt sich in seinem inneren Kino ein Bild oder eine Art Film, und dann *stellt* man das Ganze *vor* die Wirklichkeit. Für manche Vorstellungen braucht man nur Sekunden. Aber an anderen bastelt man endlos lange und mit viel Mühe herum. Tage, Wochen, Monate, Jahre.
Irgendwann hat die Wirklichkeit aber keine Lust oder keine Zeit mehr, Versteck zu spielen, und dann schubst

sie die Vorstellung beiseite und sagt, dass *sie* jetzt mal dran ist.

Dann gibt es mehrere Möglichkeiten:

Erstens: Die Vorstellung und die Wirklichkeit passen punktgenau aufeinander. Das ist mir persönlich noch nie passiert. Ich glaube auch gar nicht, dass es möglich ist, weil man so was nur schaffen kann, wenn man mogelt und bei der Wirklichkeit abkupfert.

»Es ist genau so, wie ich mir das vorgestellt habe!«, sagt Mama oft, wenn sie ein fremdes Hotel betritt oder einen Strand. Aber vorher hat sie im Internet gegoogelt, wie das Hotel aussieht, und sie hat im Reisebüro gefragt, wo es so einen Strand gibt, und genau da fahren wir dann hin. Das sind keine Vorstellungen, sondern Nachstellungen, und die gelten nicht.

Zweitens: Man hat sich die Sache viel schöner vorgestellt, als sie dann in Wirklichkeit ist. Der Strand wäre dann gar nicht schön, sondern voller Touristendreck und Hundehaufen. Dann fühlt man sich von seiner eigenen Vorstellung getäuscht und ist sauer.

Drittens: Die Wirklichkeit ist schöner als die Vorstellung. Das passiert zum Beispiel, wenn man beim Zahnarzt ist und einem dann doch kein gigantischer Bohrer in den Schädel gerammt wird, weil man gar kein Loch hat. Dann fühlt man sich von seiner eigenen Vorstellung getäuscht und ist froh.

Um die Sache mal auf den Punkt zu bringen: Wenn man

sich etwas vorstellt, kann man sich täuschen. Und täuschen hat was mit Tausch zu tun. Und ein Tausch ist entweder gut oder schlecht, so einfach ist das.

Der Tausch, den ich an diesem Nachmittag im Wasenfeld-Viertel machte, war einer, wie ich ihn noch nie vorher erlebt hatte. Während uns Henri durch den winzigen Flur in die Küche führte, tauschte ich alles ein, was ich mir in tausend oder mehr Stunden vorgestellt hatte. Ich konnte in diesem Moment nicht einmal darüber nachdenken, ob es nun ein guter Tausch war oder ein schlechter. Es war alles so absolut anders, so ganz und gar unterschiedlich zu dem, was ich von Henris außerirdischer Basisstation erwartet hatte, dass ein Vergleich mit meiner Vorstellung gar nicht infrage kam.

Ich wusste schon, dass nicht alle Leute in schönen Wohnungen leben, ich bin ja nicht doof. Ich bin mit meinen Eltern in einem Bauernhofmuseum gewesen, wo man alte Häuser anschauen konnte, wie sie früher von armen Bauern bewohnt wurden. Die haben mit ihren Ziegen und Schafen in *einem* Zimmer gelebt.

Ich hab auch die DVD von *Oliver Twist* gesehen. Mann, war die Behausung vom alten Fagin schmuddelig! Das dunkle, verrottete Zimmer, in dem der Alte die armen Bettlerjungen hielt, hat mich sehr fasziniert. Armut kann wunderbar gruselig und spannend sein, wenn man sie vom Sofa aus betrachten darf.

Oma Irmi hat oft von der Armut im Krieg erzählt, wo sie mit fremden Leuten in zwei kleinen Zimmern wohnen musste. Das Klo war auf dem Hof gewesen, und wenn einer dringend musste und es nicht schnell genug geschafft hat, dann hat er ins Treppenhaus exkrementiert, und den Geruch kann man sich *nicht vorstellen*.

Henris Armut war keine Kriegserinnerung, kein Spielfilm und kein Museum. Sie bestand aus einer kleinen Küche und einem winzigen Schlafzimmer, und sie war seine Wirklichkeit.
In der Küche stand ein Tisch mit drei Stühlen, deren Sitzflächen mit rotem Plastik überzogen waren, das an einigen kaputten Ecken eine gelbliche Schaumstofffüllung ausspuckte. Ein paar Küchenschränke mit einer Waschmaschine und ein großer Haufen Schmutzwäsche davor. Ein kleines Sofa. Auf einem Ecktisch ein Fernseher. Kein Flachbildschirm, sondern einer von den dicken Röhrendingern. Eine Cartoon-Sendung lief, die mir Mama verboten hatte. Neben dem Sofa war eine Tür, die halb offen stand. Dahinter ein Zimmer ohne Fenster.
Eine Frau in einem Bett. Ein schmaler Rücken und ein Schopf dunkelblonder Haare auf dem Kissen. Ein Geruch, der mir irgendwie bekannt vorkam, aber woher? Neben dem Bett der Frau ein vierter Küchenstuhl, auf dem ein Haufen Kleidung lag, ganz oben Henris olivgrünes T-Shirt mit dem orangefarbenen Aufdruck.

Henris Armut bestand aus unendlich vielen Dingen, die es in diesem Zuhause *nicht* gab. Ein Puzzle aus tausend fehlenden Selbstverständlichkeiten.

Larissa sah sich betreten um.

»Hast du kein Bett?«, fragte sie leise.

»Hier«, sagte Henri und deutete auf das Sofa. »Meine Decke ist tagsüber in Mamas Zimmer.« Vorsichtig zog er die Tür dorthin zu.

Ich sah auf das Sofa. Man konnte mit viel Anstrengung das grün-gelbe Muster erkennen. Die verblassten Farben sahen aus, als wäre ihnen übel. An der Wand darüber hing ein Poster mit Meer, Strand und Palmen. Unter dem Bild war ein kleines Wandbrett angebracht, auf dem das Lego-Raumschiff stand, das ich Henri zu Weihnachten geschenkt hatte. Daneben ein Wecker und ein paar Bücher.

»Die Bücher hat der Bullerdieck mir geschenkt«, sagte Henri, der meinem Blick gefolgt war.

»Und wo ist das Bad?«, fragte Larissa.

»Kein Bad«, sagte Henri und sah auf den Boden. »Ein Klo und ein Waschbecken.« Er deutete zur Tür. »Im Flur.«

Kuscheltiere in allen Farben des Regenbogens reihten sich auf der Sofalehne aneinander. Henri stupste einem davon auf den Bauch.

»Die sind alle von Tante Mona, und der große Tiger ist von Mama.«

Auf dem Fensterbrett stapelten sich Töpfe, Geschirr und

sonstige Küchensachen, die in den wenigen Schränken keinen Platz gefunden hatten. Dazwischen stand ein Tontopf mit Blumen aus Papier. *Für Mama,* stand in Henris Schrift auf dem Topf.

Die Wände der Küche waren in einem hellgelben Ton gestrichen worden, um dem dunklen Raum etwas Fröhliches zu geben, aber anscheinend war es hier drinnen feucht, denn die Fröhlichkeit warf Blasen und bröckelte ab. Neben dem Fenster sah man dunkle Punkte.

Wie schwarze Lebensabendsommersprossen zogen sie sich über die Wand bis hoch zur Zimmerdecke.

Mein Blick fiel auf Henris Schulsachen auf dem Küchentisch und auf unser letztes Diktat, das obenauf lag. Rote Tintenzeichen waren nur vereinzelt zu sehen, und unter das Diktat hatte Frau Mäusler geschrieben: *Weiter so, Henri!*

Henri schob die Hefte beiseite. »Wollt ihr euch hinsetzen?«

Wortlos setzten wir uns auf die roten Plastikstühle.

»Wir haben angerufen, aber du warst nicht da«, sagte Larissa, und es klang, als wollte sie sich für ihren Überraschungsbesuch entschuldigen.

Henri gab keine Antwort. Stattdessen sprang er vom Stuhl auf und öffnete die Tür des Hängeschränkchens über der Spüle.

»Wollt ihr Kekse? Ich hab welche!«

Er legte eine Schachtel Schokokekse auf den Tisch. Ich

kannte sie. Es waren die Lieblingskekse vom Bullerdieck.

Während ich kaute, dachte ich an unser Geschmacksexperiment. Konnte es sein, dass die gleichen Dinge verschieden schmeckten, wenn man sie an unterschiedlichen Orten aß? Schmeckten die Kekse hier anders als in der Wohnküche vom Bullerdieck, oder bildete ich mir das nur ein? Bestimmt mischte sich unter den Geschmack einer Sache immer auch der Geruch der Umgebung, man hielt sich ja beim Essen nicht die Nase zu. Ich horchte in meine Zunge – nicht mal auf Kekse war heute Verlass.

Henri sprang wieder auf und holte zwei Gläser aus dem Schrank. Er drehte die Wasserleitung auf. Das große Dings über dem Spülbecken, das aussah wie ein Wassertank, gab einen eigenartigen Laut von sich.

»Der Boiler spinnt wieder«, sagte Henri, und ich nahm mir vor, Mama zu fragen, was ein Boiler ist.

Er setzte sich wieder an den Tisch und schob uns die Gläser zu.

Larissa nippte an ihrem Wasser, räusperte sich und sagte: »Also, wir sind gekommen, weil wir wissen, dass Victor weiß, dass deine …«, sie hielt inne und schaute auf die Tischplatte vor sich. »Also, Victor hat natürlich von der Sache gehört, und Jona und ich glauben, dass er dir in der Schule Stress machen wird.«

»Wir wollten nicht bis morgen früh warten«, sagte ich entschuldigend.
Henri kaute an den Fingernägeln seiner rechten Hand und schob mit der Linken ein paar Kekskrümel zu einem runden Häufchen zusammen.
»Ich komme morgen nicht in die Schule«, sagte er und warf einen Blick auf die geschlossene Schlafzimmertür. »Mama geht's nicht gut.«
Ich kannte tausend gute Gründe, nicht in die Schule zu gehen. Dass es Mama nicht gut ging, gehörte nicht dazu.
»Was für eine Krank …?«, wollte ich fragen, doch Larissa fiel mir ins Wort.
»Wenn es ihr wieder besser geht, dann kann sie vielleicht mit dem Schulleiter reden, damit er Victor in Schach hält«, sagte sie.
»Ich könnte auch dem Bullerdieck Bescheid sagen«, schlug ich vor. »Wenn der sich Victor nach der Schule vorknöpft, hast du mit Sicherheit deine Ruhe.«
Bei der Erwähnung von Bullerdiecks Namen huschte ein Lächeln über Henris Gesicht.
»Henri?« Eine vernuschelte Stimme drang durch die Schlafzimmertür.
Henri sprang auf.
»Sekunde«, sagte er hastig. »Ich komme gleich wieder!«
Er verschwand nebenan und zog die Tür hinter sich zu. Leises Gemurmel war zu hören.

»Wir haben sie geweckt«, sagte ich zu Larissa und konnte den leisen Vorwurf in meiner Stimme nicht unterdrücken. »Wir hätten nicht kommen sollen!«

»Doch!«, sagte Larissa. »Das hätten wir! Jetzt wissen wir wenigstens, was Sache ist!«

»Was Sache ist?!« Ich schaute sie verdattert an.

»Sag mal, wie begriffsstutzig bist du eigentlich?« Larissa deutete auf die Ecke neben der Küchenzeile.

Dort stand eine ganze Armee leerer Flaschen auf dem Küchenboden.

»Ist deine Nase nur zum Rotzen gut? Jeder Idiot riecht die Fahne bis hier rein, Mann!«

»Fahne?« Ich verstand kein Wort. »Welche Fahne?«

»Kannst du lesen?«, fragte Larissa und deutete auf die leeren Flaschen. »Da steht *Wodka* drauf. Das ist Schnaps, du Erdnusskopf. Und der Geruch, der aus dem Schlafzimmer kommt, ist eine Alkoholfahne, die sich gewaschen hat!«

Ich starrte sie ungläubig an. Sollte das heißen, Frau Wilhard lag dort drin besoffen? Sternhagelblau wie ein Pirat auf Landgang?

Unmöglich! Plötzlich wusste ich, woran mich der Geruch aus Frau Wilhards Schlafzimmer erinnert hatte.

»Das ist keine Fahne, das riecht nach Pickelwasser. Vielleicht hat Henris Mama ein paar Pusteln auf der Nase. Und *du* behauptest gleich, sie wär eine Säuferin!«

Larissa schüttelte den Kopf.

»Du kapierst echt überhaupt nichts, Jona Klinger!«
Ich sah in Larissas Gesicht. In diesem Moment kam sie mir unendlich hässlich vor. Hässlich und dumm und eingebildet. Was hatte dieses blöde Mädchen eigentlich hier verloren? Drängte sich einfach in Henris und mein Leben, behauptete, Henris Mama sei eine Diebin und eine Trinkerin. Die Wut drückte mir fast die Kehle zu.

Ich wollte es nicht, die Wörter kamen von ganz alleine aus meinem Mund: »Wenn hier jemand komplett auf dem Schlauch steht, dann du!«, sagte ich. »Henri ist kein normaler Junge, und seine Mama ist keine normale Frau! Sie sind von einem anderen Planeten zu uns gekommen, kapiert? Henri soll die Menschheit erforschen. Es ist seine Hausaufgabe. Henri ist ein Außerirdischer!«
Ich lauschte meinen eigenen Worten hinterher und hatte plötzlich das Gefühl, ein anderer hätte sie gesprochen.
Aus dem Schlafzimmer hörte man leise Henris Stimme. Er schien beruhigend auf seine kranke Mutter einzureden.
Larissa sah mich scharf an.
»Hat Henri dir das erzählt?«, fragte sie.
Diese Frage hatte ich schon einmal gehört. Vom einzigen Menschen, dem ich außer Larissa von Henris Geheimnis erzählt hatte. Der Bullerdieck hatte sie mir gestellt, und ich wusste noch ganz genau, was ich darauf geantwortet hatte: »Ich kam von selber drauf.«

Larissa fixierte mich immer noch.
»Und?«, wiederholte sie. »Hat Henri dir das erzählt?«
»Nicht direkt«, sagte ich.
»Hast du ihn gefragt?«
»Nicht direkt«, sagte ich noch einmal.
»Dann frag ihn! Frag ihn, ob er ein Außerirdischer ist!«
»Das muss ich nicht. Außerdem mag er solche Fragen nicht hören, das ist das Problem, kapiert?«
»Nein, Jona. Du magst die *Antwort* nicht hören, das ist das Problem, kapiert?«
Ich drehte den Kopf zur Seite und starrte aus dem Fenster. Es hatte angefangen zu schneien, und die Flocken wirbelten wie verrückt vor der Scheibe herum. Plötzlich fühlte ich mich, als säße ich in einer dieser gläsernen Schneekugeln, die man auf dem Weihnachtsmarkt kaufen kann. Wenn man sie schüttelt, schneit es, und man kann zuschauen, wie sich das Bild in der Kugel verändert. Irgendwo da draußen hielt einer meinen Planeten in der Hand und schüttelte mich kräftig durch.
Henri kam aus dem Schlafzimmer zurück und schloss leise die Tür hinter sich.
»Mama schläft wieder. Wollt ihr noch was trinken?«
»Nein, danke«, sagte Larissa und bemühte sich, ihre Stimme locker klingen zu lassen. »Ich muss zum Cello, und Jona muss seine Knabberleiste richten lassen.«
Ach, du meine Fresse, den Kieferorthopäden hatte ich ja komplett vergessen!

»Du solltest wirklich mit diesem Bullerdieck reden, wenn deine Mama wieder auf den Beinen ist«, sagte Larissa.
»Vielleicht«, sagte Henri.

In diesem Moment läutete das graue Telefon, das auf dem Tischchen neben dem Fernseher stand. Henri stellte unsere Gläser ins Waschbecken und wischte mit einem Lappen die Kekskrümel vom Tisch. Erstaunt wanderte mein Blick zwischen ihm und dem Telefon hin und her.
»Willst du nicht drangehen?«
»Nein«, sagte Henri.
»Wann kommst du wieder in die Schule?«, fragte ich, als wir uns an der Wohnungstür verabschiedeten.
»Wenn es Mama wieder gut geht«, sagte Henri.
Ich nickte. »Also dann!«
»Also dann!«
Larissa ging vor mir durch die Wohnungstür und drückte Henri schnell einen Kuss auf die Wange. War ja klar, dass sie sich wieder aufdrängen musste.
Auf der Treppe drehte ich mich noch mal um. Henri stand im Türrahmen und sah uns nach.
»Jona?«
»Ja?«
Ich blieb stehen und wartete. Henri strich sich über den Kopf, als müsse er gut überlegen, was er sagen wollte. Sein Gesicht sah wieder blasser aus, vielleicht weil das dämmrige Treppenhaus alles verschluckte, was Farbe

hatte. Die dunkle Türöffnung rahmte Henris Gestalt ein wie eine Schwarz-Weiß-Fotografie. Wie er so dastand, sah er plötzlich unglaublich alleine aus. Am liebsten hätte ich ihn umarmt. Nur ganz kurz.

»Kommst du, Jona?« Larissa wartete unten an der Treppe.

»Wolltest du was sagen?«, fragte Henri.

Ich hätte nicht gewusst, was. Meine Gedanken fühlten sich an, als würden sie in Treibsand feststecken.

»Nein, du?«, fragte ich zurück.

»Nein.«

»Also dann!«, sagte ich, und die Worte schmeckten salzig.

Die Freunde des Erdlings

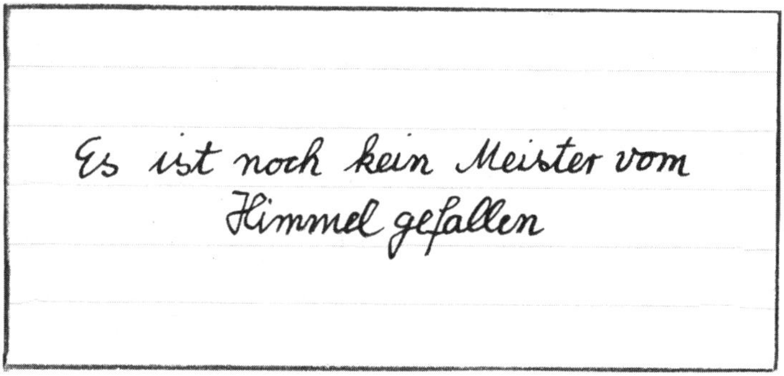

»Wo ist denn dein kleiner Freund? Besucht er seine Mama im Knast? Oder haben sie ihn gleich mit eingebuchtet, weil er den geklauten Fünfziger für einen bescheuerten Stein aus dem Orbit ausgegeben hat, um dich damit zu beeindrucken?«
Victor hatte mich in der zweiten Pause vor den Jungenklos abgefangen. Bei der eisigen Kälte in seiner Stimme war es ein Wunder, dass seine Zunge nicht am Gaumen festfror. Die Worte hinterließen eine brennende Wunde in mir.
Angenommen, wirklich nur mal angenommen, Henri hat-

te den Stein *nicht* aus dem All mitgebracht, sondern auf der Erde gekauft. Wo hatte er so viel Geld her? Fünfzig Euro! Dafür müsste ich fast ein halbes Jahr Taschengeld sparen. Für Henri waren fünfzig Euro ein Vermögen!

Victor kam mit dem Gesicht so dicht vor meine Nase, dass ich seine Schadenfreude riechen konnte.

»Hast du jetzt endlich kapiert, mit wem du dich da eingelassen hast, Klinger? Irgendwann muss er ja wieder hier auftauchen, und dann werd ich diesen *Wasenfeldler* kleinmachen. Und es liegt ganz an dir, auf welcher Seite du dann stehst. Auf der Gewinner- oder der Verliererseite. Die Entscheidung liegt bei dir.«

Die Entscheidung. Das Wort zappelte in meinen Ohren. Entscheidung wofür? Wer waren denn die Gewinner und wer die Verlierer in diesem Duell?

Duell? Kurz sah ich den Bullerdieck vor mir, wie er der Messerle gegenübersaß. Dann sah ich Henri, wie er im Schlafzimmer seiner betrunkenen Mutter verschwand.

Victor hatte keine Ahnung, was »Sache« war. Ich ging jede Wette ein, dass er nie im Wasenfeld gewesen war. Dass er keinen blassen Schimmer hatte, wie ein Leben riechen konnte, wenn man auf der anderen Seite vom Bahndamm wohnte.

Noch nie in meinem Leben hatte ich eine so große Wut in mir gehabt.

Die Entscheidung liegt bei dir.

Ich wusste, was jetzt kommen musste. Das war so klar

wie der Angstschweiß unter meinen Achseln. Wenn der Nebendarsteller wieder seine Rolle verpatzte, dann gäbe es dafür keine Entschuldigung. Er würde den Guten endgültig im Stich lassen, und so ein bescheuertes Drehbuch gab es nicht mal im schlechtesten Actionfilm.
Ich schaute in Victors Augen.
Dieser Junge hatte sich einen ganz fiesen Virus eingefangen, da gab es keinen Zweifel: Herzdünnpfiff vom Allerfeinsten!
Ich schluckte.
Es gab einen Text für den Nebendarsteller. Ich hatte ihn selbst gehört und ich hatte ihn kapiert:
»Dass du nicht im Wasenfeld wohnst, hast du nur einer verdrehten Lotterie zu verdanken. Steck dir deine verdammte *Ar…* deine verdammte *Art,* andere Leute fertigzumachen, sonst wohin!« Das Wort *Arroganz* fiel mir vor lauter Aufregung leider nicht ein, aber Not macht ja erfinderisch.
Ich trat einen Schritt näher an Victor heran, damit er meine Wut riechen konnte. »Wer andere in den Schmutz zieht, wird selber dreckig, wusstest du das nicht?«

Der Böse lag nach der Attacke des Nebendarstellers nicht am Boden. Er war nicht tot, und er winselte nicht um Gnade. Alles, was passierte, war, dass mich Victor Hauenschildt für punktgenau fünf Sekunden anglotzte wie ein leerer Eimer.

Der Nebendarsteller hatte den Bösen nicht plattgemacht, aber ein bisschen überrascht, und das war für den Anfang gar nicht so übel, finde ich.

Es ist noch kein Meister vom Himmel gefallen, steht im Kalender vom Bullerdieck, und dass damit ein galaktischer Lehrer gemeint ist, glaub nicht einmal ich.

Ich speicherte Victors verdattertes Gesicht für mein inneres Geheim-Kino-Archiv ab, dann drehte ich mich um und stieg die Treppe hoch zum Lehrerzimmer. Ich hatte derartiges Herzwummern, dass der Apfel in meiner Jackentasche Saltos schlug.

Henri kam auch am nächsten Morgen nicht zur Schule und am Freitag auch nicht. Ich rief mehrmals bei ihm an, aber es ging niemand ans Telefon.

Das Gespräch im Lehrerzimmer war schnell über die Bühne gegangen. Der Rektor hatte ganz genau nachgefragt, was Victor über Henri gesagt hatte und wie lange diese Mobbing-Geschichte schon lief.

Am nächsten Morgen holte er ihn und seine Kumpels zum Gespräch.

Auch die Fußballer wurden befragt. Am Anfang leugnete Victor, Henri wegen der Fünfzig-Euro-Sache beschuldigt zu haben, und seine Kumpels behaupteten, ich hätte mir die ganze Mobbing-Geschichte nur ausgedacht. Aber im Zimmer des Rektors trauten sich auch Niklas, Fabian und Felix, den Mund aufzumachen, und sie bestätigten meine Aussage. Der Schulleiter schlug einen ziemlich strengen Ton an, und schließlich knickte Victors Leibwache ein und sagte gegen ihren Anführer aus. Nun stand er mit seinen Lügen ganz alleine da, und am Ende gab er zu, Henri gemobbt zu haben. Der Rektor kündigte ihm schweren Ärger an, wenn er weiter gegen Henri und mich hetzen würde, und er musste versprechen, uns in Ruhe zu lassen.

Natürlich war mir klar, dass ich nun ganz oben auf der Abschussliste stand. Er würde versuchen, mich fertigzumachen, das stand bombenfest, und die Wut, die ich in seinen Augen sah, machte mir Angst. Aber ich hatte noch etwas anderes gesehen. Ich hatte die Verblüffung auf seinem Gesicht gesehen, weil ich mich getraut hatte, ihm Bullerdiecks Worte, die nun auch meine Worte waren, vor die Nase zu halten. Ich hatte seinen Zorn gesehen, als seine Kumpels ihn im Stich ließen, und seine Einsamkeit, als er alleine das Rektorzimmer verließ. Ich hatte kapiert, dass Victor Hauenschildt verwundbar war wie alle anderen auch, und das hätte ich mir nie *vorstellen* können.

Manchmal ist die Wirklichkeit echt genial.

Es war Freitagnachmittag. Henri-Tag. Und er ging immer noch nicht ans Telefon. Ich rannte rüber zum Bullerdieck und läutete Sturm. Ich wollte mir *vorstellen*, dass Henri bei ihm am Küchentisch saß und Diktat übte oder eine

Erlebniserzählung schrieb oder ein Märchenbuch anschaute, aber mein inneres Kino hatte Ruhetag.
»Wo brennt's denn?«, fragte der Bullerdieck und streckte den Kopf aus der Tür.
»Henri ist schon seit drei Tagen nicht mehr in der Schule gewesen«, sagte ich. »Ist er bei Ihnen?«
»Er hat mich vorgestern angerufen und gesagt, er brauche diese Woche mal eine Lernpause«, sagte der Bullerdieck und runzelte die Stirn. »Ich dachte, es wäre ihm ein bisschen zu viel geworden mit einer alten Nase wie mir. Dass er auch nicht in die Schule geht, wusste ich nicht!«
»Das ist eine längere Geschichte«, sagte ich.
»Na, dann komm rein«, sagte der Bullerdieck, und ich folgte ihm in die Küche.
Ich setzte mich in meinen Sessel und trank einen Schluck von dem Saft, den mir der Bullerdieck eingeschenkt hatte. Auf dem Küchentisch lag das Buch *Die Schatzinsel*, das ich mir schon oft angeschaut hatte, weil so tolle Bilder darin sind. Der Zeichner hatte Long John Silver ein herrlich fieses Gesicht verpasst, und das Blut auf den Bildern sah richtig echt aus, gar nicht wie rote Farbe.
Ein Lesezeichen trennte das letzte Viertel des Buches vom Rest.
Der Bullerdieck saß mir gegenüber und wartete geduldig. Ab und zu trank er einen Schluck Kaffee, der viel dünner aussah als Papas.
Ich suchte nach Worten. Offensichtlich hatte Henri dem

Bullerdieck nichts von dem Verdacht gegen seine Mutter erzählt und auch nichts von der Flaschenarmee. Vielleicht schämte er sich deswegen.
Vielleicht hatte er Angst, der Bullerdieck würde ihm nicht mehr vorlesen und ihm keines der schönen Bücher mehr ausleihen, wenn er ihn für ein Diebeskind hielt.
Ich wollte Henri nicht verraten, aber ich musste reden.
»Da gibt es so ein Gerücht«, begann ich vorsichtig. »Wegen Henris Mama. Victor hat davon erfahren, Sie wissen schon, der Blödmann aus meiner Schule. Er hat Henri gemobbt. Wissen Sie, was *mobben* heißt?«
»Ich bin zwar alt, aber nicht von gestern«, sagte der Bullerdieck und nahm noch einen Schluck Kaffee.
»Und dann war da noch der Meteorit, den mir Henri geschenkt hat. Er ist so teuer, dass Henri ihn sich eigentlich nicht leisten kann, und jetzt sagt Victor, Henri hätte mit der Malediven-Sache zu tun. Und Henri ist jetzt ganz alleine mit seiner Mama, der es gar nicht gut geht, wegen der Fahne.«
Es ist verdammt schwer, nicht die ganze Wahrheit zu verraten, ohne zu reden wie ein Schwachkopf.
Ich schaute den Bullerdieck an. »Verstehen Sie, was ich meine?«
»Ich verstehe, was du mir sagen willst. Wir gehen zu Henri.«
Der Bullerdieck stand auf und nahm den Schlüsselbund vom Haken hinter der Küchentür.

Mir war gar nicht klar gewesen, dass ich das hatte sagen wollen, aber jetzt, wo der Bullerdieck es ausgesprochen hatte, wusste ich es auch.
Ich wollte sogar ganz dringend zu Henri. Aber ich wollte nicht alleine dorthin zurückgehen, wegen der rosa Babymützen und dem Hundegebell und den Wodkaflaschen in der Küche. Und mit Larissa wollte ich nicht noch mal gehen, weil sie meinen Freund wieder abgeknutscht hätte. Und auch nicht mit meinen Eltern, weil sie die Fahne riechen könnten. Die Sorgenfalten würden sich metertief in Mamas Stirn fräsen.
Ich zog die Jacke an und lief durch den Schneeregen neben dem Bullerdieck zum Wasenfeld.

Als wir an den Bahndamm kamen, machte ich Anstalten, zu den Gleisen hochzuklettern, aber der Bullerdieck pfiff mich zurück. Ein paar Hundert Schritte entfernt von der Stelle, an der ich mit Larissa die Schienen überquert hatte, tauchte ein rostiges Geländer auf, das nahezu völlig von Büschen eingewachsen war.
»Ich dachte, es gibt keine Brücke zwischen unserem Viertel und dem Wasenfeld«, sagte ich.
»Es gibt im Leben immer eine Brücke. Wenn nicht drüber, dann untendurch«, sagte der Bullerdieck.
Ich folgte ihm durch die Unterführung auf die andere Seite und quer über die brachliegenden Grundstücke. Die Häuserblocks lagen vor uns im dichten Regen wie Schiff-

brüchige. Auf den Wegen im Wasenfeld waren keine Leute zu sehen.
Der Bullerdieck lief zielstrebig auf Nummer neun zu.
»Waren Sie schon einmal hier?«, fragte ich verwundert.
Der Bullerdieck nickte.
»Auch oben in Henris Wohnung?«
»Nein. Er hat mich nie hochgebeten.«
Ich schluckte. Der Bullerdieck hatte einfach mehr Anstand im Leib als Larissa.
Der fremde Geruch im Treppenhaus schlug mir wie eine Faust ins Gesicht, aber nun konnte ich ihn einordnen.
So riecht es, wenn man kein Bad hat, dachte ich, und keine Hilfe im Diktat. Wenn eine Karte für den Zoo ein Vermögen kostet und man alleine für eine Mutter sorgen muss, die an der Fahnen-Krankheit leidet.
Als ich neben dem Bullerdieck im dritten Stock stand, musste ich heftig atmen, so sehr war ich außer Puste. Ich wollte auf den Klingelknopf drücken, aber der Bullerdieck winkte ab. Er hatte entdeckt, dass die Tür einen Spaltbreit offen stand. Langsam drückte er sie auf.
Auf dem Küchentisch stand ein Teller mit Essensresten, und auf dem Fensterbrett lagen Henris Übungsblätter für das nächste Diktat. Die Küchenschränke waren offen und leer, das Lego-Raumschiff, der Wecker und die Bücher weg. Henri und seine Mutter mussten überstürzt abgereist sein.

Ich riss die Tür zum Schlafzimmer auf. Das Bettgestell stand noch da, darauf eine durchgelegene Matratze, das Bettzeug fehlte.
Ich konnte nicht fassen, was ich sah. Der Anblick der leeren Wohnung schraubte sich wie ein Dübel in mein Herz.
Henri war nicht mehr da.

Mein bester Freund war einfach verschwunden, und ich hatte keine Ahnung, wohin. Ich starrte auf das erbleichte Sofa und auf die drei roten Stühle am Küchentisch. Mein inneres Kino sah Henri vor sich, wie er dort gesessen hatte, mit seinen Schokokeksen und seiner Verlegenheit. Und ich sah unseren letzten Abschied.
»Wolltest du was sagen?«, hatte er gefragt, und ich hatte »Nein« gesagt.
Wie konnten einem Quasselkopf wie mir in entscheidenden Momenten immer die Worte fehlen? Jetzt, wo ich in der verlassenen Wohnung stand, war mir klar, was ich hätte sagen können: Dass ich ihn nicht im Stich lassen werde, hätte ich sagen können. Weil auch Statisten ihr Maul aufkriegen, wenn sie nur wütend genug sind. Und dass es zwei Millionen Möglichkeiten gibt, wo dieser blöde Fünfzigeuroschein abgeblieben sein konnte. Und dass einige Wissenschaftler Herrn Hämikens Theorie für ein Hirngespinst halten. Und falls diese Wissenschaftler recht hätten, hätte ich sagen können, dann wäre das

völlig okay für mich. Und dann hätte ich daran denken können, dass Henri gesagt hatte: »Ich mag dich richtig arg«, und ich hätte ihm sagen können, dass es eine ganz besondere Fähigkeit ist, wenn man sich traut, so was zu sagen. Und zum Schluss hätte ich umkehren und Henri umarmen können, wenigstens ganz kurz, weil er auf so was steht und weil es ja niemand gesehen hätte, außer vielleicht Larissa, und die zählt nicht.

Jetzt konnte ich das alles nicht mehr sagen und tun, und zu allem Übel kamen mir jetzt auch noch die Tränen, und das war echt nicht mein Ding, diese Heulerei.

Ich spürte eine Hand auf meiner Schulter, und jemand zog mich an sich. Das war natürlich der Bullerdieck, und da ging meine Sprinkleranlage erst recht los. Ich heulte ihm die ganze Jacke voll, und das fiel gar nicht auf, weil sie vom Schneeregen sowieso schon klitschnass war.

Das letzte Mal, als ich mich beim Bullerdieck ausgeheult hatte, war ich fünf gewesen und todunglücklich wegen der Sandwich-Geschichte.

Ich heulte in die Jacke vom Bullerdieck und dachte dabei an das Salamibrot und daran, dass Henri immer Hunger hatte. Hunger nach Essen und Hunger nach Umarmungen und Hunger nach Nachhilfe und Hunger nach Geschichten und Hunger nach Freundschaft.

Ich wollte dem Bullerdieck sagen, dass sich doch jetzt niemand mehr um Henri kümmern konnte, aber ich hab mal wieder kein Wort rausgekriegt.

Der Bullerdieck schob mich dann irgendwann sanft zur Tür, nahm mich an die Hand und ging mit mir die Treppe hinunter, hinaus aus dem Haus, fort von den Gerüchen. Aber ich wusste genau, dass ich den Treppenhaus- und den Fahnengeruch für immer mit nach Hause nahm, weil er nun Teil meiner Erinnerung war. Und zu einer Erinnerung gehört ein Gedanke und ein Gefühl, und ich war voller Gedanken und Gefühle, bis oben zum Rand. Ich hatte keine Ahnung gehabt von Henris Wirklichkeit, und ich hatte auch jetzt keine, und wahrscheinlich werde ich mir nie *vorstellen* können, was es heißt, so zu leben wie Henri und seine Mama, weil die Wirklichkeit viel zu wirklich ist für meine Vorstellungskraft.

Auf dem Weg durchs Wasenfeld begegnete uns ein großer Mann mit schwarzer Jacke, und ich hab mich nicht mehr gefragt, ob er ein Außerirdischer ist. Ich hab mich nur gefragt, wie es sich anfühlen muss, auf einem anderen Planeten zu leben, der ein Teil unserer Stadt ist, und ich hab mich überhaupt nicht geschämt, dass der Bullerdieck meine Hand die ganze Zeit in seiner gehalten hat.
Mittlerweile war es dämmrig geworden, und es hatte aufgehört zu schneeregnen. Zwischen den dunklen Wolken konnte man den ersten Stern am Himmel sehen, das alleinstehende Glühwürmchen. Ich musste an meine Bücher über das Weltall denken und daran, dass die Sterne immer auf ihrer vorgegebenen Bahn bleiben. Ich fragte mich, ob

das für sie eigentlich in Ordnung geht, weil sie ja niemand gefragt hat, ob ihnen das überhaupt recht ist, und ob schon mal ein Stern versucht hat, von seiner Bahn abzubiegen. Wer weiß, vielleicht hatten Menschen auch eine vorgegebene Bahn, auf der sie ihr Leben lang bleiben müssen?
Mir schoss wieder die Sache mit der verdrehten Lotterie in den Kopf, und ich fragte den Bullerdieck, ob Henri großes Pech mit seinen Lottozahlen gehabt hat und ob das jetzt immer so für ihn weitergeht und er sein Leben lang kein richtiges Bett haben wird.
Der Bullerdieck meinte, Henris Lebens-Lottokugeln seien gar nicht so übel.
»Man muss ihnen nur ein bisschen auf die Sprünge helfen«, sagte er. »Und außerdem kommen immer neue Lottozahlen im Leben dazu, und Henri hat verdammtes Glück gehabt, weil er dich getroffen hat. Du bist eine absolute Superzahl.«
»Ich?«, fragte ich erstaunt. »Wieso ich?«
»Weil du heute hierhergekommen bist. Einfach nur, weil du dir Sorgen um deinen Freund gemacht hast und obwohl du längst weißt, was wirklich Sache ist.«
Er zwinkerte mit dem linken Auge, und ich wusste ganz genau, was er meinte.
Ich lief mit dem Bullerdieck unter der Unterführung durch, zurück nach Hause. Mir wirbelten zwei schwierige Fragen im Kopf herum, aber der Bullerdieck konnte ja mit TABU-Themen umgehen.

»Finden Sie, dass es eine schlimme Beleidigung ist, wenn man jemanden für einen Alien hält?«
»Weißt du denn, woher das Wort *Alien* kommt?«, fragte der Bullerdieck, und ich wusste es echt nicht.
»Vom lateinischen Wort *alienus*«, erklärte mir der Bullerdieck. »Das bedeutet einfach nur *fremd.* Ich finde es völlig in Ordnung, wenn man jemanden, über den man überhaupt nichts weiß, erst einmal fremd findet. Als deine Mama wenige Tage nach deiner Geburt bei mir geläutet hat und ich deine winzige Schrumpelnase zum ersten Mal gesehen habe, da dachte ich auch, du wärst ein Alien.« Er grinste.
Peng! Mir fiel der erste tonnenschwere Meteorit vom Herzen, weil ich Henri nicht beleidigt hatte.
»Und wie finden Sie Spatzen? Schlechter als Tauben?«
»Überhaupt nicht! Spatzen sind mutige Tiere. Sie setzen sich gegen viel größere Vögel durch, wenn es sein muss, und sie halten immer zusammen. Außerdem sind sie sehr klug: Wenn man sie zusammen mit Kanarienvögeln aufzieht, dann lernen sie, genauso schön zu singen.«
Peng! Der zweite Meteorit donnerte auf den Boden.
Der Bullerdieck betrachtete mich von der Seite. »Mit Kalendersprüchen ist es wie mit Anzügen, Jona. Der eine passt, der andere nicht.«
Das leuchtete mir ein.

Der Bullerdieck lud mich noch auf einen kurzen Abendkakao ein. Ich setzte mich in meinen Sessel, nahm die *Schatzinsel* in die Hand und schlug das Buch beim Lesezeichen auf.
Bis hierher hatte Henri die Geschichte miterleben können. Jim Hawkins war gerade beim vierten Teil seines Abenteuers angelangt und befand sich in der Gefangenschaft von Long John Silver. Der böse Hauptdarsteller bedrohte den Guten, was sonst.
Der Bullerdieck sah mir über die Schulter.
»Keine Sorge, Jona. Ich werde nicht zulassen, dass Silver davonkommt, das schwöre ich dir beim Barte von Captain Smolett. Solche Geschichten können nicht einfach mittendrin aufhören, die muss man bis zum Ende vorlesen. Vor allem, wenn sie ein gutes Ende haben.«
Ich dachte daran, dass Henri und ich nur ein einziges Jahr miteinander gehabt hatten. Bald würde ich meinen zehnten Geburtstag feiern, und mein wichtigster Gast war wie vom Erdboden verschluckt. Unsere Geschichte hatte mittendrin aufgehört, ganz und gar ohne gutes Ende.
»Heißt das, Sie werden Henri suchen, um ihm weiter aus dem Buch vorzulesen?«, fragte ich erstaunt.
»Natürlich. Das bin ich Jim Hawkins schuldig«, sagte der Bullerdieck.
»Aber Jims Geschichte hat doch auch dann ein gutes Ende, wenn Sie das Buch nicht zu Ende vorlesen, oder nicht?« Ich nahm einen Schluck heißen Kakao.

»Ich bin mir da gar nicht so sicher. Manchen Geschichten muss man wirklich bis ganz zum Ende folgen, um hundertprozentig sicherzugehen«, sagte der Bullerdieck, und das leuchtete mir schon wieder ein.

Ein wenig Hilfe will das Glück schon haben

Am Dienstagnachmittag kam Larissa vorbei. Sie blieb draußen vor der Haustür stehen und machte keinerlei Anstalten hereinzukommen. Den Beutel hatte sie wieder nicht dabei.

»Mama hat am Wochenende geputzt«, sagte sie leise und schaute hinunter auf ihre Schuhspitzen. »Dabei hat sie hinter dem roten Küchenregal einen Fünfzigeuroschein gefunden. Er ist ihr da wohl irgendwie reingerutscht.« Sie zog Spucke durch die Zähne und sah verlegen zur Seite.

»War Henri wieder in der Schule? Wir müssen ihm Bescheid sagen, dass alles wieder in Ordnung ist, okay?«

»Nichts ist in Ordnung«, sagte ich und schloss langsam die Haustür. Larissa ließ ich draußen stehen.
Ich stieg die Treppe hoch zu meinem Zimmer und legte mich auf mein Bett.
»Du kannst dir gar nicht *vorstellen*, wie wenig alles in Ordnung ist«, murmelte ich in mein Kissen.
Natürlich würde ich Larissa erzählen, was passiert war, aber nicht jetzt. Ich hatte keine Lust zum Reden, und meine Tränen musste sie auch nicht sehen, weil Heulen vor einem Mädchen nun überhaupt gar nicht mein Ding ist.

»Bist du krank, Jona?«
Ich schreckte auf. Im Zimmer war es dunkel, ich musste eingeschlafen sein. Wolle machte das Licht an und betrachtete mich aufmerksam. »Hast du geweint?«
»Nein.«
»Weil Henri weg ist?«
»Ich habe nicht geweint!«
»Ist er mit Udo ins All? Hast du deshalb geweint?«
»Ich habe nicht geweint, verdammt noch mal! Wieso soll Henri ins All geflogen sein?«
Fing er jetzt wieder mit seinem Außerirdischen-Quatsch an?
»Lollo hat gesagt, dass sie Udo auf den Mond geschossen hat, und vielleicht ist Henri mit ihm mit.«
»Nein, Wolle. Er ist auf der Erde geblieben, das kann ich dir schwören.«

»Vollgeil! Dann sehen wir Henri ja hundertbo wieder, oder, Jona?«
»Schön wär's«, sagte ich leise.

Nach dem Abendessen spielte ich mit Wolle *Zicke Zacke Hühnerkacke,* und das brachte mich ein bisschen weg von meinen traurigen Gedanken.
Als Mama ihn zum Zähneputzen rief, drückte mir Wolle plötzlich einen klitschnassen Kuss ins Gesicht.
»Ich mag dich ganz arg, Jona!«
Ich zuckte zusammen.
Mein Bruder strahlte mich an und lief aus der Tür.
»Ich dich auch, alte Brotscheibe!«, rief ich ihm nach.
Ich setzte mich an meinen Schreibtisch und schob einen Stapel Bücher auf die Seite. *Weltallforschung für helle Köpfe* von Harald Lösch lag ganz oben. Die Bücherei-Frau hatte es mir empfohlen.
»Glaubt Herr Lösch, dass es Außerirdische gibt?«, hatte ich sie gefragt.
»Er glaubt, dass es mehr Dinge zwischen Himmel und Erde gibt, als die Schulweisheit eines Forscherhirns sich träumen lässt. Aber von Herrn Hämikens Alien-Theorie hält er nichts«, hatte sie geantwortet.
Ich hatte genickt und das Buch in meinen Rucksack gepackt. Das hörte sich doch ganz interessant an. Ich konnte mich ja weiterhin wissenschaftlich mit dem Thema beschäftigen, nur eben mit anderen *Vorstellungen*.

Am Tag nach Henris Verschwinden hatte ich das Heft mit meinen Forschungsergebnissen herausgenommen und meine Notizen durchgeblättert.

Apfel-Zimt-Vanille-Joghurt. Der Geschmack ist würzig-fruchtig-süß …

Beim Thema *Lebensraum* hatte ich ausführlich unser Haus beschrieben und beim Abschnitt *Weihnachten* über die Vorteile des 3-D-Fernsehers gelabert. Ich hatte einen überirdischen Meister beeindrucken wollen, das war so klar wie ein wolkenloser Nachthimmel, aber diese Phase war echt vorbei.

Ich strich alle beschriebenen Seiten durch. Dann fing ich an, meinen Forschungsbericht neu zu schreiben, oder sagen wir lieber, meine Erlebniserzählung:

Eigentlich heiße ich Jonathan, aber das tut hier nichts zur Sache, weil mich die wichtigen Leute sowieso nur Jona nennen. Und dann möchte ich noch klarstellen, dass bei mir alles in Ordnung ist unterm Scheitel, falls das irgendwer bezweifeln sollte.

Ich hielt mich an unsere Gliederung, und ich füllte sie mit allem, was ich in meinem Jahr mit Henri erlebt, gedacht und gespürt hatte.

Wenn es so weitergeht, dachte ich, dann läuft es bei mir so wie beim Bullerdieck: Ich schreibe Seite um Seite, Tag um Tag, Woche um Woche, Monat um Monat, und irgendwann hab ich einen ganzen Roman fertig. Ich hätte sogar eine Idee, wie ich das Buch nennen könnte: *Henri*

und ich könnte es heißen. Weil es ja nur von Henri und mir handelt und nicht von der Liebe und vom Tod. Es ist ja auch keine große Literatur, sondern höchstens eine mittelkleine.
Außerirdisch ist woanders wäre auch ein schöner Titel für mein Buch, aber ehrlich gesagt glaube ich nicht, dass es irgendwann veröffentlicht wird, denn wer will sich denn schon *meine Vorstellungen* kaufen?

Es war eineinhalb Wochen nach Henris Verschwinden, als ich von der Schule nach Hause kam und einen großen braunen Umschlag im Briefkasten stecken sah. Er war an mich adressiert und hatte keinen Absender. Auf der Briefmarke war ein Stempel. Ich konnte das Wort *München* entziffern.
Hastig riss ich den Umschlag auf und zog ein Schulheft heraus. Die Schrift darauf kam mir bekannt vor: Es war meine.
Der Außerirdische – Ein Forschungsbericht
von Henri Wilhard
Mein Herz galoppierte wie ein Rennpferd.
Ich ging in mein Zimmer und schloss die Tür, um in aller Ruhe Henris Bericht zu lesen.

Einleitung – Die Begegnung
Lieber Jona. Ganz erlich. Ich habe die ganze Zeit gar keinen Forschungsbericht geschrieben gehabt. Weil ich doch im Auf-

satz nicht gut war. Und wegen du weißt schon. Aber der Bullerdieck hat mir viel beigebracht und jetzt habe ich es doch gemacht, weil ich es dir doch versprochen hab. Es hat über eine Woche gedauert, endschuldige, aber nun hab ich es geschafft.

Mama und ich sind in deine Stadt gekommen weil wir die Miete in Köln nicht mehr bezahlen konnten. Dass ist uns schon öfters passiert und war nicht das erste mal. Die Söderhausen-Schule war meine dritte Schule und es war die schönste, weil du in der Klasse warst.

Das du gedacht hast ich bin außerirdisch war schon okay. Weil wir sonst keine Freunde geworden wären, und das wäre das schadeste von der Welt! Außerdem hast du ja gedacht, dass ich A.L.F. bin, weil ich das auf den Zettel geschrieben hab und das war ja nicht deine Schuld. Ich hab gedacht du willst wissen ob ich in der Arbeitsgemeinschaft Lese-Förderung bin! Frau Mäusler hat mit mir einen Test gemacht bevor ich in die Klasse gekommen bin und sie hat A.L.F. ins Klassenbuch geschrieben.

Die Ernährung des Außerirdischen

Gutes Essen kostet ein Vermögen, Jona, und Mama hat nicht viel Geld verdient. Auch nicht in deiner Stadt. Tante Mona hat immer gesagt, Mama soll zum Amt weil sie dann Geld bekommt. Aber Mama hat gesagt sie schafft das alleine. Und das die Leute vom Amt mich vielleicht weg von ihr holen weil die denken, dass sie eine schlechte Mutter ist wegen dem trinken. Das wäre das schlimmste hat Mama gesagt und das finde ich auch. Mama hat mir gesagt, dass ich niemand sagen soll, dass wir wenig Geld haben. Und dass sie bald aufhört mit dem trinken. Sie hat es mir ganz fest versprochen als wir in deine Stadt gezogen sind. Sie hat wirklich nicht so viel getrunken wie in Köln, Jona, und konnte viel arbeiten gehen. Von Mamas Putzgeld konnten wir die Miete bezahlen und meine Schulsachen und was zum anziehen und das Telefon und den Strom und die Heizung und das Wasser und die Fersicherung und die Busfahrkarte für Mama. Für Essen ist dann nicht so viel übriggeblieben, Jona. Wir haben nur das weise Brot gekauft, weil es billiger ist, und nicht das echte Nutella und kein Bio. Äpfel sind gesund hat Mama gesagt. Ich habe viele Äpfel gegessen, damit ich groß werde und Mama beim verdienen helfen kann. Mama konnte nicht kochen weil sie immer sehr müde war vom Putzen. Und das Trinken hat sie auch müde gemacht. Wenn ich ganz viel Geld verdiene, kaufe ich auch so gutes Essen wie das von Carla.

Lebensraum und Familie des Außerirdischen

In deiner Stadt hat Mama ein eigenes Schlafzimmer gehabt. Weil in der Küche ein Sofa war, Jona. Das war gut, weil Mama weiterschlafen konnte wenn ich morgens aufgestanden bin. Sie hat nämlich nachts immer Büros geputzt. Und sie hat gesagt das ist eine sehr gute Arbeit, weil es dort immer aufgeräumt ist und nicht so viel Kaos, und es gibt keine Hunde und Kinder die alles dreckig machen. Wenn Mama aufgewacht ist bin ich schon in der Schule gewesen. Und wenn ich heimgekommen bin war Mama schon wieder weg und hat Ordnung und sauber gemacht bei Leuten. Bei Larissas Mama zum Beispiel. Larissa ist nett. Und Mama sagt, das ihr Zimmer immer ordentlich ist und ganz rosa.

Ich habe auch einen Papa aber Mama mag nicht über ihn sprechen. Als ich klein war hat Oma zu Mama gesagt, dass Papa schlecht ist weil er sich einfach aus dem Staub gemacht hat. Ich habe deshalb gedacht, dass Papa weg ist weil es ihm bei uns zu staubig ist und zu wenig ordentlich. Das mit dem Staub sagt man nur so sagt Mama, aber ich mache trotzdem immer alles ganz ordentlich. Damit es schön ist wenn Papa kommt. Meine Oma hat auch gesagt das Papa mich nicht gewollt hat. Aber das glaube ich nicht, Jona.

Vielleicht ist mein Vater wirklich ein Gehaimagent. Bestimmt kommt er irgendwann und dann sieht er, dass es ordentlich bei uns ist und dass ich gut im Diktat bin und dann bleibt er da. Wenn ich groß bin werde ich Steuerberater, Jona. Dann kauf ich ein schönes Haus und ein Auto, und Mama kann zum Frisöhr, und wir fahren ans Meer.

Gestern hab ich Mama im Krankenhaus besucht. Wir haben über Victor und seinen Papa gesprochen. Hast du gewusst, dass Victors Mama weggegangen ist, Jona?

Sie ist mit einem anderen Mann weggezogen als Victor noch ganz klein war, und Victor kann sie nur in den Ferien besuchen.

Das finde ich schlimm und Victor hat bestimmt viel geweint, aber ich finde ihn trotzdem gemein.

Ich will auch gerne Geschwister haben, Jona. Forallem wenn es Mama nicht so gut geht. Aber Kinder kosten ein Vermögen. Und Mama muss schon für mich sorgen, das reicht.

Die Sprache des Außerirdischen

Ich soll mich in der Schule anstrengen, sagt Mama. Damit ich mal einen guten Beruf haben kann. Mama wäre so gerne Sekrätärin geworden aber ihre Noten in Deutsch waren nicht gut. Manchmal hat Mama geweint weil sie nicht den ganzen Tag putzen wollte. Und sie wollte nicht, dass jemand weiß, dass wir kein Bad haben. Früher hat Mama immer Lotto gespielt damit wir Millionäre werden. Aber sie sagt, dass Leute wie wir nie gewinnen sondern immer nur verlieren, und deshalb hat sie damit aufgehört.

Mama ist meistens zu müde zum reden. Aber wenn es ihr gut geht, erzählt sie mir von früher als sie ein Mädchen war. Es gibt nicht so viel Sprache bei uns wie bei euch, Jona. Wenn Mama sehr viele Flaschen gekauft hat dann gab es gar keine Sprache mehr. Dann war alles ohne Worte, und der Hölenmensch hat sich die Arbeit ganz umsonst gemacht. Wenn ich groß bin dann zerschlage ich alle Flaschen auf der Welt. Mama hat gesagt, ich soll keinem was von den Flaschen erzählen. Sie hat es auch niemandem erzählt. Nicht einmal Tante Mona. Mama wollte auch nicht, das ich Tante Mona sage wo wir hingezogen sind. Weil doch unsere Wohnung im Wasenfeld kein Bad hatte. Also hab ich nichts gesagt.

Sommerferien und Weihnachten

Als ich klein war hab ich gedacht, das der Weihnachtsmann ungerecht ist. Jetzt glaube ich nicht mehr, das es ihn gibt. Aber ungerecht finde ich Weihnachten immer noch. Aber diesmal war Weihnachten schön, Jona, weil du mir das tolle Lego-Raumschiff geschenkt hast und der Bullerdieck die Bücher. Von Mama habe ich 20 Euro als Überraschung gekriegt. Davon kaufe ich mir ein neues Federmäpchen.

Stella hat einen Computer und sie hat mir von den Meteoriten erzählt. Stella wohnt im Wasenfeld und ist nett. Sie hat dein Geschenk für mich bestellt. Das Geld konnte ich verdienen, weil es ganz viele Pfandflaschen gibt die man sammeln kann. Das hat mir auch Stella erzählt. Die Leute schmeißen die Flaschen einfach in den Müll. Und dabei kriegt man Geld wenn man sie zurückbringt.

Manchmal findet man nur eine Flasche am Tag, aber manchmal auch ein paar. Ich habe nur ein paar Wochen für den Meteoriten gebraucht und Mama hat nicht geklaut, Jona. Mama hat es nicht gemocht wenn ich in den Conteinern am Bahnhof und in den Mülltonnen nach Flaschen gesucht hab. Sie hat gesagt so weit sind wir noch nicht, dass wir den Müll von anderen Leuten brauchen. Aber ich hab immer aufgepasst, das mich keiner dabei sieht. Besonders Victor nicht. Und ich hab immer gedacht, wie du dich freust über ein Stück Weltall.

Die Feinde des Außerirdischen

Wenn Mama zu viel trinkt dann kann sie nicht mehr aus dem

Bett aufstehen und zur Arbeit gehen. Sie kann sich nicht um mich kümmern, und sie verdient kein Geld. Dann kann ich nichts zu essen kaufen und wir können die Miete nicht mehr bezahlen und müssen wegziehen, so wie in Köln. Die Flaschen sind der größte Feind. Mama hat ihr Versprechen gehalten und nicht so viel getrunken wie in Köln. Bis Frau Hagen gesagt hat, dass sie geklaut hat. Da ist es wieder ganz schlimm geworden.

Die Freunde des Außerirdischen

Wenn ich bei dir war, Jona, habe ich manchmal vergessen Angst vor den Flaschen zu haben. Im Sommer hast du gesagt, dass es cool ist mit mir und ich fand es auch cool und es hatte gar nichts mehr mit Außerirdischen zu tun.

Der Bullerdieck ist auch ein guter Freund. Er hat mir beim Lernen geholfen und für mich gekocht. Wenn Papa wiederkommt wird er sich freuen das sich der Bullerdieck um mich gekümert hat.

Aber mein allerbester Freund bist du, Jona. Ich vergess dich nicht, totsicher geschworn.

Schluss

Du hast mir gesagt, dass der Hölenmensch die Sprache erfunden hat, Jona. Damit er in der Not Hilfe holen kann. Mama ist sehr in Not gewesen als Frau Hagen gesagt hat, dass sie klaut. Und sie konnte ihr Versprechen nicht mehr halten. Ich war auch in Not weil ich gewusst hab, das sie jetzt wieder nicht mehr arbeiten kann und das wir wieder kein Geld mehr kriegen und die Miete nicht zahlen können und wieder wegziehen müssen und das ich wieder nicht ans Telefon soll, wenn es läutet weil das vielleicht die Leute vom Amt sind. Da hab ich Tante Mona angerufen weil die Mamas Schwester ist. Und weil sich Geschwister trösten, dass hast du bei Wolle und Lollo auch gemacht. Ich habe ihr alles erzählt auch unsere Adresse, obwohl ich Mama versprochen habe nichts zu sagen. Tante Mona hat gleich gesagt, sie läst sich was einfallen. Aber sie hat nicht gesagt was. Sie hat gesagt, dass es richtig war, dass ich angerufen hab. Und es war nicht gepetzt hat sie gesagt, weil Mama Hilfe braucht und ich ja auch.

Ich konnte nicht mehr Widersehen zu dir sagen, Jona. Weil Tante Mona im Stau gestanden hat und am Donerstag um elf Uhr nachts ganz plötzlich vor der Tür gestanden hat. Sie hat gesagt, dass man Mama überrumpeln muss. Sonst haut sie ab bevor man ihr helfen kann. Tante Mona hat einen Lieferwagen dabeigehabt und hat unsere Sachen ins Auto gestopft. Das ging schnell. Wir haben ja nicht viel und Tante Mona hat gesagt das kaputte Zeug lassen wir da. Sie hat mein Bett gemeint und die Stühle und den Tisch und so, aber so kaputt war das alles gar nicht. Mama ging es sehr schlecht und wir mussten sie die Treppe runter führen. Sie hat gar nicht mitgekrigt was los ist. Tante Mona hat gesagt ich kann dich und den Bullerdieck anrufen aus München. Weil ich so traurig war weil ich weg musste. Ich hab mich dann aber nicht getraut anzurufen.

Weil ich euch so viel sagen wollte und am Telefon hätte ich das hundert pro nicht geschafft.

Mama ist jetzt in einem Krankenhaus in der Nähe. Die Leute dort wollen ihr helfen damit sie keine Flaschen mehr kauft. Wie lange das dauert, weis ich nicht und das ist nicht schön. Aber wenikstens darf ich Mama besuchen. Ich bleibe bei Tante Mona bis es Mama wieder gutgeht und sie eine Arbeit hat und eine Wohnung. Tante Mona kocht warmes Essen aber nicht so toll wie der Bullerdieck und Carla. Sie hat auch nicht viel Geld weil sie im Moment keine Arbeit hat. Aber sie hat ein Bad mit einer Badewanne und ein schönes Sofa. Aus dem kann man ein richtiges Bett machen. Und sie backt mir am Sonntag einen Schichtenkuchen. Bücher gibt es bei Tante Mona keine. Aber sie hat mir einen Ausweis besorgt für die Stadtbücherei. Da gibt es fast so viele Bücher wie beim Bullerdieck.
Sogar welche über Außerirdische. Tante Mona übt mit mir Diktat und vielleicht schaffe ich eine Zwei im Test. Sie ist mit mir aufs Amt. Ich wollte zuerst nicht. Aber dann habe ich mir überlegt das Tante Mona denen vielleicht sagt, dass Mama keine gute Mutter ist. Und ich bin mit um denen zu sagen, dass das nicht stimmt. Die Frau im Amt war aber sehr nett und sie hat nicht gesagt, dass Mama eine schlechte Mutter ist. Sie hat gesagt, das sich Mama nur grade nicht um mich kümmern kann und das ich das Pflegekind von Tante Mona sein kann bis sich Mama wieder um mich kümmern kann. Ich habe ihr aber gesagt, dass ich nur das Kind von Mama und Papa bin und nicht von Tante Mona. Aber das ich ja ein Pflegeneffe sein kann hab ich gesagt, und das fand die Frau auch okay. Ich warte jeden Tag, dass Mama heimkommt.

In der Schule ist es nicht so schön. Weil du nicht da bist, Jona. Aber ich lerne trotzdem viel damit ich ein Steuerberater werden kann.
Wenn du erwachsen bist dann kannst du mich besuchen. Ich hab mit Tante Mona schon besprochen das ich am dritten Juli 2020 um zehn Uhr bei ihr auf dich warte. Tante Mona ist noch nie im Leben umgezogen.
Die Adresse fürs Navigazionsgerät ist:
Milchstraße 176
81667 München
zweiter Stock rechts
Planet Erde

Kommst du ganz bestimmt?
Dein Henri

Ach ja und noch was: Herzlichen Glückwunsch zum Geburtstag, Jona!

Ich lehnte mich in meinem Stuhl zurück und schaute noch einmal auf die Adresse. Milchstraße. München. Planet Erde.
In mir drin leuchteten mindestens zwei Millionen Ufo-Scheinwerfer.
Henri war nicht mehr hier, aber er war nicht spurlos verschwunden. Mein Freund hatte eine neue Basisstation gefunden, und ich hielt seine Adresse in meiner Hand.

München war nicht gerade ums Eck, aber auch keine Lichtjahre von mir entfernt. Vielleicht konnte ich Mama und Papa überreden, den nächsten Urlaub in München zu verbringen. Und wenn nicht, dann könnten wir uns auf jeden Fall viele Briefe schreiben, und ich würde mich spätestens an Henris achtzehntem Geburtstag ins Auto setzen, die Koordinaten ins Navi tippen und zu ihm fahren.

Ich nahm Henris Post und zischte rüber zum Bullerdieck. Er musste sofort erfahren, was mit unserem Freund passiert war. Ich rannte durchs Gartentor zur Haustür und drückte ungeduldig auf den Klingelknopf. Niemand öffnete, aber über den Türgriff hatte der Bullerdieck mit Tesa einen Zettel geklebt.

Lieber Jona. Habe heute Morgen Post von Henri erhalten, genau wie Du. Wollte schon lange mal nach München fahren und dort einem Verlag das Buch vorstellen, das ich geschrieben habe. Außerdem gibt es in München einen großen Zoo und einen Zirkus, da wollte ich immer schon mal hin. Bin mit dem Zug heute Mittag abgereist. Sei nicht böse, aber Du musst ja in die Schule, und ich mag Abschiedsszenen genauso wenig wie Du. In ein paar Tagen bin ich wieder zurück. Weißt ja, wo der Schlüssel ist – würdest Du bitte Wagner füttern? Hab die »Schatzinsel« im Gepäck. Mit ein bisschen Glück wird die ganze Geschichte ein gutes Ende nehmen.

Also dann, Dein Bullerdieck

Ich ging ins Gartenhaus und holte den Hausschlüssel aus dem Werkzeugkasten. Wagner folgte mir in die Küche und strich mir ungeduldig um die Beine. Ich füllte seinen Napf und sah ihm eine Weile nachdenklich beim Fressen zu. Dann warf ich die leere Futterdose in den Mülleimer und setzte mich in meinen braunen Sessel. Mein Blick glitt über die alten Kinoplakate und den Kalender von 2003. Ich stutzte und betrachtete das oberste Kalenderblatt. Es war nicht mehr der erste Januar. Der Bullerdieck hatte einen Packen Blätter abgerissen, sie lagen zu einem kleinen Haufen gestapelt auf der Fensterbank. Das oberste Blatt zeigte das richtige Datum.

Ein wenig Hilfe will das Glück schon haben, stand als Spruch des Tages darunter. Scheinbar war der Bullerdieck der Meinung gewesen, dass dieser Spruch für ihn passte wie ein gut sitzender Anzug, denn er hatte drei große Ausrufezeichen danebengeschrieben.

Ich fragte mich, woran er dabei gedacht hatte. An Henris Lottozahlen vielleicht? Oder an seine eigenen? Oder vielleicht an beides?

Ich nahm den Kugelschreiber, der auf dem Fensterbrett lag, und riss ein leeres Blatt aus dem Notizblock vom Bullerdieck. Ich war noch lange nicht fertig mit meinem Roman, aber wenn man weiß, dass das Ende einer Geschichte gut ist, dann muss man es sofort aufschreiben, um ganz sicherzugehen.

Schluss

Lieber Henri,

nur wenige Erdlinge haben das Glück, in ihrem Leben einen ganz besonderen Freund zu treffen, aber »der wahre Kenner spürt, wenn es so weit ist«. Ich habe leider ziemlich spät kapiert, dass das Glück manchmal ganz anders ist, als man es sich vorgestellt hat, und ich hoffe, Du nimmst es mir nicht übel, Henri.
In der Schule sitze ich jetzt wieder alleine, aber in der Pause bin ich immer auf dem Fußballplatz, weil mich Niklas gefragt hat, ob ich den Schiedsi machen will, und da hab ich Ja gesagt. Victor hat mir schon zweimal »Dich krieg ich auch noch klein« zugezischt, aber so einfach geht das nun auch wieder nicht, das weiß ich jetzt.
Was stört es den Mond, wenn ihn ein Hund anpinkelt, steht im Kalender vom Bullerdieck, und dieser Spruch passt mir wie angegossen.
Ich verspreche dir, dass ich am 3. Juli 2020 um punktgenau zehn Uhr in der Milchstraße Nummer 176 in München sein werde. Todsicher und bombenfest geschworen!
Dein Freund Jona

Ich lehnte mich in meinem Sessel zurück und schloss die Augen.
Sofort schaltete sich mein inneres Geheim-Kino ein. Ob jeder so ein inneres Kino hat? Meins werde ich, glaube ich, mein ganzes Leben lang behalten.

Ich sehe mich in München aus einem schwarzen Sportflitzer steigen und auf das Haus Nummer 176 in der Milchstraße zulaufen. Henri steht in der Haustür und wartet auf mich. Wir sind beide ganz schön gewachsen und sehen ziemlich cool aus, falls das jemanden interessiert.
»Hallo, Henri«, sage ich.
»Hallo, Jona«, sagt Henri …

Mein inneres Kino zeigte mir einen sehr langen Film, den ich jetzt bestimmt nicht erzähle, weil es sonst hinterher wieder heißt, ich hätte mich kürzer fassen sollen. Es war kein Actionfilm, kein Science-Fiction und auch kein Fantasy. Für diese Art von Geschichten gibt es keine Kategorie, weil jede ganz und gar einzigartig ist.
Genau wie ein Geruch oder ein Geschmack oder ein Gedanke. Oder ein Gefühl.

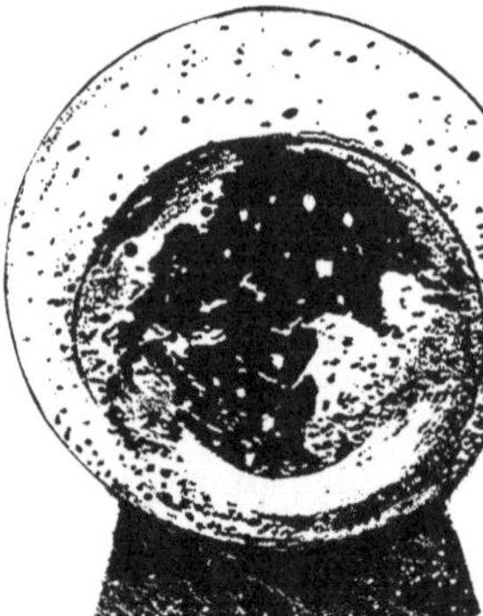

Inhalt